芙蓉の干城

松井今朝子

集英社文庫

芙蓉の干城　目次

主な登場人物

桜木治郎――大学講師。江戸の狂言作者、桜木治助の末裔
大室澪子――治郎の妻の従妹。劇団築地小劇場の女優
六代目荻野沢之丞――歌舞伎界の「女帝」として君臨する名優。屋号は扇屋
四代目荻野宇源次――沢之丞の子。天賦の才を謳われ将来を嘱望されたが二十代で夭折
荻野藤太郎――宇源次の忘れ形見で芸達者な美少年。五代目宇源次の襲名を控えている
山村燕寿郎――関西歌舞伎界で絶大な人気を誇る名優
霧波花仙――新作に登場する近代的な女性像を得意とする女形
伊村雅夫――扇屋の番頭
三上秀二――沢之丞付きの衣裳方
杉田常雄――木挽座の大道具方
百瀬繁二郎――木挽座の小道具方
小見山正憲――右翼結社征西会の大幹部
照世美――大阪島之内の芸妓。小見山の女
梅香――島之内の芸妓。宇源次の内縁の妻であり、藤太郎の母
磯田遼一――陸軍歩兵第三連隊付き二等主計。澪子の見合い相手
峰岸辰造――小見山配下の峰岸組組長
笹岡――築地署の警部
薗部――笹岡の部下
日根野――大阪府警察部刑事課の警部

芙蓉《ふよう》の干城《たて》

1　黒衣《くろご》の美少年

　テン、テン、と乾いた太鼓の響き。時計の針は二時半きっかり。男はそっと楽屋口の扉を開ける。途端にすっと足下に腕が伸びた。筋張って皺《しわ》くちゃになった腕だ。

「おう、ジロちゃん、靴がだいぶくたびれてるぜ。そろそろ買い換え時だろうよ」

「ああ、伊之《いの》さん、早稲田の安月給じゃなかなかそうもいかんさ」

「だからいわんこっちゃない。お前さんはガッコの先生なんかならず、ここにずっといたらよかったんだ」

　男は笑いながら靴を脱いで老人の手に託した。ソフト帽はかぶったまま円縁眼鏡の柄を持ちあげて、楽屋の廊下をまっすぐ奥に進んでいる。

　男の名は桜木《さくらぎ》治郎《じろう》。江戸歌舞伎最後の大作者、三代目桜木治助《じすけ》の孫でありながら、現在は早稲田大学に奉職する身であった。

亡くなった父親はこの木挽座《こびきざ》という大劇場で桜木一門を率いる狂言作者の総帥として君臨した。したがってここは治郎が幼い頃の遊び場であり、当時から楽屋にいる口番の老人は今や四十過ぎの中年男をつかまえて「ジロちゃん」と呼ぶのだ。

ジロちゃんこと桜木治郎を、木挽座の多くの面々は「桜木先生」と呼んで頼りにしている。役者が初役や珍しい演目を披露する時には決まって「先生、今度はしっかり観《み》てくださいよ」と念を押し、治郎を楽屋に呼んで感想を聞きたがるのである。

今日その感想をいう相手は誰あろう六代目荻野沢之丞《おぎのさわのじよう》。治郎は数ある役者の中でも彼の芸を最も高く評価し、人柄にも信頼を置きつつ、それでいてめっぽう苦手意識のある歌舞伎界の帝王、いや、女形《おんながた》なので女帝というのが似つかわしい人物だった。

「来月は久々に『深見草《ふかみぐさ》』を出すつもりでねえ。演《や》るのはこれが最後ですから、きっとご覧になってくださいよ」

といわれたのが三月の初め。今日はもう四月の二十三日だ。本当ならもっと早くに観るべきだったはずが、四月の頭は学校行事が重なって、劇場に足を向けられなかったのである。

明後日はもう千穐楽《せんしゆうらく》で、今さら観ての感想は聞いても仕方があるまい。沢之丞はさぞかしきつい皮肉をいうことだろう。あの扁桃《アマンド》実型に張った綺麗《きれい》な眼《め》できゅっとこちらを睨《にら》んで。

もっとも治郎の足を鈍らせたのは学校ばかりではない。沢之丞が若い頃の舞台を観ているだけに、当初は却《かえ》って躊躇《ためら》ったのだ。いかに端麗な容姿でも寄る年波には勝てまい。おまけに『深見草』は舞踊だから、不自由な足が余計に目立つだろう。

沢之丞は鉛毒に冒されていた。彼が若い頃は成分に鉛を多量に含んだ白粉《おしろい》しかなく、それで足を悪くし、ふだん歩くにも人手や杖《つえ》を頼りにしている。にもかかわらず、いったん舞台に立てば独りでかなり自由に動き回れるのは火事場の何とやらか、やはり名優の証拠というべきだろう。

『深見草』の正式な名題《なだい》は『けいせい深見草』で、元禄の名女形、初代荻野沢之丞が初演したとされ、今日でも沢之丞以外の役者は演じていない。ただし荻野家一子相伝のお家芸という話は眉つばで、そもそも荻野沢之丞の名跡《みょうせき》自体も一子相伝ではなかった。当代の沢之丞は明治初期に素人の子から役者になり、類稀《たぐいまれ》な美貌と新時代にふさわしい清新な芸風で人気を博して第一線にのし上がった口なのである。

いっぽう『けいせい深見草』はもともと長編のお家騒動劇だが台本が残っておらず、主人公の遊女深見が亡き恋人を偲《しの》んで酒に酔い痴《し》れ、庭前の牡丹《ぼたん》を眺めながら狂態に陥り、最後は獅子に変化《へんげ》するという能の『石橋《しゃっきょう》』じみた舞踊の場面だけが知られていた。当代の沢之丞はその故実をもとに元禄歌舞伎の復元を試みたわけだが、実際は明治期の新たな作詞作曲で蘇《よみがえ》った新作に等しい舞踊劇だ。

ゆえに江戸時代にはなかったはずの電気照明を有効に使った演出がある。すなわち遊女が獅子に変身する際は舞台を暗転にし、客席を含め場内すべて消灯の暗闇で三味線の間奏をたっぷり聞かせ、扮装《ふんそう》と舞台装置をがらっと変えたところで場内を一瞬のうちにパッと明るくするのだ。

そうした見た目の変化も激しい舞踊劇を、今や古稀に近い高齢で、且つ足の不自由な沢之丞が無事にこなせるのかどうか。ことに後半の躍動感溢《あふ》れる獅子の動きが果たしてできるのだろうか、と当初は大いに懸念された。だがいざ蓋を開けたら、それは杞憂《きゆう》に過ぎなかったらしい。今月の木挽座はこれが意外なほどの評判を呼んで、通の客がどっと押し寄せているという噂《うわさ》だから、沢之丞の得意満面な顔が、会う前から目に浮かぶようである。

今日とにかくこれから観ることを本人に伝えるつもりで治郎は早めに訪れたのだが、明後日がもう千穐楽だけに楽屋は開演前の慌ただしさもなく、廊下でのんびり立ち話をする余裕がありそうな落ち着いた雰囲気だった。

廊下の左右に並んだ小部屋には、各自の定紋《じょうもん》や屋号を染め抜いた楽屋暖簾《のれん》がぶら下がり、暖簾の奥が騒がしいのは出番間近な役者の部屋で、衣裳《いしょう》と鬘《かつら》を付けたらすぐに部屋を飛びだしてしまうからうかつに声はかけられない。逆にひっそりしていると却って気軽に暖簾がかき分けられた。

以前は治郎のほうから足繁く訪ねる役者もいた。五代目袖崎蘭五郎《そでざきらんごろう》。彼がもうこの世にいないだなんてまだ信じられない、いや、信じたくない気持ちだ。木挽座で横死を遂げて早や三年、一番親しい役者を喪《なく》したことは治郎を木挽座から以前よりも遠ざけていた。話し相手に過ぎなかった自分でさえ、この劇場のあちこちに刻まれた事件の記憶が嫌さに足が遠のいたのに、幼い頃から共演していた役者たちは一体どうやってあの事件の忌まわしい想《おも》い出《で》を乗り越えられたのか、最近は彼らの口からめったに蘭五郎の名前さえ聞かれなくなっていた。

二枚重ねの扇を染め抜いた薄紫の暖簾が突き当たりの部屋に見えたところで、治郎は先ほどうっかり着到板《ちゃくとうばん》を見忘れたのに気づいた。入り口の頭取部屋に置いてあるその板の印を見れば、相手がもう来ているかどうか一目瞭然だったのに。

暖簾の奥は電気が点《つ》いていない暗さだから、沢之丞はまだ来ていないらしい。考えてみれば『深見草』は三番目の演目だから、開演三十分前の楽屋入りはちと早過ぎるだろう。そんなことにすら気が回らなかったのは、今日は身内のことで頭が取っちらかっているせいかもしれない。治郎はまさかこの木挽座で、自分がお見合いの場を設けるだなんて思いも寄らなかったのである。

妻の従妹に当たる大室澪子《おおむろみおこ》をうちで預かって、もう何年になるのだろうか。可愛《かわい》い娘を東京の親戚に預けて垢抜《あかぬ》けた花嫁修業をさせ、あわよくば前途有望な学士様の許嫁《いいなずけ》にでもできたら、といった田舎の両親の夢はみごとに潰《つい》えてしまった。あてにされた責任を多少は感じつつも、治郎は当節そんなに都合のいい話はないとしている。四年前に流《は》行《や》った『大学は出たけれど』という映画のタイトル通り、今どき前途有望な学士様なぞ少なくとも治郎の周りには皆無だった。

　おまけに澪子はとんだ跳ねっ返りで、親の意向などそっちのけ、都会暮らしで好き勝手に羽根を伸ばし放題、適齢期もお構いなく完全に薹《とう》が立ってしまった。だが見た目は二十歳の頃と余り変わらないため、こっちもうっかり見過ごしていたのがまずかったのだ。

「もう売れ残りもいいとこだって、伯父さん伯母さんがえらく心配なさっててねえ。そっちに良縁がないなら、こっちで見つけます、ということになったらしいのよ」

　と妻の敦子《あつこ》がいつもと変わらぬのほほんとした口調で話したのはひと月ほど前のこと。向こうの見つけた相手が人もあろうになんと陸軍の軍人だと聞いて、治郎は唖然《あぜん》とするより瞬間的にかっとなってきつい声が飛びだした。

「君んとこの本家は何を考えてんだ！」

　娘を全然理解していないどころか、まるで様子を知らないらしいが、それは仕方がなかったのだ。澪子はこちらでしていることを内緒にしていて、もし知られたら最後、引きずってでも連れ帰られるのが必至とみて、治郎も可哀想《かわいそう》に思い、今まで沈黙を守ってきた結果がとんだ変な目に出た恰好《かっこう》である。

「向こうも無理はないのよ。女で二十三といえば、田舎じゃそりゃ子供の一人や二人いてもおかしくない年齢でしょ。だからなかなかいい縁談が見つからなくて」

と敦子は当然のことのように弁解した。

「それで今度は鶴岡にある母方の本家に相談をしたらしいのよね。そしたらそこの遠縁に当たるとかの息子さんが、麻布《あざぶ》三連隊にいらっしゃるという話になって……」

世の中はどこで誰がどんなふうにつながっているかわからないものだ。治郎は妻との縁つながりで、はるか遠縁には職業軍人までいることに驚いた。軍人と自分はまず話が合いそうになかったし、まして澪子には訊《き》いてみるまでもない気がした。

何しろ澪子は治郎夫婦が知らない間に築地《つきじ》小劇場の劇団研究生となって、そこでいわば社会主義の洗礼を受けている。今やそこもさまざまなグループに分裂し、澪子は急進的な左翼劇場ではなく、商業資本との提携も辞さない劇団築地小劇場という比較的穏健派に与《くみ》したらしいとはいえ、厳しい台本の検閲や上演中止といった措置に遭い、官憲に対する不信感、抵抗感は根強いものがあるはずだ。それにひきかえ、

「軍人は国家の干城といわれるくらいだからねえ」

治郎は渋い声で異を唱えた。

「国家のカンジョウってどういう意味なの？」

と澪子に素朴な訊かれ方をして、

「干は楯《たて》と同じ意味さ。つまり楯や城となって内外の敵から国を守ろうとするのが軍人というわけだ。片や澪ちゃんたちは、そうした国家権力を根本から疑ってるんじゃないのかね？」

治郎はあくまで澪子に慎重な判断を求めていた。

ところが敦子は「会うだけでも会ってみたら。それでご両親の気が済むんじゃないのかしら」と安直に澪子を説得にかかった。

「澪ちゃんが素のまんまで会えばいいのよ。そしたらきっと向こうのほうからお断りになるでしょ。相手は軍人さんなんだし」

「なるほど、そしたら親はしばらく何もいってこなくなるわね」

こうしたやりとりには女同士の共犯が強く匂っていた。

澪子には既に恋人がいるのを治郎も知らないわけではない。というよりその相手は治郎を通じて知り合った歌舞伎役者であり、以前は沢之丞の門弟として木挽座でもそこそこ活躍していたが、今は地方《ドサ》回りが専《もっぱ》らの売れない役者稼業に転じ、東京にいる日数が少なく経済的にも不安定なため、まだ正式な結婚が望めないのだった。

それどころかまだ体を求めることもないらしいのは役者とも思えぬ堅物ぶりで、今や澪子のほうが焦《じ》れているのではないか、と妻はこっそり打ち明けたものだ。

「先生の御縁につながるお嬢さんを、わたくしの連れ合いなんぞに勿体《もったい》ない」と本人の口から直に聞いたこともあって、当初はむしろ澪子のほうがそうした彼の生真面目さを買い、相応の克己心を求めた結果といえるのかもしれなかった。

ともあれ体裁だけの見合いの相手にされる軍人はいい面《つら》の皮で、そんな見合いの片棒を担がされた治郎もいい迷惑としかいいようがない。

「向こうは歌舞伎の殿堂といわれる木挽座でお見合いをさせたいそうなのよ。せっかく桜木先生という方がいらっしゃるんだから、なんですって」

と敦子がおかしそうにいいだした時は、一体いつの時代の話かと耳を疑ったものだ。

江戸の昔は、桟敷《さじき》で芝居見物する娘の顔を向かい側の席に座った男に見せたとかいうが、それは劇場がもっと狭かった時代の話。現在の木挽座は舞台間口だけでも十五間《けん》。東西の桟敷席は三十メートル以上も離れており、互いの顔がはっきりと見えるわけもないのである。かくして治郎は東側の桟敷席を並びで押さえて、互いに横顔が見えるようにしておいた。

そして今日はその見合い当日で、澪子が木挽座の玄関に両親を出迎えたところで治郎はいったん側《そば》を離れ、こうして開演前の楽屋を覗《のぞ》いたというわけである。

〽露台の前に植えし牡丹の唐《から》めきてェー

突然、高らかな唄声《うたごえ》が耳に飛び込んできた。声はたしかに暖簾の奥から聞こえる。暗くてもどうやら誰かが来ている様子なので、治郎はつかつかと暖簾に歩み寄って静かにかき分けた。すると暗がりの中に一段と濃い闇が見えてハッとする。濃い闇は徐々に移動し、すなわち黒い影法師の姿を取った。

〽咲くーや、みだーれェエのーふかーみーよーりー

黒い影法師が舞いながら唄っている。その澄んだ唄声は耳に心地よく、いとも優雅な影法師の動きに目を奪われた。たしかに『深見草』の詞章で、影法師は黒衣を着た弟子なのだろう。すらりとした肢体や切れのいい動きを見ると相当に若い男のようだが、それでもここまで立派に舞うのだから、やはり扇屋《おうぎや》一門は侮れない。

〽ひらーり、ひーらひーら飛びィイかーうゥウー蝶《ちょう》ォオのー、いのーちーみじーかしー

唄が急調子になると影の動きもがぜん早間《はやま》になって、そこにますます若さが匂い立つ。若くてもフリは的確で、伸ばした手指の先、傾《かし》げた首の角度が、ここぞの位置にぴったりと収まっている。腰もしっかり落ちて下半身の動きが安定しているし、足の捌《さば》きは爪先に至るまで寸分のくるいもなく鮮やかだ。

こちらの背筋までぴんと伸びるような緊張感溢れる舞いぶりに感嘆し、治郎は息を呑《の》んで見守った。影法師の踊りが強くこちらの心を惹《ひ》きつけるのは、ただ的確で鮮やかな動きだからではなかった。所詮《しょせん》それだけでは退屈極まりないのが日本舞踊というものなのである。

およそ舞踊の要《かなめ》は重心の移動と空間の捉え方にあるが、大河のごとく滑らかに重心を移し替え、手足の動きがあたりを払ってそこにぱあっと大輪の花が咲くように空間を広げて見せるのが名人の舞踊だ。六代目荻野沢之丞はまぎれもない名人であり、今、目前で舞う影法師はまだ名人とはいえないものの、その確かな片鱗《へんりん》を窺《うかが》わせた。絵心のあるなしと同様、舞踊の素質のあるなしを言語では巧《うま》く説明できないけれど、この影法師の踊りなら木挽座の本舞台でも十分通用しそうだ。と思った瞬間、ぴたりと動きが止まって影法師が向きを変えた。

「どなた様で……」

暗がりでこちらは影法師の顔が全く見えないが、向こうは廊下の灯《あか》りでそこそこ見えるらしい。

「ああ、先生でしたか」

警戒心を解いた声を聞いてもこちらがまだ相手を誰だかわからないのは、最近入って来た若い弟子ということらしい。

「君の踊りはなかなか達者だねえ。ここで見てて感心したよ」

「やだ、先生、黙って見てらっしゃったんですか。お人が悪いんだから」

弾んだ声にはまんざらでもない気分が窺えた。それにしても部屋の主がいないと弟子は随分と気楽な口のきき方をするものだ。旦那と呼ぶ沢之丞の前だと治郎に対しても畏《かしこ》まっているくせに。

「旦那の楽屋入りは何時頃になるのかね？」

「旦那……ああ、今月はわりと早めでしてね。あと一時間もすれば参りますんで、おあがりになってお待ちなすったら。代わってお相手しますから」

若い弟子の分際で無礼なほど馴《な》れ馴《な》れしい口をきくが、妙に茶目っ気があるいい方で憎めない子だった。

「ハハハ、ここで僕が一時間も昼寝してたら、たちまち楽屋中の評判だ。よし、またあとで来るとしよう」

治郎がくるりと踵《きびす》を返したところで、

「先生、ちょいとお待ちを」

影法師がすうっとこちらに近づいてコートの背に手を伸ばし、

「ここに、ほら」

と掌《てのひら》に糸くずを載せて目の前に差し出した。その拍子に治郎は相手の顔をまともに見て、一瞬うっと声にならない吐息が洩《も》れる。まるで妖《あや》かしの美女でも見たかのように。

黒衣を着た相手はむろん人間の青年、いやまだ少年といってもよさそうな年齢だ。先ほどの達者に見えた踊り手がまずこんなにも若いのに驚いた。それにもまして整った作り物のような美貌に見惚《みと》れてしまう。

世間並みの少年とはかけ離れた白磁のごとき光沢《つや》のある膚《はだえ》。希臘《ギリシヤ》彫刻を華奢《きやしや》にしたような尖端のある鼻梁《びりよう》。きれいな弓形《ゆみなり》に整えられた眉。ほどよい厚みのある引き締まった唇。何よりも人の魂を覗き込むような黒眸《くろめ》がちの眼が治郎を捉えて放さなかった。

男ばかりの歌舞伎の世界を長らく見ておれば、そこに衆道《しゆどう》の誘惑、すなわち同性愛的な感情が芽生えやすいのを治郎はよく承知している。だが自身はずっと無縁で来たから、今初めて目覚めたごとくに動揺し、黒衣の美少年はまるでそれを見透かしたようにくすっと微笑《わら》った。

2　木挽座の見合い

腕時計を見れば五時をとっくにまわっているから治郎は幕の途中で外に出た。この芝居はここまで観ればもう十分。今日ここに来た目的を果たす前に、再び楽屋を訪ねて沢之丞に挨拶をしておきたかった。

近年の木挽座は一日一回公演で、午後三時開演、午後九時頃終演がほぼ定着。ひと月二十五回もある公演だから、役者は調子が悪い日もあれば気を抜く舞台もあって、たまたま気が抜けた舞台を関係者に黙って観ていられると嫌な思いをするらしい。

今月の演目《だしもの》は一番目が、これも初代沢之丞ゆかりの『鳴神《なるかみ》』で、二番目が『一谷嫩軍記《いちのたにふたばぐんき》』の「熊谷陣屋《くまがいじんや》」。お目当ての『けいせい深見草』は六時半開演なので既に楽屋入りは確実だった。年を取った今は化粧も念入りにするだろうから、もう取りかかってい る時分かもしれない。

二番目と三番目の幕間《まくあい》に五十分の休憩があり、その時間帯はごひいきが押し寄せるかららそれまでに会うべく、治郎はまず一階にある男子便所に飛び込んだ。

客席の男子便所と楽屋の廊下が扉一枚で通じているのは何も木挽座ばかりではない。歌舞伎公演を今や一手に請け負う亀鶴《きかく》興行の劇場は、何処《いずこ》もなぜかこうした造りになっている。便所の臭気に閉口した後で楽屋の空気を嗅ぐと、いくらかましな気分になるのだろうか。少なくとも治郎には今は楽屋のほうが客席よりも居心地がよかった。

澪子の両親とは桟敷席で同席し、芝居のあれこれを教えてほしいと頼まれて最初はやむなく引き受けていたものの、途中でそれどころではなくなった。何しろ肝腎の見合い相手がなかなか姿を現さず、澪子の両親も先方の付き添いもしだいに気が気でない表情となって、治郎の解説なぞ聞いてはいなかったのだ。

澪子の父親は見るからに立腹しており、治郎は険悪なムードに居たたまれず脱出したかたちでもある。澪子の立場をさほど気の毒に感じなかったのは、妻との示し合わせを聞いていたせいだろう。

楽屋はさすがに開演前より活気があって、薄紫の暖簾も中の灯りでさっきより色鮮やかに見える。突如その奥から人がどやどやと現れ、一斉にこちらを向いたから治郎はぎょっとした。いずれも顔を見知った沢之丞の門弟が楽屋着姿で暖簾の前に整列している。大切なごひいきが訪れると楽屋口からすぐ報《しら》せが飛ぶというが、こうした手厚い出迎え方は初めてだから、治郎はすっかり面喰《めんく》らってしまった。

「先生、まあ、お忙しい中をようこそお越し遊ばしました」

と妙な嬌態《しな》を作ってバカ丁寧な挨拶をするのは荻野沢蔵《さわぞう》だ。余り女形向きではない彫りの深い顔立ちで、今や頭髪もかなり薄くなった古参の弟子である。治郎は「やあ」と手を挙げて応じるも、残念ながら相手の視線はこちらを素通りした。丁寧な挨拶を受けてしかるべき客の姿は、どうやら自分の後方にあるようだった。

振り向けば焦げ茶の背広に白いパナマ帽をかぶった恰幅《かっぷく》のいい紳士が、若竹色の派手な着物姿の女連れでいた。「先生」と呼ばれた紳士が何者か風体からは判断しづらい。ダブル仕立ての背広に縞柄《しまがら》の蝶ネクタイ、鼻の下のカイゼル髭《ひげ》は同業の教職や医者にいないわけではないが、どうにもその手の知性を感じさせない顔だった。およそ文明とは縁遠い野卑な人相といってもよく、尊大ぶって見えるところは代議士あたりの手合いだろうか。目つきはもっと剣呑《けんのん》な雰囲気で、テキ屋の親分とでも聞いたら納得したかもしれない。

連れはあきらかに花柳界の女だが、着物の柄行きは新橋や柳橋のそれではなかった。この日の訪問に備えて誂《あつら》えたらしい裾模様に散らした扇の数が多すぎていささか野暮ったく見える。とはいえ田舎芸者や二流どころの佇《たたず》まいではないし、扇屋の門弟が勢ぞろいした出迎えにも臆することなく悠然と動じない構えはまさに名妓《めいぎ》の貫禄で、目鼻立ちも押しつけがましいほど鮮やかな凄味《すごみ》のある美人だった。

「ああ、小見山《こみやま》先生、お待ち申しておりました」

また一人暖簾の中から飛びだして来た男の顔は、どこかで見た気がするようで想い出せない。背広姿で細い銀縁の眼鏡をかけた銀行員のような風体だから亀鶴興行の社員かと思っていたら、向こうも治郎の姿を見つけたらしい。速やかに近づいて控えめに会釈をし、耳もとでそっとささやいた。

「申し訳ございません。今ちょっと取り込んでおりますから伝えといてください」

「ああ、扇屋さんに、桜木が今日拝見するからと伝えといてください」

治郎はそれだけいうと廊下をそそくさと後戻りした。楽屋でごひいきと鉢合わせしたら、こちらが遠慮するのもやぶさかではない。ただし今日は妙に愉快でないのも確かで、沢之丞にあんなごひいきがいたのはちょっと意外だった。

とはいえ役者は自らごひいきを選べないし、芸がわかるごひいきだけを相手にしていられる商売でもなく、芸道に邁進《まいしん》するためにも周りの経済的な援助は欠かせない。となればどんな付き合いもあり得るのだろう。

そういえば澪子の見合い相手は果たして姿を現したのかどうか。治郎はもう一度あの桟敷席を覗いてみなくてはならなかった。

木挽座は玄関を入るとすぐに幅の広い正面階段にぶつかる。さほど高くないその階段を昇るとホテルのメインロビーのような空間が広がって、そこが「大間《おおま》」と呼ばれているのを澪子は治郎に教わった。

今その大間の中央に佇んで見あげると、日本の城郭のような格天井《ごうてんじょう》が広がっている。

が、そこからぶら下がるのはアールデコ調のシーリングライト。天井を支える大理石張りの円柱や、同じく大理石の床には緋色《ひいろ》の絨毯《じゅうたん》が敷かれて西洋宮殿さながら。仰々しい和洋折衷の空間に集うのは和服姿の婦人が大半で、澪子のような洋装はほとんど見られなかった。

澪子自身、今日は着物にするようさんざんいわれながら頑として譲らなかったのだ。何せ相手に断られるのを前提にした見合いなのだから、その点は絶対に妥協ができなかった。

髪は流行りのシングルボブ。すらりとした長身で、光沢がある水色の上品なローブモンタント風ワンピースは幕間休憩に混雑する大間でもひときわ目を惹いた。あきらかなモガの装いでも、モガには珍しい薄化粧が却って顔立ちの良さを際立たせている。

郷里《くに》ではかなりの美人で通った口だから、今思えば案外軽い気持ちで女優を志して築地小劇場に籍を置いたものの、東京ではやはり上には上がいるのを思い知らされる。試演会はともかく本公演にはたまにほんのチョイ役で出演する程度だから、女優で一本立ちするなんて夢のまた夢のような気がしつつ、二十歳を過ぎれば薹が立ったといわれる郷里にはもはや帰省も叶《かな》わなかった。

むろん相手は誰でもいいから取《と》り敢《あ》えず人妻になるような度胸もないし、諦めの境地にも達していない。自分にはあの男《ひと》がいる。あの男が待ってくれている、いや、待たされているのだった……。

あの男の名前を両親に告げられたら、どんなにかすっきりするだろう。けれどまだ約束をしただけで、東京生まれのあの男が今は逆に地方に出かけて、こちらをずっと待たせているのだ。たまに帰京しても会う時間は少なく、久々に会うとお互い新鮮ではあるが、向こうは相変わらずこちらを治郎と縁のつながるお嬢さん扱いして、焦れったいほどに多くを求めようとはしなかった。今年も正月に会ったきり、全国各地から手紙は律儀によこしてくれるし、変わらぬ恋情をそこから汲《く》み取《と》ることはできても、澪子はだんだん老婆になるまで待たされるような不安が生じて来た。

いっそ潔く諦めてしまったほうが……という気持ちにまでなったところへ、今度の見合い話が降って湧いたのだ。それにしても破れかぶれの見合いの相手がよりにもよって職業軍人だなんて、まるで笑い話のようだが、却ってそれで澪子は妙な好奇心をそそられたふしがないとはいえない。

相手の名は磯田《いそだ》遼一《りよういち》。麻布の陸軍歩兵第三連隊付き二等主計で、ふつうの部隊なら中尉に相当する位なのだとか。「軍隊の経理課長さんといったところらしいわよ。それだと戦場に出て危険な目に遭うことは少ないんじゃないのかしら」と敦子はいったが、ふだん何をしているのか澪子には見当もつかない。顔もさっぱりわからないのは、本人が仲間と撮った写真しか送られてこなかったせいで、軍服と軍帽に縁取られた顔はどれもこれも同じに見えた。

木挽座に軍服姿の男が乗り込んで来たら、ひょっとして舞台の俳優並みに注目を浴びるのではないか。その反応がちょっと楽しみだったが、相手が一向に現れないのだから澪子はすっかり拍子抜けの気分である。

もっとも今度の見合いは先方が承知したのもふしぎといえばふしぎで、当初はこちらの経歴が告げられず、来る直前に知って会うまでもないと判断したとも考えられる。それならこっちは手間が省けて大助かりだけれど、突然のすっぽかしは失礼しちゃうわ、と若い娘は自分を棚に上げて文句がいいたかった。

なんだか失礼しちゃうわ、といいたい気分は治郎に対してもあった。この日曜日の木挽座で東側の一番観やすい桟敷席を二枡《ふたます》も並びで押さえられたのは治郎のツテならではだし、それはいいとしても、澪子側に用意された席が「東の二」、磯田側を「東のホ」としたのが気に喰わない。席は舞台に近いほうからイロハ順だから、磯田は舞台を観る姿勢で澪子の横顔を眺められることになる。女が一方的に男に見られるのが見合いだと思い込んでいる治郎には、一体あなたはいつの時代の人間かといってやりたかった。

もっとも「東のホ」に座るはずの男は二番目の演目が終了した今もって木挽座に姿を現さないから、先に来ていた付き添いの、遠縁に当たるとかいう村越《むらこし》夫妻は恐縮しきりでこちらに謝り通しだった。穏やかな初老の夫婦が平謝りなのは見ていて気の毒だし、年々頑固になる一方の父親が露骨に不機嫌な態度を示して母親がやきもきしている様子も煩わしく、澪子はそっと席を抜けだしたのである。

木挽座には純粋に芝居を観るだけの目的で来ているわけではなさそうな客がほかにも沢山いて、大間の喧騒《けんそう》はさながら各界名流婦人のご挨拶見本市といった趣《おもむ》きだ。いずれも一張羅《いっちょうら》の晴れ着をまとい、芝居を観るより自分を見せたい口かもしれない。時候の挨拶に始まり互いの着物や持ち物を大げさに賞《ほ》め合って、だれ彼となくごひいきの役者を寸評し、来月のさまざまな催しの情報を交換する。そうしたあたりさわりのない立ち話をする大勢の婦人客に交じって、年輩の紳士客もちらほら見えた。

日曜日とはいえ、こんな場所に来ている男たちはふだん一体どんな仕事をしているのか、澪子は一人一人に訊いてまわりたいくらいだった。木挽座の一等席は八円くらいだから、みんなきっと相当な金持ちの社会に無批判でただ酔狂な人たちなんだろう、と澪子が多少の偏見を交えつつ冷ややかに眺めていたら、折しも正面階段を昇ってゆっくりとこちらに向かってくる初老の紳士は何やらいわくありげな雰囲気の持ち主だった。見るからに怪しげな風体、というわけでもないのに何故そう見えるのだろうと澪子は自問し、真新しいパナマ帽や余り見かけない焦げ茶のダブルや縞柄の蝶ネクタイがキザなせいかと思ったりもしたが、それらと本人の風貌が余りにも不釣り合いなせいかもしれない。

まず帽子から覗いた胡麻塩《ごましお》の短く刈り込んだ髪が、装いとちぐはぐなのである。眉は逆に毛足が長すぎて尻っぱねしている。ずんぐりした鼻柱の下に蓄えた髭は本人をよほどの偉物《えらぶつ》かと見せるくせに顔全体は品がなくて、意外と小さな眼は異様なくらい炯々《けいけい》爛々《らんらん》と底光りしているのだ。こんな怖い目つきの男は木挽座にふさわしくなかった。澪子は以前メーデーのデモに参加した折、サーベルを振りまわしてこちらを脅した警官の眼を想い出したが、あれよりもっと凶暴な感じである。

男の後ろを歩いている連れとおぼしき婦人がまた一度見たら忘れられない派手な造りの美人だった。耳隠しに結った黒髪はうねうねと溢れんばかりだし、バタ臭いほどくっきりとした顔立ちに舞台のような厚化粧をほどこしているのも驚きだが、若竹色の御召《おめし》をしどけなくざっくりと着て博多献上の帯を角《つの》だしできりっと締めた装いは、澪子にすら一目で知れる玄人のそれだった。

女のほうはたぶん花柳界の芸者で、男はその客なのだろうが、どういった関係なのかは判然としない。一定の間隔を保って二人は口をきかずに歩いており、ただ連れであるのは間違いない緊密な空気が感じられるのみだ。

大間の一隅には受付のデスクがあり、急にそこから立ち上がって二人に駆け寄った男がぺこぺこお辞儀をした。女は胸元から祝儀袋らしきものを取りだした。相手はそれを押し戴《いただ》くようにして素早く元のデスクに戻っていった。

澪子はまだ二人から目を離せずにいたら、背後で急に大きな声がしてどきっとする。

「先生、小見山先生ではありませんか」

パナマ帽の男がくるりと振り向いて、その姓を明らかにしてくれた。澪子もつられて振り向いた途端、「先生」と声をかけた男の姿が目に飛び込んだ。

真新しい紺サージの背広に真っ白なワイシャツが、これまた全然しっくり来ない青年だ。洋服が似合わない貧弱な体というわけではなく、むしろ上背があってがっちりしているほうなのに、なぜかふしぎとその背広が似合わないのである。

パナマ帽の男と立ち話をするのはもっと似合わない感じがした。片や見るからにうさん臭い人物で、紺サージの青年は意外なほどの清新な空気に包まれている。という意味では、そもそもこの劇場の空気にも全く似合わない人物なのだ。

「こんな場所で会うとは、君も案外隅に置けんねえ」

とパナマ帽の男もいささか驚いたような表情だが、青年のほうは気の毒なくらいに慌てていた。

「それがちょっとした事情がありまして……勝手が知れない場所でどうにも参っておりましたところへ先生のお姿をお見かけして、ついお声を。ご無礼の段お許しのほどを願い上げます」

直立した姿勢から腰をきっちりと鍵形に曲げ、青年はバカに畏まったお辞儀をしている。

「いやはや、お互いとんだ七段目というところだねえ」

「はあ……七段目とは……」

「おやおや君は『忠臣蔵』も知らんのかね。日本男児たる者、それじゃいかんよ、君。忠君愛国の志を涵養《かんよう》するにも『忠臣蔵』の芝居くらいは観ておきたまえ。たまにはこういう場所にも足を運んだがよろしい」

「はっ、畏れ入ります。今後は肝に銘じまして、年に一度は必ず」

「冗談だよ、君。いちいち真に受けんでよろしい」

小見山先生と呼ばれた男はうるさそうにいい捨てるとすたすた先に歩きだしており、玄人らしき女も黙って後に従っている。

置き去りにされた青年の顔はきれいに陽灼《ひや》けして、いわゆる美男子の部類ではないにしろ実直な人柄の窺える人相だから、いかにも場馴れしない様子が気の毒だった。「先生」と呼ばれた男がこれまた『忠臣蔵』も知らんのかねとバカにするだけして消えたのはひどい話で、澪子は他人事ながら憤慨している。せめて受付のデスクに案内してあげるべきかと迷っていたら、デスクのほうからさっきの男が飛んで来た。同時にジリジリと開演五分前を報せる一ベルが鳴りだしたので、澪子も慌てて席に戻らなくてはいけない。

鴨居に「東ー二」と記された桟敷席の引き戸を開けたら、まともに人とぶつかった。

「あら、治郎にいさん。またここで一緒に観てくださるの？」

「いや、四人も座ると窮屈だから、やっぱり僕は後ろの監督室にいるよ」

澪子はいっそ「お隣の席が空いてるから、そこに座ってご覧になれば」といいたいくらいだが、さすがにそれはがまんする。母親は今にも泣きだしそうだし、父親は怒鳴りだしそうな雰囲気で、治郎もきっと居たたまれずに逃げだすのだろう。先方の付き添いである村越夫妻も姿が見えず、隣の桟敷席は今や空っぽ状態だったが、治郎が立ち去るとすぐに引き戸がガラッと大きな音を立てた。

「遅くなりまして、申し訳ありません」

いきなりの大声でびっくりさせた男は直立不動の姿勢から勢いよく腰を鍵形に曲げた。紺サージの背広を着た場馴れのしない青年の再登場に、澪子は少なからず動揺している。軍服姿を想像していたから全く意表を衝《つ》かれたかたちで、背広姿が似合わないと感じたのは丸刈りのせいだと今ようやく気づいた。

「ああ、磯田君、遅かったじゃないか」

「本当に心配したわよ、遼ちゃん。わたしたちの身にもなってちょうだい」

背後から村越夫妻が安堵《あんど》の声を揃《そろ》えたところで両家が改まった挨拶を交わし合う。挨拶をそこそこにさせたのは開演の本ベルで、チョン、チョンと細かい柝《き》の音で速やかに幕が開き、最後にチョーンと大きな柝が入ると、澪子はひとまず何もかも忘れたようにして舞台のほうへ顔を向けた。

舞台一面に白木の所作台《しょさだい》が敷きつめられ、その上に座敷を象《かたど》った黒木の柱と金襖《きんぶすま》が据えられた、シンプルだが豪奢な雰囲気を醸しだす装置だった。上手《かみて》の緋毛氈《ひもうせん》を敷いた雛段には五挺《ちょう》五枚の三味線弾きと唄い手が座り、しばらくは置歌《おきうた》と呼ばれる序奏で彼らの演奏だけを聞かされる。澪子には邦楽の旋律が耳馴れず、歌詞も何をいっているのかさっぱり意味がつかめないので、正直退屈して舞台からふと目をそらした刹那、あっと目を奪われたのはちょうど真向かいになる桟敷席だった。

開演中で客席の電灯が光量を落としているから人相までは明瞭でないものの、焦げ茶色と若竹色の組み合わせは大間で見かけたあの男女であるに違いない。たしかさっきまでは姿が見えなかったので、二人はこの演目から見るつもりでわざと遅れて来たらしい。

逆にここへ着くのが早すぎたのは澪子の母親で「久々の木挽座だし、おまけに飛びきりのいい席だったから、早く家を飛びだしてしまったんだよ」と苦笑いしていた。田舎者のそんな殊勝な気持ちなんて、あの二人には想像もつかないだろう、と澪子は思う。

舞台ではやっと置歌が済んで、曲調が変わるとまず場内がざわついて主役の登場を知らせた。次いで奥の金襖が静かに開きはじめると「扇屋っ！」のかけ声があちこちで谺《こだま》して、しだいに劇場全体を揺るがすような大歓声に変わっている。澪子はそれを聞いてちょっぴり胸が熱くなっている自分に驚いた。

あの六代目荻野沢之丞がいまだ健在であるのが信じられない一方で、木挽座の化け物がそう簡単にくたばるはずはない気もした。

明治の半ばから女形の頂点に立ち、歌舞伎界に女帝として君臨すること半世紀。年齢はもう古稀に近い、まさしく活《い》きた博物標本のような老名優に澪子は何度か楽屋で対面し、その化け物ぶりを目の当たりにしている。楽屋の廊下では人手を借りて歩くほど足の不自由なはずの老人が、今月の舞台ではみごとな踊りを披露しているらしいと聞いても、何しろ相手は化け物なのだからと澪子はそう驚きもしなかった。

しかし現実に今それを目の当たりにしたら、やっぱり驚いてしまう。皺は厚塗りで埋めたにしても、顔の輪郭にたるみがなく、紅を差した眦《まなじり》も下がって見えないのは何故だろう。二十歳は若返っていそうな化けっぷりが怖いくらいだ。元が男の顔だから造作が大きい分はでやかに見えるのは当然だが、やはり素顔がよほど良くないとここまでの美貌にはなるまいと思う。綺麗な扁桃実型をした眼がまた艶容といえそうな輝きを増して強く心を惹きつけるのだった。

澪子はいつしか沢之丞の舞台にすっかり魅了されて、今日の肝腎の目的を忘れそうになるほどだ。

木挽座の番付で『けいせい深見草』という名題を見た際、澪子は治郎にまず「ケイセイってなあに?」と訊いたものである。

「漢字だと傾く城と書いて、美しい女性、特に遊女を意味するんだよ。立派な王様でさえ、その色香に迷って城が傾いてしまうほどの美人という意味さ」

「ならフカミソウも美しい花を咲かせるのよね。一体どんな植物なのかしら? あたし聞いたこともないんだけど」

「ああ、それはフカミグサと読むんだ。牡丹の別名だよ」

と治郎があっさり答えた通り、沢之丞が身につけた裲襠《うちかけ》には紅白の牡丹を画《えが》いた刺《し》繍《しゅう》が色鮮やかだった。どうやら今度の舞台のために新調したらしく、刺繍の金糸や銀糸がまぶしい燦《きら》めきを見せていた。

「でも牡丹をなんで深見草というのかしら? 花の色も形も、およそ語感とは合わないわ」

「さあ理由までは知らんが、牡丹は昔の歌や俳句でよく深見草と詠まれてたんだよ」

と治郎もお終《しま》いにはうるさがったほど、澪子はつねづね好奇心が強くて、どんなことでも成り立ちや理由が気になって仕方がない質《たち》である。だから歌詞の意味がほとんど不明なのは参ったが、沢之丞が扮する遊女の動きはそれなりに理解できた。さっきのは手酌で杯を重ねるフリ。立ち上がりしなに一瞬よろめいたのは酔ったフリ。扇を取りだして舞いはじめても、手振りや足取りをおぼつかなく見せるのは酔態に相違なく、動きは頼りなげでも曲に一々ぴたっとハマり、現実に足が不自由なことは少しも気づかせないのだ。上体が前に傾いて危うく躓《つまず》いたように見せながら、そこを一瞬ぐっと踏みとどまって起き直った立ち姿の美しさには惚《ほ》れ惚《ぼ》れした。

セリフのある芝居はまだしも歌舞伎舞踊はさっぱり理解できず苦手な澪子だったが、三味線音楽と合体したパントマイムの一種と解釈すれば、フリが意外なくらい写実に見えて、今度は逆に歌詞の意味が少しずつ摑《つか》めだすのもふしぎだ。

舞台の遊女は途中で急に動きを止めて、後ろ向きで腰をおろした。どうやら舞台で衣裳替えをするらしく、この間また三味線の間奏でつなぎそうだから、澪子は再び舞台から目を離して真向かいの桟敷席をちらっと見た。すると焦げ茶色の服も若竹色の着物も前後左右に揺れて、まるで激しい睡魔に見舞われているかのようだ。歌舞伎舞踊が苦手な自分でさえこうして面白く観られる舞台で寝そうになるなんてどうかしている。ひょっとしたら二人は舞台の遊女と同様お酒を飲み過ぎて酔っ払ったのだろうか。

築地小劇場に所属する澪子にはまず上演中に飲食すること自体が信じられないのだけれど、あの二人はわざわざ遅れてやって来て、お目当てのはずの舞台すらちゃんと観ていないのには呆《あき》れてしまう。桟敷席はどこも一枡に四人がけで、前列に並んだ人の背後にも人影がぼんやり見えるのに、真向かいの席は二人で独占しているようだから、飲み過ぎをたしなめる者もいなければ、ゆらゆらと不安定な動きを見せる二人の背中を支える者もいないのでとても危なっかしい。

二人の背後に広がるのは闇ばかりだが、突如、その闇が急に濃くなったように見えた。濃い闇が二人の頭上に覆いかぶさったように見えるのが実に不気味でも、それはほんの一瞬のことで、単に目の錯覚だったのだろうと澪子は思う。二人は今やもう寝入ったかのように俯《うつむ》いた状態だ。

曲調が変わったので澪子はまた慌てて舞台に目を向ける。裲襠を脱いだ沢之丞が再び踊りだしていた。曲はだんだん急調子になり、足の不自由なはずの老優が舞台の端から端まで思わぬスピードでするすると進んで、牡丹の花を手にしてからはさらに動きが激しくなった。古稀に近い老人とはとても見えず、前半のゆったりした舞いぶりとは対照的にノリがいい踊地《おどりじ》で観客を魅了する。

とはいえ疲労が徐々に蓄積して老優を蝕《むしば》んでいくのだろうか、沢之丞の動きは今やほんの少しずつ曲に後れを取るようだった。だがそれが却って観る側の呼吸を操るようにして、心地よい緊張感をもたらしている。差す手引く手や踏みだす足の動きにほんの少しの間があるごとに澪子はじりじりさせられ、曲にずれるかどうかの寸前で何とか間に合う動きには、ほうっと溜息《ためいき》をつきながら、しらずしらず舞台に引き込まれていった。

それは最初から計算された舞台のようで、澪子は歌舞伎舞踊の醍醐味《だいごみ》を初めて味わえた気がした。場内もしいんと静まり返って観客全員がこの踊りを堪能しているようだった。ところがまたちらっと真向かいの席に目をやれば、例の二人は先ほどと同じくがっくり首を前に垂れたままの状態で、もはや完全な熟睡に陥ってしまったらしい。

　さらにその心地よい睡眠を手助けするように、場内が一瞬にして真っ暗になった。舞台の照明と客席の電灯が一斉に消えたから、あたりは真の闇だ。それでも三味線は鳴り響き、チョンチョンとかすかな柝の音に混じって金槌《かなづち》か何かの音がさかんに聞こえる。暗がりで装置を動かすための懐中電灯が蛍のように舞台上をちらつくも、客席では隣に座った人の顔もよく見えない暗闇が思いのほか長く続いた。

　闇の中では時間が長く感じられ、澪子はだんだん不安にさえなる。三味線はどれも似たような旋律とはいえ、全く同じ旋律を二度繰り返したのはさすがにわかって、客席全体がざわざわしはじめていた。これ以上待たせたら何かトラブルが起きたかと疑う寸前に、チョンと柝の音が鳴って場内が瞬時にパッと明るくなった。途端にどよめきが広がって、みごとな舞台転換の演出である。

　今は舞台一面紅白の牡丹が咲き乱れる風景となり、中央には獅子の白頭《しろがしら》をかけて紅の色を濃くした沢之丞が先ほどとは打って変わった凛々《りり》しい立ち姿を披露している。曲は一段と激しい急調子になり、全身を大きく使った勇壮なフリだけに、あの足で本当に大丈夫なのかしらと澪子は少なからず心配する。それでも果敢に踊り抜く老優の顔はじっとりと汗ばんで白い滴をしたたらせ、今やこうごうしいほどの輝きを見せていた。

再び緩やかなテンポの終曲になると沢之丞もやっと安堵したような舞い納めの姿勢を取り、チョンと柝が打たれるのと同時に、横からホウと大きな吐息が聞こえた。

澪子は今日ここに来た肝腎の目的をすっかり忘れていたくらいだが、見合い相手も何だか舞台に感動したようなのがおかしい。軍人さんのセンスもまんざら捨てたもんではなさそうだ。というより、沢之丞の踊りは無粋な軍人にすら感銘を与えたと考えるべきなのだろう。何しろ澪子にとっての沢之丞は、あの恋人のかつての師匠だし、彼は師匠に破門された今もその芸を深く尊敬しているのだった。

澪子は無意識にまた真向かいの席へ目を移した。するとそこはもう空っぽだったから、まったく狐《きつね》につままれたようである。あの二人は一体全体どういうつもりで高い料金を払ってここに来たんだかわかりゃしないと呆れながら、澪子はだんだん妙な気がしてきた。

あの二人はまるで闇の中に溶け込んでしまったかのようだった。澪子はなぜそんなふうに思うのかを自問して、何だかいけないものを見てしまったような気持ちで幕が引かれるのを黙って見ていた。

3 降って湧いた襲名

三十間堀《さんじっけんぼり》はかつて文字通り三十間およそ五十五メートルの川幅だったようだが、今は三十メートルほどに縮んで澱《よど》んだ水がゆっくりと流れていた。まるで底の知れない川面を見るともなしに眺めていたら、つい足下がお留守になり、買って間なしの革靴が地面にずぶっとめり込んで、薗部理《そのべただす》はつい舌打ちしそうになるのを我慢した。先ほどから盛んにチッチと舌を鳴らす笹岡《ささおか》警部に追随してはならなかった。

三原橋《みはらばし》から川っ縁に降りたのは間違いで、足場の悪い地面を延々と歩くはめになった。割れた空き瓶やら缶カラが湿った黒土から半分顔を覗かせて、得体の知れない塵芥《じんかい》が至る所にとぐろを巻いている。片側には人の背丈より高い石垣が延々と続き、川との間の地面はごくわずか。時に引き揚げられた小型船が前に立ちはだかると、体を斜めにして潜《くぐ》り抜《ぬ》けるしかないのだ。

朝日橋《あさひばし》の下に男女の死骸を発見したのは出航準備をしていたポンポン船の乗員で、三原橋派出所から築地署に連絡が入ったのは午前八時前。今はもう十時だから既に多くの署員と嘱託医が駆けつけているはずだが、笹岡警部はいつも通りに平然と出遅れて相変わらず薗部刑事を従えていた。

薗部刑事はもともと今日のような春らしい長閑《のどか》な日和《ひより》に似合った顔立ちで、殺伐とした仕事を重ね、おまけに上司が上司だから苦労もひとしおのはずが、表情にさほどの翳《かげ》りはまだ出ていないようである。

はるか向こうの橋の下に署員の群がる様子が見えても笹岡の歩調は変わらず、やや顎がしゃくれた顔も一向に動じる気配はない。沈思黙考というタイプではさらにないが、ただ時に思いがけない発言をする男が、今ふいに首を上に向けてこう呟《つぶや》いたものだ。

「ありゃつくづくご大層なシロモンだなあ」

視線の先には木挽座の屋根。「代物」を「城」と聞き間違えるくらい、入母屋破風《いりもやはふ》の瓦屋根が高く聳《そび》え立ち、三十間堀の石垣と相俟《あいま》って、ここから見ればたしかに濠《ほり》を備えた城郭といってもいいような趣きである。もっとも築地川から眺めても同様で、築地署の二人がことさらに感心する風景でもないからして、薗部は相づちも打たずに黙々と歩いた。

「あっ、警部殿」という少し慌てたような声に笹岡は立ち止まる。一斉に畏まった敬礼をするのは先に駆けつけていた署員たちで、現在二百四十人近い築地署に警部はたった一人。署長の警視に続く次席だけに笹岡の態度が横柄なのも致し方がない。その笹岡も嘱託医にはそれなりの挨拶をして、莚《むしろ》で覆った遺体にも神妙に合掌した。

男女の死骸が仲良く並んで横たわっていた。女の首には紐《ひも》か何かで絞殺した暗紫色の索条痕《さくじょうこん》が鮮明だ。男のほうは胸から腹にかけて黒いシミが大きく広がっている。あたかも女を先に縊《くび》り殺して男が後追いした古典的な心中みたいだが、そうしたことには無縁な男女というのが一目で知れた。

女はほつれ髪が目立つとはいえ髪油で固めた土台はしっかりしていて、その大仰な髪型と派手な衣裳から花柳界の出と見られた。花柳界にも色んな女がいるのだろうが、およそ心中するような儚《はかな》さは無い迫力のある容貌で、混濁する眼を大きく見開いたまま硬直した顔は、どこかの寺で見た怖い鬼子母神像を想い出させる。

男の短く刈り込んだ胡麻塩の頭髪と鼻の下のカイゼル髭は心中するような年頃に見えず、またそういった雰囲気も感じさせない。焦げ茶のダブルはかなり上質の生地を使った仕立てのようで、経済的なゆとりをも匂わせている。

男のほうは匕首《あいくち》のような刃物で刺殺されたと見られるが、

「滅多刺しですよ。もっと詳しく調べてみんとはっきりしたことはいえんが、刃物が複数だった可能性もあります」

と嘱託医はいう。

「死亡して半日が経《た》ったかどうか、というところでしょうなあ。女のほうは……うーん、ちょっとはっきりしたことはいえんが、たぶん同じぐらいじゃないでしょうかなあ」

「現場はここですか？」

「いや、それがどうもねえ。現場なら血がもっとあっていいはずなんだが。周りの土も調べてみませんとなあ」

嘱託医の判定は甚だ頼りないとはいえ、明治末に誕生した警視庁の鑑識係はまだ指紋の採取と照合しか取り扱わない部署だからして、検屍《けんし》は嘱託医に任せるしかないのである。

遺留品として黒の革財布とビーズのがま口財布を示した署員の一人は中を開けて見せ、

「札が一枚もありませんでした」

と物盗りの犯行を匂わせた。

黒財布に名刺は数枚残っているようだし、男女共に特徴のある風体だから身元はすぐに割れそうだが、再び男の死骸を覗き込んだ笹岡がその顔を妙にしげしげと見ているのは解《げ》せない。

「ご存じの男なんですか？」

「どっかで見たような顔なんだがなあ……いずれにしろ、こりゃ行きずりの犯行なんかじゃねえぞ」

笹岡の呟きは面倒な事件を予感させて薗部には実におぞましい響きがあった。

千穐楽の楽屋は賑々《にぎにぎ》しくも慌ただしい。本来ならこんな日を選んで訪れるのではなかったと思いつつ、治郎は薄紫の楽屋暖簾をかき分ける。途端に部屋の主が振り向いて、

「おや、先生、ようこそおいで」

思いのほか上機嫌の声を聞いてひと安心だ。相手は鏡台の前に座ってちょうど化粧に

取りかかったところのようだから、訪れた時間も問題なかった。

「実は一昨日の舞台を拝見したんですがね」

「ああ、そう伺ってましたから、随分と気を入れて演ったつもりなんですよ。後でまた楽屋にお寄りになるかと思って待ってたら、一向に見えないから、余りお気に召さなかったのかしらんと心配しましてね」

「いや、とんでもない」

と慌てて治郎は打ち消した。

「実に素晴らしかった。僕はもうすっかり感動して、逆にお訪ねするのが憚《はばか》られたんですよ」

本当は訪れたかったのに、澪子の両親につかまって終演後も何かと付き合わされたのだが、

「先生もまあ本当にお口がお上手になられたこと」

沢之丞は皮肉っぽい言い方でも声が弾んでいた。今度の舞台は世評がいいばかりでなく、本人もその手応えを十分に感じているのだろう。

「もう少し早く拝見してたら何度か観られたのに、今日が千穐楽かと思うと残念でなりません」

これは治郎の正直な気持ちで、相手も素直に聞いてくれたのか、

「先生が今日もご覧になって戴けるんなら、ああ、わたしも本当に心置きなく舞い納めができますよ」

ちょっとかすれたような声になり、眼まで潤ませているから治郎は驚いた。この役者がかつてこうも素直に感情を出したことがあっただろうか。やはり今日で『深見草』の上演を最後にする感慨が迸《ほとばし》るのだろう。この千穐楽を迎えるまでに、気の張りつめ方も尋常ではなかったに違いない。

沢之丞ほどの名優にして、この高齢で二十五日間の舞台を無事に乗り切るのがどんなに大変か、どれだけの神経を払い、努力を惜しまなかったかを想像し、治郎も眼が潤みそうになった。きちんとした感想を述べるつもりで舞台を観ながら一応メモを取っていたが、こうなるともう今さら自分の感想を述べるのは野暮だった。それよりは、

「一つお聞かせください。あんなに素晴らしい舞踊を披露するための、お心がけといったようなものを」

「先生にお聞かせするような心がけなんてものはございませんが、ただ、無駄な動きはしてませんよ」

「無駄な動き？」

「若い時は、ああでもない、こうでもないと、ついつい余計な考えで、無駄な動きをするもんですが、もうこの歳《とし》になると、ただきちんと舞うので精いっぱいなんですよ」

「なるほど、それで、ああいう舞台に……」

沢之丞がいう「無駄な動き」は、舞踊に限らずもっと広範囲に通用する深い意味があるように思えた。治郎はこの老人から時々こうした含蓄《がんちく》に富んだ話を聞くのが大好きだが、今日は何しろ千穐楽だから彼を独占するわけにはいかない。一昨日楽屋で声をかけてくれた銀縁眼鏡の男が先ほどから部屋の隅にずっと居座っている。たぶん治郎の知らない亀鶴興行の社員だろうが、今後の公演の相談や何かがあるに違いなかった。それならこちらは遠慮するつもりで治郎が早々に部屋を出ようとしたら、「千穐楽おめでとうございます」と声高な挨拶で入って来るや、

「ああ、桜木先生も来ておいででしたか」

こちらに顔を向けた小柄な男は、治郎が以前からよく知っている亀鶴の社員だ。

「やあ益田《ますだ》君、『深見草』は大当たりだねえ。扇屋さんに是非とも再演してくれるよう、君が説得したまえよ」

「いや、そのことは僕も初日からずっと申しあげてるんですが」

「ハハハ、先生、年寄りをいじめちゃあいけませんよ。今月でご勘弁くださいまし。わたしゃもうへとへとなんだから」

と戯《おど》けたふうにいいながら沢之丞は銀縁眼鏡の男を顧みた。

「ねえ、伊村《いむら》、わたしの出る幕なんか、もうないといっておやりよ」

伊村と呼ばれた男は真面目な顔で黙ってこちらに頭を下げる。沢之丞のいい方からすると、亀鶴興行の社員ではなさそうだ。ならば何者だろうという治郎の気持ちを汲んだように、

「先生は、伊村とは初めてでしたっけ？」

「いや、一昨日も会ってはいるんですが、前にどこかで見たような気はしつつ……」

「ああ、お忘れでもふしぎはありませんよ。伊村は宇源次《うげんじ》付きの番頭だったんですから」

といわれて治郎は腑《ふ》に落ちなかったことがいっきに解消した。

役者は付き人として身のまわりの世話をする男衆《おとこし》のほかに、出演料などの金銭的な交渉を代わってする番頭、すなわちマネージャーを雇っている場合がある。役者の番頭なら楽屋部屋に居座っていて少しもおかしくないのだ。

しかしながら久々に宇源次という名前が沢之丞の口から聞けたことにはいささか胸を衝かれた。

四代目荻野宇源次。まだ幼いうちに沢之丞が縁者から養子に迎えた跡継ぎとされるが、正妻の外にできた子を養子として届け出た、役者にありがちな例だとの噂もあった。美貌の若女形として人気沸騰し、芸も天賦の才を謳《うた》われて将来を嘱望されつつ、残念ながら二十代で夭折《ようせつ》している。治郎よりもかなり年下だったので、子役の頃からずっと見て

いて、二十五を過ぎたあたりからめきめきと上達し、晩年はことに神がかった芸の燦めきに圧倒された想い出がある。

ところが素晴らしい舞台を見た直後に今度は全くやる気のない演技を見せられたりして、どうも斑気《むらき》なところは戴けず、そのうちだんだん途中休演が多くなって、ある日を境にぷっつりと舞台に立たなくなった。それから一年ほどして長患いで亡くなったと聞かされたが、何しろ実の子同然に育てた養子に先立たれた沢之丞は当時落ち込みようが激しくて、病名を訊くのも憚られ、その後も故人の話をこちらからするのは遠慮していた。思えば沢之丞の口から宇源次の名前が出たのは治郎が想い出す限り、ひょっとしたら葬儀以来のことかもしれない。

改めて伊村の顔を見ると、たしかに宇源次の傍で見かけた男に間違いなかった。こんなインテリめいた風貌の青年が歌舞伎役者の世話をしているのは当時からふしぎに思って、謎めいた組み合わせの印象があったのだ。にもかかわらず沢之丞から今いわれるまで想い出せなかったのは、記憶力に自信があるほうだった治郎に寄る年波の恐ろしさを痛感させた。

それにしても宇源次が亡くなってもう四、五年にはなるはずだから、伊村はこの間どこで何をしていたのだろう。今ここにいるのは再び扇屋の番頭に復帰するということなのだろうか。

「扇屋さんも今月は本当にお疲れだったでしょうが、来月は新緑の伊香保、夏は大磯の浜辺でのんびりとお過ごしください。秋からまた大変なことになりますんで、どうかくれぐれもご自愛くださいますように」

益田がそういうのも治郎はちょっとひっかかったが、

「そんなに脅すんじゃないよ。別にあたしが襲名するわけじゃないんだから」

と聞いては声をあげずにいられなかった。

「襲名って、一体だれの襲名なんですか」

「宇源次だよ。五代目荻野宇源次の襲名さ」

こともなげにいい放って沢之丞はにんまりと微笑《ほほえ》んだ。

「襲名の披露はこの秋に決まっております」

と益田はこちらに得々とした笑顔を見せている。

「一昨年は袖崎蘭五郎の一周忌。去年の暮れから今年にかけては九代目團十郎《だんじゅうろう》の三十年忌追善興行。そして今度は宇源次の襲名披露で客寄せをする魂胆かい」

何しろ降って湧いたような襲名話だけに治郎はちょっと皮肉ないい方になった。

「先生だから申しますが、今はうちも大変でしてねえ」

それはそうだろう。亀鶴興行だけではない、今はいずこも大変で、世上騒然たるものだ。昨年五月十五日には永田町の官邸が襲われ、犬養毅《いぬかいつよし》首相が射殺されるという前代未聞の椿事《ちんじ》があった。関東大震災から十年となる今年の三月三日には三陸地方の地震による大津波でまたしても多大な犠牲を余儀なくされている。そうしたいつ何どき何が起きるかわからない世情不安の日本で、二千五百人収容の大劇場に人が集まるのはふしぎなようでいて、逆に一時の享楽に我を忘れる刹那主義が流行するというわけなのか、木挽座はいまだ平然と毎月の興行を続けていられるのだった。

「わが社としてもそうそう追善興行ばかりもしてられず、去年の暮れに社長が扇屋さんとご相談をして、早速この秋に襲名披露という運びになりました。何せ先生もまだご存じなかったほどの急な話なんですが、社も背に腹は代えられんといったところでして」

益田は役者の前で相当無神経に興行会社の思惑をしゃべっているが、沢之丞は取り立てて苦々しい表情を見せてはいない。

「それで襲名するのは、どなたなんですか？」

と治郎が肝腎のことを質問したら、相手は何を今さらというふうに扁桃実型の眼をいっそう大きく見開いている。

「藤太郎《とうたろう》ですよ。あの子は先日ここで先生にお目にかかったと申しておりましたが、その話はしなかったんですね」

治郎の頭の中は目まぐるしく回転し、一昨日ここで見た美少年の顔がはっきりと目に浮かんだ。おお、あれが若くして逝った四代目宇源次の忘れ形見、荻野藤太郎だったとは。

「一昨日は黒衣を着てたんで、てっきり若いお弟子だとばかり」

「今月は、あれに定後見《じょうごうけん》をさせてんですよ」

舞台の上で主役級の介添えをする後見はもっぱら役者の弟子が務めるが、幹部俳優の子弟でも修業中は舞台の袖で目立たぬよう黒衣を着て親や先輩たちの芸を見学する習わしがあり、それを定後見と呼んでいる。役者が観客の前で披露する本気の舞台を観ておれば、稽古場で百ぺんおさらいするより芸の真髄が体得できるという。一昨日ここで『深見草』をさらっていた黒衣の美少年が驚くほど芸達者に見えたのは蓋《けだ》し当然かもしれなかった。

ただし彼はただ芸達者というだけではなかった。沢之丞と違うのは当然ながら、実父の亡き宇源次ともひと味違った美貌で、妙に蠱惑《こわく》的なあの眼差《まなざ》しが治郎は忘れられない。芸は修業次第だが、天賦の美は努力で得がたく、さらに人を惹きつけ人の心を揺さぶる能力は天性のものが大きい。そして役者にはそれが最大の武器となる。五代目荻野宇源次の将来恐るべしというべきか。

「あれはまだ十五、六の子供でしょ。行く末がどうなるか誰にもわかりゃしないのに、大々的な襲名披露をするなんてのは、まるで相場の思惑買いみたいじゃありませんか、ねえ、先生」

と沢之丞のほうが逆に当事者らしからぬ冷めたいい方をしたら、

「扇屋さんがお身内としてご心配になるのはごもっともなんですが、僕らとしては、あれだけの逸材を世に送り出さないのは、宝の持ち腐れのように思うわけでして」

治郎は藤太郎をひと目でわからなかった理由に今やっと思い当たった。父が存命中の初舞台も、そのあと子役で何度か出たのも知っているが、父の死後は目立った舞台を観た記憶がないのだ。ちょうど声変わりの時期で出ないのかと思いながら、次第に存在を忘れてしまったらしい。

「あれはしばらく上方にやって、向こうで修業させてたんですよ」

と沢之丞はこちらの不審を読んだようにいう。

「なるほど。突然きれいな蝶になった姿を見て、僕はびっくりしたというわけですな」

「まだまだ蝶には程遠い毛虫かサナギなんですがねえ。ただ向こうでしばらく修業させてたから、少しは義太夫《ぎだゆう》が肚《はら》に入ってセリフの助けにはなるでしょうよ」

「義太夫狂言の勉強をさせるためだけに、わざわざ向こうへ？」

という質問には答えず、沢之丞は急に顔をそらして鏡のほうを向いた。

たしかにもうそろそろ化粧に取りかからないと間に合わない時間かもしれない。黒い呂色《ろいろ》塗りの大きな三面鏡台は先ほどから弟子が昇汞水《しょうこうすい》できれいに拭いた上で、そこに白粉や紅の缶、大小さまざまの刷毛《はけ》や筆をきちんと並べていた。弟子の一人が火鉢で温めた鬢付油《びんづけあぶら》を差し出すと沢之丞はすぐさま手にすくって顔に塗り、ごしごしとすり込みはじめた。

歌舞伎の化粧は飽きるほど見ているはずの治郎でも、古稀に近い老優が一昨日の舞台ではどうしてああも美しく見えたのかとふしぎに思いながら、ついつい目で追ってしまう。

「嫌ですねえ、先生。素人じゃあるまいし、こんな爺《じい》さんの顔を今さらじろじろ見てどうすんですか」

と笑いながら沢之丞の表情はまんざらでもなさそうだ。役者は誰であれ自分をちゃんと見てくれる相手に好意を持つからして、治郎は遠慮なくその変身ぶりを見届けることにした。

分厚い白塗り化粧は間近で見るとやはりグロテスクでしかないが、眉を張り、目張りを入れて口紅を塗るうちに、役者の心理がだんだん役に没入する過程を辿《たど》れて面白い。白粉は手や足にも丹念に塗り込まれていき、それを見ていると白粉にかつて多量に含まれた鉛成分が名優の足を不自由にさせた経緯も否応なく蘇る。

鉛毒ばかりではない、思えば役者はあらゆる毒素を一身に吸収して、この世を浄化するような役割を果たすのかもしれなかった。興行をめぐるさまざまな軋轢《あつれき》や楽屋で日々起きるバカらしい揉《も》め事《ごと》、いかがわしい取り巻きの連中にもめげず、役者たちが時に人の心が洗われるような清冽《せいれつ》な舞台を披露して醜い現実を忘れさせるのはなぜだろうか。

「しかし襲名ともなれば、また大変な物入りだねえ……」

と治郎は急に現実問題に立ち返って伊村の顔を見た。

「まあ、それはなんとか」

銀縁眼鏡の相手は表情も変えず口数も少なかった。

襲名する役者には衣裳から持ち物から名前の格に見合った立派な身支度が要求されるし、披露の配り物やら関係者への祝儀を含めて、当然ながら多額の出費を覚悟しなくてはならない。へたに襲名をして借金で首が回らなくなった役者の話もよく聞くところだが、藤太郎の場合は祖父の沢之丞が負担するにしろ、具体的な金銭のやりくりは伊村に任せるつもりで呼び戻したに違いない。

治郎は今ふとあの男が瞼《まぶた》に浮かんで、伊村の顔をつい見てしまったのである。キザな蝶ネクタイにカイゼル髭で皆から「先生」と呼ばれていた男。一昨日たまたま楽屋で鉢合わせした、あの見るからにうさん臭い人物も、襲名披露に出資してくれそうなごひいきの一人として、あれほどの歓待を受けていたのだろうか。

「旦那、おめでとうございます」

と千穐楽の挨拶をしながら暖簾をかき分け、新たに入って来たのはどうやら衣裳方のようである。沢之丞付きの衣裳方にしては意外と若い男で、今どきは衣裳方でもワイシヤツにズボン姿なのが治郎は面白いと思った。色の白い細身の男で、役者にしてもおかしくないような華奢に整った容貌の二枚目なのがまた面白い。片や女形でもやや厳《いか》ついご面相の沢蔵が彼に色目を使いつつ、

「ああ、秀《しゅう》ちゃん、今日はちょっと来るの早過ぎたようだねえ。何しろ旦那もいいお歳だろ、皺を隠すんでどうしても化粧に時間がかかっちゃうんだよ」

面と向かって師匠を貶《けな》せるのは古株の門弟ならではだが、

「バカいうんじゃない。化粧はもうできてるよ」

終了の合図のように沢之丞がポンポンと掌を叩《たた》けば白粉がぱあっと舞い散って、二人の弟子が左右から腕を取り、腰を支えるなどして立ち上がらせる。

秀ちゃんと呼ばれた二枚目の衣裳方はさっそく畳紙《たとう》を開いて襦袢《じゅばん》を取りだし、馴れた手つきで沢之丞の肩に当てた。沢之丞がこれまた馴れたしぐさですするりと腕を通せば、前に取り付いた弟子が腰紐で縛りあげ、同じようにして本衣裳を着せた秀ちゃんが今度は前に回って重量感のあるあんこ帯をしっかりと締めにかかる。

この間にまた床山《とこやま》の男が入って来て、沢之丞の頭に手早く鬘をのせた。高く結った伊《だ》達兵庫《てひょうご》の髷《まげ》には中差《なかざし》の笄《こうがい》と同じく鼈甲《べっこう》製の大櫛《おおぐし》が三枚、琴柱《ことじ》の簪《かんざし》が十二本、松葉簪と玉簪がそれぞれ二本と、まるで菩薩《ぼさつ》像の後光のごとく豪華に飾り立てている。これに金糸銀糸の刺繍が絢爛《けんらん》と施された前結びのあんこ帯や裲襠の衣裳を入れると、沢之丞の体

にかかる総重量は数十キロにも及ぶだろうか。芸もさることながら、老優がまずこうした重労働に耐えている姿は今さらながら敬服に値した。

弟子に手を引かれた沢之丞が先に部屋を去り、その後ろ姿を茫然《ぼうぜん》と見送るようなかたちで治郎は廊下に出ていた。開演五分前の一ベルはまだ聞こえず、慌てて客席に戻る必要はなかった。

部屋にいた弟子や裏方も後片づけを終えたようで、ぞろぞろと廊下に出はじめたところで、ふいに前方から黒衣の姿が急ぎ足でこちらに向かって来た。するといつの間にか治郎の横に立っている沢蔵が、

「ああ、坊ちゃん、旦那はもう舞台のほうですよ」

「あっ、いけない、また叱られちゃう」

女の子みたいな口をきくのはまさに先ほど話題の中心だった荻野藤太郎。いくら慌てていても周りはしっかり見えるらしく、

「あら先生、一昨日はどうも」

こちらに素早く頭を下げて、にっこりとした。その笑顔はまだ完全な男になりきらない、さりとて女にはない清艶な色気と愛嬌《あいきよう》があって再び強く目を惹きつける。華奢な黒衣姿が廊下の向こうへ消えて行くのを治郎はこれまた茫然と見送るはめになり、

「扇屋もいい跡継ぎができたねえ」

思わず沢蔵に話しかけたら、

「ああ見えて、なかなかのお転婆《てんば》さんで、あたしらに手を焼かせるんでございますよ」

いかにも女形らしい言い方でにやっと笑いかけた顔は、逆に目をそらしたい気分にさせた。

廊下を見渡せばやはり千穐楽だけにあちこちで今公演の後片づけが始まっていて、各部屋の前では小道具の運び出しなどもしているようだ。廊下を往《ゆ》きかう裏方は今やシャツにズボン派が多いくらいだろうか。むろん昔ながらに裁付袴《たつつけばかま》の姿も当然あるが、立ち話を聞いていると別にズボン派と意識の上では大差がなさそうで、今夜行く飲み屋の相談や、もらった祝儀の自慢といったところがせいぜいのようである。

それでも前を通りかかったえらく大柄な裁付袴の男は「おい三上《みかみ》、あれじゃやっぱ寸法違《ちげ》えだぜ。間尺《ましやく》が合わねえ」と治郎の背後に声をかけ、振り向けば先ほど秀ちゃんと呼ばれた二枚目の衣裳方がいて「そうですか。じゃ、また考えるとしましょうか」と答えている。そこに横から割り込んで、同じく裁付袴の、こちらはおやっと目に立つほど小柄な男が「常《つね》さんよォ、今日こそは丸物《まるもの》の寸法をきっちり合わせてくんなよ」と声をかけた。

丸物とは石灯籠《いしどうろう》や鳥居といった立体的な舞台装置のことだから、千穐楽でもまだ衣裳や道具の手直しがあるというより、たぶん来月の公演に使うそれらの確認作業が始まっているらしい。歌舞伎ではたとえば衣裳が大き過ぎて装置に閊《つか》えるようなことも起こるから、裏方同士がこうして密に連携し合うのだろう。それにしても、

「随分と熱心なもんだなあ……」

昔の裏方は仕事がもっといい加減だったような気もするが、今とはまた違ったこだわりがあったのかもしれない。

「熱心は熱心なんですよ。こっちがあきれるくらいに」

と、ここで違う受け取り方をしたのは沢蔵である。

「坊ちゃんは、踊りでも何でも、ほんとによく飽きないもんだと思うくらい熱心におさらいをなさいますすんでねえ」

治郎の瞼には一昨日の楽屋で暗がりに舞っていた黒い影法師が蘇る。天性の資質を備えてなお且つ芸に熱心なら、まさしく鬼に金棒といったところだ。亡父とひと味違った美貌を備えているので、性格のほうも母方から受け継いだものがきっとあるのだろう。

「考えてみたら、僕は死んだ宇源次の細君《さいくん》に一度も会ったことがないんだが、相当な美人なんだろうねえ」

「まあ、そりゃ、そうなんでしょうねえ」

沢蔵の気のない返事は女形らしい妬《や》きもちが手伝ったようでもあったけれど、

「もう美人というには結構なお歳なんだろうが、今度の襲名はさぞかし歓《よろこ》んでおられる

だろう」

「それは……まあ、そうなんでしょうが」

との暗い声はあきらかに変である。

「まさか……細君のほうも存命じゃないのかね？」

「ええ、まあ、そういうことでして」

先ほどから沢蔵の口を重くさせていた原因がこれで明らかとなった。

「藤太郎も気の毒な子だねえ。せめて祖父《じい》さんにはせいぜい長生きをしてもらわなきゃいかんなあ」

「そうなんですよ、先生。坊ちゃんが独り立ちをするまでは、何としても旦那に元気でいてほしいと思うから、日頃あたしらは何かと気を遣って本当に大変なんですよォ」

沢蔵はやっといつもの調子に戻っていた。

「そんな気の毒な事情を知ったら、僕はますますあの子を応援してやりたくなったよ」

という気持ちに嘘《うそ》はなかったが、応援するといっても治郎にできることは限られている。

そうだ、夭折した人気役者、四代目荻野宇源次の評伝を物するというのはどうだろう。秋の襲名に間に合わせるのはさすがに無理としても、先代の功績を顕彰して世論を喚起し、宇源次の名跡を立派なものにするのは、五代目となる藤太郎に自分ができる一番の応援ではないかと思えた。

　そして評伝を書くなら、私生活の方面も一応は知っておく必要がある。

「宇源次が亡くなったのは、たしか五年前だよねえ。生前あれだけ人気があった役者なのに追善興行はしなかったから、それで今年あたり七回忌をかねて襲名させようという話になったのかもしれんなあ。ところで細君は宇源次の後を追っかけるかたちだったのかい？　それとも細君のほうが先だったのかね？」

　この何げない質問に沢蔵がまたわざとらしく首をかしげた。

「さあ、どうだったでしょうか……」

　沢蔵が宇源次の妻と生前いくら疎遠だったにしろ、どちらが先に逝ったのかも答えないのは怪しい。もっとも治郎は妻がいたことさえ知らなかったくらいだから、若手人気役者の通例で、婦人客のご機嫌を気にして妻子を表に出さないようにはしていたのだろう。したがって隠し妻のままで逝ってしまったという話も多分にあり得るのだが、

「そもそも宇源次の病気は何だったんだい？　ずいぶん長い間療養してたようだが、やっぱり肺結核のたぐいかね」

「ええ、まあ、そういうことで」

　沢蔵はまた煮え切らない返事をして顔を伏せた。亡くなった当時のことは今さら想い出すのも辛《つら》い、といわんばかりに。

4　消えた二人

築地署の署長室は二階の奥だが、笹岡警部の声は一階まで轟《とどろ》きそうな大音量で署長の顔をこわばらせていた。

「近所の川で釣れた魚が大物すぎて、本署ではとても引き揚げられんと本庁が判断したんなら、こっちはもう大船に乗り組んだ気でいるしかありませんなあ」

三十間堀で発見された死骸の男は小見山正憲《せいけん》。薗部もうっすら聞き覚えがある名前だが、笹岡はどこかで見かけたか、新聞の顔写真か何かで知って、現場でうすうす気づいていたようである。

「ガイシャが征西会《せいせいかい》の幹部とはまた厄介なヤマにぶち当たったもんだ」と、ぼやき通しだったが、薗部はそれが有名な右翼結社と知る程度で、

「征西会の発足は大正八年、今から十四年前だ。その年に世界で何があったか知ってるか？」

と訊かれても、当時まだ尋常小学校に通っていた身には答えられない。

「あれは欧州大戦が終わった翌年で、次の年は国際連盟なるものが誕生した。連盟の発足に当たって、わが大日本帝国は人種差別撤廃の方針を明文化しろという、なかなか立

派な提案をしたんだ。ところが英国の猛反対に遭って流れちまった。新聞でそれを知った日本人は当然大いに憤慨した。人種差別を容認する連盟には入るなという意見まであがった。当時の抗議集会を俺はよく憶《おぼ》えている。そもそもアジアのほとんどは西洋の植民地で、有色人種の多くが奴隷並みの扱いをされておるが、肌は黄色くとも日露戦争でロシアを破って西洋列強に伍《ご》した一流国家の国民たる者、西洋の白人だけに世界を牛耳らせておいてたまるか、というわけだ」

そうした国粋主義に基づく右翼の政治結社が当時雨後の筍《たけのこ》のように続々と誕生した。征西会もその一つで、西洋を逆に征するという意味合いで名付けたのだろう。

結果的に日本は国際連盟に加盟し、常任理事国にまでなったにもかかわらず、今年の三月には連盟の脱退を表明している。脱退の理由は日露戦争後に本格的な開発を進めた大陸の東北部に清《しん》朝最後の皇帝溥儀《ふぎ》を招聘《しようへい》し、彼を執政として樹立した満州国が国際連盟の承認を得られなかったことにある。今度もまた世論が沸騰し、国民の大多数が脱退表明を潔しと見てこれを歓迎した。

「そもそも西洋の白人中心に世界が回ってること自体、気に喰わねえのは俺も同じだが、右翼の連中はとにかくアジアから白人を追っ払うために、まず日露戦争で勝ち取った大陸での権益を断固確保すべしと主張しておる。その主張はともかくも、実際にやってることはようわからんのさ」

と笹岡は彼らしい皮肉な調子で乱暴にいい切った。

右翼結社の中には日本精神の発露という美名に隠れて、恐喝まがいの手段で資金を得る者も少なくない。あるいは天皇御製集《ぎよせいしゆう》の刊行だの、国策研究会の設立だのといった名目で寄付金を強要。あるいは業界新聞を発行し、経営者の私的問題を暴露すると匂わせて口止め料を請求。少数の株式を取得して株主総会を混乱させる等々。大正十年には警視庁がそれら悪徳諸団体の一斉捜索に踏み切って、百六十人以上の検挙者を出している。

「だが俺がここに赴任した頃は、もう左にばっか目が向いてて、右のほうはすっかりお留守だったというわけだ」

フランス革命初期の国民議会で急進政党の議員席は議長席の左側に位置し、そこから左翼と呼ばれるようになった社会主義は、天皇主権の大日本帝国憲法下で危険思想とみなされた。ゆえに築地署は今年二月に『蟹工船』で世に知られた社会主義の作家小林《こばやし》多喜二《たきじ》を逮捕。特高による拷問の末に虐殺したと新聞で叩かれたのが薗部には結構こたえたが、

「結局のところは、左も右もそう変わらんのさ」

と笹岡はなおも皮肉な調子でいうのだった。

「考え方はまるきり反対のようでいながら、二人が背中合わせにぐるっとひとまわりし

たら、同じ場所に立ってた感じに似てる。だから左翼で転向したやつが、いきなり右翼の結社に飛び込んだりもするんだ」

左翼も右翼も根底に流れる理想は社会の救済。欧州大戦後の不況に日本社会は長らく低迷し、三井、三菱、住友をはじめとする財閥主導の経済で貧富の差は拡大する一方。片や叙勲《じよくん》をめぐる贈収賄や北海道鉄道など私鉄五社の汚職が次々と明るみに出るなどして政治家の信用は失墜。腐敗しきった二大政党は「社会を救済するどころか、日本国民の大きなお荷物でしかねえ」と笹岡はばっさり切り捨てた。

かくして左翼は労働者の組合を組織して資本家に対抗。いずれはこの国にロシア皇帝を殺害したような革命を惹起《じやつき》させるつもりだとして官憲の厳しい取り締まりに遭っていた。

片や右翼は昭和の御代に再び明治維新のような変革を招来すべく、現今の政治家を根こそぎ取り替えて軍事政権を樹立しようとする動きがあった。

現実に昨年二月は前大蔵大臣の井上準之《いのうえじゆんの》助《すけ》が、三月は三井財閥の総帥・團琢《だんたく》磨《ま》が射殺される血盟団事件が起きて、さらに五月十五日には首相官邸までが海軍将校の襲撃に遭い、犬養首相が兇弾《きようだん》に斃《たお》れて内閣はたちまち倒潰した。

「一連の事件には神《じん》武《む》会《かい》の大川周明《おおかわしゆうめい》がからんでた。征西会の東冀《あずまき》一《いち》も大川の同類だから、やつが何か事を企てて内輪揉めが起きた。小見山正憲はそれで始末されたんじゃねえか、と本庁のお偉いさんは見てるらしい」

「何故そう見るんでしょう？」と薗部がおずおず尋ねたら、

「去年の五月には事件に加わらなかった西田税《にしだみつぎ》が裏切り者として銃撃された。征西会の誰かもそれを見習ったんじゃねえかというわけだ。同じ理由とは限らんだろうが、いずれにせよ何もわざわざうちの所轄で殺《や》らんでもよかろうに」

今度ばかりは笹岡のぼやきに薗部も共鳴している。繁華街が管轄の築地署は何かと事件が多く、先月の銀座天賞堂金塊盗難事件も未解決だから、今はただでさえ人手が足りないのである。本庁が乗りだして完全に手を引けるならまだいいが、現場捜査で人手を取られた上に、いちいち本庁の指図を仰ぐのは笹岡警部も不本意に違いなかった。

ともあれ死骸は男女共に死後半日くらいは経過しているとの見立てだから、二人が木挽座の帰途を狙われたのはほぼ間違いないようである。

芝の田村町《たむらちょう》にある征西会本部は小見山本人の依頼に従い、一昨夜二十三日午後九時の終演に間に合うよう迎車を手配していた。運転手は木挽座玄関の車寄せで待つこと久し。終演でごった返す人ごみの中に姿を見つけられず、とうとう誰も出てこなくなって劇場の玄関が消灯してから空車を戻したのだという。

小見山が迎車を待たずに木挽座を出たのだとしたら、まずその時間を確定するよう本庁からの指示が出て、それくらいの捜査ならわざわざ警部が出向くまでもなかったが、

笹岡は木挽座と浅からぬ関係にあるため自ら買って出たにもかかわらず、

「よりにもよって、楽日《らくび》とはなあ」

と相変わらず無駄なぼやきが絶えない。

千穐楽だと劇場がいつもとどう違うのか薗部にはわからなかったが、笹岡が木挽座で顔がきくのはよくわかる。私服でも玄関に一歩足を踏み入れた途端にどこからともなく人がすっ飛んで来た。

「支配人の清水《しみず》さんを呼んでくれんか。ちょっと訊きたいことがあるんだ」

笹岡のほうもまた主な従業員の名前は憶えているようで、話し方もいくらか柔らかい調子だ。

「警部殿、本日はまた一体どういったご用件で？」

正面階段を速やかに駆け降りて来た支配人の清水は長めの頭髪をポマードでてかてかさせ、洒落《しやれ》た三つ揃いを着た存外モダンなスタイルでも、顔立ちは木挽座らしく面長の古風な造りであった。

「小見山正憲は、よくここに現れるのか？」

「ああ、はい。先生はうちの大切なお客様でして」

「一昨日も来たな？」

「はい、たしかにおいでに」

「終演までここにいたか、それとも途中で帰ったか、さすがにそこまではわからんか？」

「いえ、先生がお帰りの際にはわたくしが必ず外までお見送りして、ご感想を伺うようにしておりますんで、いつもはわかるんですが……」

「ほう。一昨日は異例だったのか」

がぜん笹岡の眼は輝きを増している。

「いつもは先生が受付の前を通られるんで、わたしのほうへ報せが来るんですが、一昨日は受付係がお姿を見なかったというんで、てっきり楽屋口のほうから外へ出られたんだとばかり」

「なるほど、ひいきの役者の楽屋見舞いをしたというわけか。で、その役者は誰なんだ？」

「先生は誰かのごひいきというより、歌舞伎は日本が誇るべき国の宝だと常々おっしゃっていまして、いうなれば木挽座のごひいきで、うちにとっては格別のお客様でございますが……先生がどうかなさったんですか？」

隠してもすぐにばれるせいか、笹岡はびっくりするほど平然といい放った。

「死骸で見つかったんだ。この近所の三十間堀でな。まだ内緒にしといてくれよ」

「まあ、なんと、それは……」

笹岡はこの話が今宵《こよい》中に木挽座を駆け回るのも計算済みのようだが、それよりも早くこちらが楽屋へ回らなくてはならなかった。

楽屋口は木挽座という城郭の裏門に当たり、そこには出入りを見張る門番もいる。顔に刻んだ年輪のわりには上背のある老人がまず最初の門番として立ちふさがった。

「へい、笹岡の旦那、何か御用の筋でも？」

まるで時代劇のセリフのような挨拶をするのも木挽座の門番らしいが、それにまた軽薄にも調子を合わせるのが笹岡という男だ。

「ああ、ちょいと一昨日のことを訊きてえんだがなあ」

「へえ、何でござんしょう。まあ、おあがりなすって」

と皺だらけの腕が二人の足下に伸びて素早く靴を掠《さら》った。

小見山正憲の名はここでもよく知られており、この口番の老人にしろ劇場支配人や受付係にしろ、木挽座の従業員は気前のいいご祝儀をはずむ大切な客を決して忘れはしないということなのである。

「一昨日はたしか二番目の終い頃にお見えになって、ここからのお帰りは幕間でしたかねえ」

「時間にしたら、何時頃だ？」

「さあて、何時だったか……」

「頼りねえなあ、爺さん。二番目の幕が閉じるのは五時四十分だから、ここを出られたのは大方六時過ぎだろうよ」

と横から割り込んだのはいくらか若いほうの口番で、若いといっても頭髪はもうだいぶ薄くなって見える。

「いったん六時過ぎに楽屋口を出たとして、後でもう一度ここを通らなかったか？」

二人の口番は同時にきょとんとした顔を見合わせる。

「終演後に客席からまた楽屋に舞い戻って、ここを出て行った、てなことはねえか？」

「何だってそんな面倒な真似《まね》をなさらなくちゃならねえんだ」

と老人は不機嫌な調子で、若いほうが気兼ねしたように言葉を補った。

「旦那もご存じの通り、客席から楽屋へ回る通路が別にないわけじゃありませんがねえ。奈落の通路は入り組んでるから、手っ取り早いのは男子便所を通り抜けするんだが、大概のお客さんは正面玄関を出て楽屋口から入り直しをなさいますよ。先生が客席からまたわざわざ楽屋に戻ってここから出て行かれるなんてことは、ちょいと考えにくいんですがねえ」

薗部は小見山の横に並んで死んでいた女の顔を目に浮かべて、あんな女と一緒に男子便所の通り抜けはしにくかろうと思う。

「まあ、ここはあんたら二人が見張ってたわけだしなあ……そもそも小見山は楽屋で誰を見舞ったのか教えてくれんか」

「そいつは頭取に訊いておくんなさい」

ぞんざいにいって老人は傍らの小部屋を見やった。そこには畳敷きの台に座した男がきょろりとした眼でこちらを見ていた。小太りな禿《は》げちゃびんだが、顔はつやつやして、ざっくりとした長着の着こなしがいかにも役者らしい。

「七五郎《しちごろう》さん、お願いするよ」

と笹岡のほうはらしからぬ丁寧な口調だ。

「小見山先生が、どうかしなすったんで？」

といった途端にじろっと睨まれて、楽屋頭取の山村《やまむら》七五郎はめっぽう慌てた表情である。

「いえね、先生は誰か特別のごひいきがある、というわけじゃございません。月毎《つきごと》に何か評判の舞台があれば、なるべくご覧なさるようにして、楽屋にその役者をねぎらいに来られますんで。一昨日はたしか扇屋さんのお部屋に」

「なるほど、今月は荻野沢之丞の舞台を観に来たわけか」

「はい。『深見草』の評判がたいそういいもんで。これで舞い納めにもなりますし」

「ほう。あんな男でも評判を聞いて木挽座に駆けつけるなんて余裕がまだあったんだ……」

「……とおっしゃいますと？」

「近頃は随分とキナ臭くなって首相官邸まで襲われるご時世だから、あの男なんかはここでのんびり芝居を観てるような暇はないだろうになあ」

「旦那、ご冗談を。この木挽座は明治の御一新にもちゃんと持ち堪えたんですから、今々の政府が潰れたって、ここへ来る人がなくなるなんてことはまずござんせんよ」

いかにもこの世界で甲羅を経てきた男らしい戯言《たわごと》を鼻であしらって、笹岡はまっすぐに本題を切りだした。

「沢之丞に、ちょっと一昨日の話を聞かせてもらえんかなあ」

笹岡はもの柔らかな調子になると却って後が怖い気にさせる男だ。片や禿げちゃびんの古狸《ふるだぬき》も裏門を固める門番なりのしたたかさがあった。

「そりゃもう、お上のお役に立つことなら扇屋も率先してお話しするんでしょうが」

と帯に挟んだ懐中時計をわざとらしく取り上げ、

「ああ、もう六時だ。今は扮装《こしらえ》の仕上げにかかってる時分でして」

「一昨日は六時過ぎまで小見山と面会してたんじゃねえのか。ちょっと話を訊くくらいの余裕はあるだろうよ」

笹岡は実にいい加減な男のようでいて、意外と細部まで聞き洩らしはしないのである。しかし木挽座という城郭もそう容易《たやす》くは陥《お》ちなかった。

「一昨日とは違いまして今日は何せ楽日ですから、人の訪れが多くて扮装が本当に大変なんですよ」

頑《かたく》なに行く手を阻むのはこの相手に限らず劇場関係者の本能なのかもしれない。笹岡もここはわりあい諦めがよく、

「まあそれなら扇屋に話を訊くのは今度にして、ここは正面玄関とこの楽屋口のほかにも出入り口があるのか、教えてくれんか」

「ほかの出入り口……それが小見山先生と何か？」

と問われたところで、笹岡が急にはしゃいだ声をあげた。

「ああ、先生。桜木先生も来ておいででしたか」

廊下の向こうでロイド眼鏡をかけた男が立ちすくんでいる。

「ここで先生にお会いするとはわれわれも運がいい。先生にまた是非とも教えて戴きたいことがございまして」

沈黙は金なりとでもいうふうに、桜木治郎はそっと会釈だけを返した。

薗部はこの先生が本当に気の毒でならない。常にインテリらしく冷静で、しかも高圧的な態度を一つも見せない温厚な紳士であるのに、何の因果で笹岡という傍若無人な警察官につきまとわれるのかと、ご本人は嘆きたい気持ちでいっぱいだろう。

三年前に木挽座で起きた悲惨な事件はこの先生の力なくして解決はあり得なかったと

はいえ、犯罪と無縁な一般人はなるべく事件に巻き込まないようにすべきだと薗部は常に思うのだが、笹岡がすでに楽屋口を通せんぼをしたから、

「わたくしで、何かお役に立ちますかな」

と先生はもはや諦観の境地ともいうべき静かな声で告げている。

笹岡警部の口から事件の話が出た時は、治郎もわれながら妙な感じがした。楽屋ですれ違った例の男女が死骸で見つかったと聞いても、同情はおろか、さほどの驚きもなく、むしろありそうな話のように思えたのはよほど印象が悪かったのだろう。正直なところ、あのカイゼル髭の男は畳の上で安らかな最期を迎えそうな気がしなかったのだ。

治郎は温厚な見かけによらずけっこう人の好き嫌いがあるほうで、人を見る目も確かなはずだと自負している。それでもあの男の正体は笹岡の話を聞くまで全く見当もつかなかった。

小見山正憲という名前はちらっと聞き覚えがある程度でも、さすがに征西会は右翼結社としての存在を知って国粋主義者の巣窟だと思い込んでいたが、そこにあのような見るからに人品卑しげな輩《やから》が属していたとなると、組織自体も推して知るべしかもしれない。小見山の殺害を警察はどうやら組織の内紛によるものと見ているようだった。

にもかかわらずたまたま木挽座の帰途を狙われたばかりに、こっちまでとんだとばっ

ちりが来たというべきか。

「二人が木挽座を出た時刻が知りたいだけなんですが、目撃者が全くいませんでしてなあ」

と笹岡はそれがさも大事《おおごと》のようにいったが、終演で一斉に出て行く客の顔をいちいちチェックしている従業員なぞいるだろうか。それでも笹岡は清水支配人の話を持ちだしてしつこく喰い下がった。

木挽座には正面玄関と楽屋口のほかにも大道具の搬入や裏方の出入りに使う裏木戸があるが、まさかそこから外に出るとは考えにくい。それでも一応はそこへ案内させられて、笹岡という男と付き合うのに治郎はほとほとうんざりした上に、一昨日の見合い疲れも重なって、帰宅したら急にぐったりしてしまい、

「治郎にいさん、随分お疲れのようね」

玄関に出迎えた澪子からいたわられても、いったい誰のせいで……といい返したくなるが、

「今度のことは本当にごめんなさい。田舎の両親にまで気を遣っていただいて、あたし申しわけなくって」

そう出られたら、さすがにやさしい言葉の一つもかけないと大人げない。

「いや、澪ちゃんのほうこそ大変だったろう。それで、もうご両親は無事に帰られたの

かね」

「そうなの。今日まで三人ずっと離れのほうで寝《やす》ませてもらってたから、治郎にいさんとは話せなかったし……でも、お疲れのようだったら……」

若い娘に気を遣わせるほど自分がくたびれた顔をしているらしいことに、治郎はいささかショックを受けた。寄る年波は沢之丞よりもずっと激しく、この自分に押し寄せているのではなかろうか。

「いや、楽屋で、ちょっとあってね」

さらりとかわしたつもりが聞き違いをされ、

「誰と会ったの？」

「笹岡警部さ」

うっかり答えた瞬間、澪子の顔つきが一変した。否応なく三年前の悲劇的な事件を想い出させたようで、

「木挽座でまた何かあったのね」

娘の眼が怯《おび》えているから、治郎はなだめるために説明をしなくてはならなかった。

「いや、今回は木挽座と全く無関係なんだ。ただ一昨日の晩に、木挽座の客で、帰りに災難に遭った人たちがいてねえ。彼らが劇場《こや》を何時頃に出たのか調べに来ただけなんだよ」

「ああ、なんだ、そんなことだったの」

たちまち澪子の顔はゆるんで、治郎もやっと居間に腰が落ち着いた。台所に立った妻に代わって澪子がこちらの相手をするつもりのようだが、やはりさっきの話が気になるのか、

「一昨日はあたしも木挽座にいたのよねえ。災難に遭ったって人にも、会ってたりして」

「いや、それが、僕はたまたま楽屋で見かけてたもんで、びっくりしたよ」

何げないひと言が若い娘の好奇心に油を注ぎ、そこから話はお互い思いがけないほどの転がりようをみせた。

「間違いないわ。絶対に同じ人たちよ。一度見たらちょっと忘れられない雰囲気の人たちだったもの。けど偶然ってふしぎよねえ。あたしなんか大間で、あの人の声まで聞いちゃったんだから」

「ほう、変な連中だから立ち話を盗み聞きまでしたってわけか」

「それも相手が磯田さんだったのよ」

磯田という名前を治郎は澪子の見合い相手として記憶しているが、まさかこの話の流れに登場するような偶然とは思いも寄らなかった。

「ひどいのよ。あの髭男は『忠臣蔵』も知らないのかなんて、磯田さんをまるでバカに

しちゃって」

「いくら場所が木挽座でも、なんでいきなり『忠臣蔵』の話になるんだね」

「なんでだか知らないけど、あの髭男が会うなり、お互いとんだ七段目だっていったからなのよ」

むろん芝居の知識がある治郎は、そこに込められた意味を推理せずにはいられなかった。

『忠臣蔵』の七段目は赤穂《あこう》浪士の首領大石内蔵助《くらのすけ》をモデルにした大星由良之助《おおぼしゆらのすけ》が、仇討《あだう》ちの本心をごまかすために祇園《ぎおん》の一力茶屋で遊蕩《ゆうとう》する場面だ。つまりお互い陰では大変な企てを画策しつつ、今日はこうして木挽座でのんきに過ごしている、という意味だったのかもしれない。もしそうだとしたら、小見山はその企てが原因で命を落としたのではないだろうか。磯田のほうもその企てに参加している可能性が高い。何しろ今や右翼結社と軍人は最も危険な組み合わせだから、治郎は澪子をこのまま放っておけない気がした。

「澪ちゃんは磯田君をどう思ったの？　まあ見合いはしても、軍人と結婚する気はないだろうけどね」

「もちろんよ……でも悪い人じゃなかったわ。あんな髭男と話してたのがふしぎなくらい、まっとうそうな人だったわよ」

「ほう、それは、それは」

澪子が意外に好感を抱いたのは話の最初からわかっていたことだが、

「軍人っていうと、警官より横柄で、もっとたちが悪いような気がしてたんだけど、案外そうでもないのよねえ。それに、あの人、そこそこ芸もわかるみたいなのよ」

「芸がわかる？」

「そうなの。歌舞伎舞踊は初めて観たらとっても退屈だし、てっきりうんざりしてるかと思いきや、あの荻野沢之丞という化け物にすっかり参っちゃったみたいで、『深見草』の幕切れにはホウって唸《うな》っちゃったくらいなのよ」

「ハハハ、そりゃ澪ちゃんの横顔に見とれた溜息じゃないのかね」

「まぜっ返さないでよ。ほんとなんだから」

澪子が向きになると小鼻が膨らんで眼がうるうるして実に愛らしい顔になる。こんな可愛い娘を独りで放っておく恋人は実に罪なやつだと治郎は思う。

「それにひきかえ、あの二人はひどいのよ」

と愛らしい唇を尖《とが》らせて娘は再び件《くだん》の連中を非難し始めた。

「ずっと寝てて、あの素晴らしい踊りを観もしなかったんだから」

「澪ちゃんは……また、どうしてそれを知ってんだい？」

偶然の重なりは、時に人を熱心な観察者に仕立てるようである。澪子はその場の様子をつぶさに物語った上で、非難の矛先を変えた。

「そもそも舞台を観ながらお酒を飲むのが不謹慎なのよ。それを許しておく木挽座も木挽座なんだわ。とても築地小劇場じゃ考えられないことよ」

「二人は飲んでたのかい？」

「そうでなきゃ、あんなぐでんぐでんになって寝たりなんかしないでしょ。遅れて来た上に、お酒を飲んで酔っ払うだなんて非常識よ」

治郎はなんだか妙な気がしてきた。あの二人がどこまで芸に理解のあるごひいきだったかは別として、一昨日は『深見草』を観るために木挽座に現れ、沢之丞の楽屋見舞いまでしていったのではなかったか。

「おまけに幕が閉じる前に、さっさと消えちゃってるし」

「おいおい、ぐでんぐでんになって寝てた人間がさっさと消えられるもんかね」

治郎は改めてこの話の異常さを考えないわけにはいかなかった。

『深見草』の上演時間は四十五分。舞踊にしては長めでも、酒を飲んで酔っ払うほどの時間だろうか。澪子は自分でもだんだんおかしな話だと思いはじめたらしく、神妙な顔つきでぽそっと呟いた。

「あの二人はまるで闇に溶け込んだように見えたの……」

「闇に溶け込んだ……ああ、暗転でいなくなったといいたいのかい」

「いいえ、そうじゃなくて……暗転になる前に、ちょっと変なことがあったのよ」

「何だい？　それは」

「うまくいえないんだけど、二人の後ろで急に闇が濃くなったような気がして……そうよ、そうなのよ、だから闇に溶け込んだように見えたのよ」

澪子は妙に得心が行った顔つきでしきりに肯《うなず》いており、治郎は首をかしげて闇が急に濃くなる現象は同僚の物理学者にでも訊くしかないような気がしつつ、今アッと自分で思い当たることがあった。

「ねえ、災難って何なの？　あの二人は一体どうなったの？」

と訊かれてしばし返事に窮したところで妻の慌ただしい足音が聞こえた。

「澪ちゃん、今、村越さんからのお電話でねえ。磯田さんが今度の日曜日にもう一度お会いしたいとおっしゃってるそうなんだけど、どうお返事したらいい？」

澪子の顔がみるみる赧《あか》くなるのを治郎はふしぎな思いで見守っている。若い娘の気持ちは実にわかりやすいようでいて、その内心はさっぱり読めなかった。

5　新たなる事件

「第一創、上胃部中央心窩部《しんかぶ》において右上方より内下方に向かって斜《はす》に長さ三寸を有する。これより多量の出血を認む。第二創、臍部《さいぶ》左上方一寸五分の部において左上方より内下方に向かって斜に長さ一寸五分。第三創、左側腹部左上方に一寸……」というところまで目が来たら、「薗部、そんなもんまでいちいち目を通してんじゃねえ。くそ真面目に過ぎるぞ」と笹岡が背後で怒鳴りつけた。

嘱託医の報告書は要するに現場で話した「滅多刺し」を裏付けて、鳩尾《みぞおち》への一撃が小見山正憲の致命傷となったのを伝えるのみだが、創傷の深浅にかなりのバラつきがあるのは犯行に躊躇いが生じたか、あるいは複数人の犯行をも匂わせている。凶器は匕首のような刃物で、いずれも同一の形状とされているが、単一だったかどうかまではわからなかった。小見山には刺創のほかにも後頭部に打撲痕が見られた。

被害者の両手首には擦過傷も見られ、死体発見現場の血痕が少量に過ぎるので、殺害現場は別の場所と判定された。築地署はその殺害現場の捜索が最重要任務であり、いまだ凶器の発見に至らないため付近の川浚《かわさら》いも始まっている。

遺留品の財布やがま口からは紙幣がそっくり抜き取られた模様だが、殺害の手口が荒すぎるので物盗り犯行説は早くに消えて、今はその偽装という見方がなされていた。

現在最も嫌疑濃厚な征西会の本部は芝の田村町にあり、芝愛宕《しばあたご》署が中心となって捜査に当たるも案の定かなり難航している模様で、今のところ迎車の件を報告されたのみである。

迎車に乗らなかった二人は恐らく劇場を出てすぐに拉致されたものと考えられるが、そうだとしても別の車が必要なはずだから、その車の出所は征西会本部の捜索を待つ一方で、築地署もひとまず東京市内に近年乱立するタクシー会社を軒並み当たることとなった。

ところがこの日の午後はまたも事件が出来《しゅったい》し、署員一同概《おおむ》ねそちらのほうに気を取られてしまい、「また殺しか」の声が署内のあちこちで陰気に響いていた。

今度の現場は入船町《いりふねちょう》二丁目にある平屋の一戸建て。被害者は独り住まいの杉田常雄《すぎたつねお》、四十五歳。死亡日時は死体発見のおよそ丸一日から二日前、すなわち四月二十五日から二十六日の朝にかけてと推定された。発見者は職場の同僚で杉田の無断欠勤に不審を抱き、二十七日の今朝になって自宅を訪ねたのだという。

住居は入ってすぐ目の前が上《あ》がり框《がまち》で、四畳半と六畳の二間続き。右手の三和土《たたき》の奥が台所で、六畳間の奥の縁側左手に便所があった。縁側にうつ伏せで倒れている杉田と周りの夥《おびただ》しい血痕を目にした発見者は泡を喰って外に飛びだし、すぐ近所に異変を報せ三丁目の派出所から巡査が急行したというわけである。

死骸は背部に五ヶ所の刃物による創傷が見られ、中でも腰椎右側の創傷が多量の出血を伴って致命傷となったらしい。血飛沫《ちしぶき》は六畳間にまで飛び散り、そこにはちゃぶ台が置かれて畳の上に一升瓶と硝子《ガラス》のコップが転がっていた。コップが二つだったのと、点灯したままの電球から、夜間の来訪者があったとみられ、それが最重要容疑者でもあった。

断末魔の悲鳴や乱闘騒ぎが近所に洩れなかったのは、そこが角屋で片隣が留守だったことにもよる。また相当量の飲酒によって出血が早まり、即死に近い状態だったのもあるらしい。コップから検出されたのは杉田の指紋のみだから、容疑者は当初から殺害を目論《もくろ》んで杉田をしたたかに酔わせたものと判断された。

杉田は身長六尺に近い大柄で筋骨逞《たくま》しい男だけに抵抗を恐れもしたのだろうが、背後に五ヶ所もの刺傷は犯人の執拗《しつよう》さを窺わせた。さらに茶簞笥《ちやだんす》の抽斗《ひきだし》から十円、五円、一円の新札が数枚発見されたところから、物盗りの犯行ではなく怨恨や報復の線が濃厚とされている。

それにしても捜査に当たった刑事主任の坂田巡査部長がわざわざ笹岡のデスクに近づいて「是非とも警部殿のお力添えを」と申し出たのは薗部もいささか意外だった。

理由は被害者の杉田常雄が木挽座の大道具方だったことで、木挽座に関わる事件は何であれ笹岡に話を通しておくのが署内の不文律なのである。これ幸いと笹岡は俄然《がぜん》この新たな事件に身を乗りだして自ら陣頭指揮を執るといいだした。署内ではそれを厄介な三十間堀事件から逃げだす気だと悪く勘繰る向きもあった。

いずれにせよ薗部はまたしても木挽座での事情聴取に当たり、まず訪れたのは観客のいない舞台だった。そこはさながら建築現場で、木づち金づちノコギリの音が囂《かまびす》しい喧騒を奏で、間口十五間のだだっ広い空間を所狭しとベニヤ板が塞いでいる。沢山のベニヤ板が平らに置かれて、そこに紙が貼られ、紙に泥絵の具で彩色が施され、なるほど舞台装置というものはこんなふうにして作られるのかと薗部はしばし興味深く見入ってしまい、

「ぼさっとせんと、さっさと話を取ってこいっ」

笹岡の剣幕に慌てて責任者を捜すはめとなった。

建築現場同様にここでも責任者は棟梁《とうりよう》と呼ばれており、長谷部《はせべ》棟梁の下、木挽座の大道具方は総勢五十人近くもいるのがわかると、薗部はもうそれだけで絶望的な気持ちになった。取り敢えず今日話を聞くのは故人と親しかった者だけに留《とど》め、最初はやはり発見者の中川を呼びだすしかない。中川の口から出た四人を一人ずつ呼びだして、まずはアリバイを確かめるが一人残らずすらすらと答えられるのも当然で、事件当夜は皆ここで道具作りに勤《いそ》しみ「うちらは公演のない時が一番忙しくてね」と棟梁もいうのである。

杉田が受けた執拗な刺傷から勘案して、

「誰か杉田とぶつかって、恨んでたようなやつに心当たりがないか？」

と薗部が単刀直入に尋ねても、さすがに皆から首をかしげられるのがオチで、

「亡くなった人の悪口はいいたくありませんが、杉田さんはそりゃふだんから乱暴で、仲間喧嘩《げんか》はしょっちゅうでした。けど、そんなことでいちいち恨みを買って殺されてたら、わたしらの商売は成り立ちませんよ」

というのも薗部はもっともと肯けた。かくして途中から業を煮やしたように笹岡が割り込んで来て、

「杉田に最近何か変わったことはなかったか？　たとえば酒量が増えたとか」

「さあ……酒好きは昔からでして」

「いい女ができたとか」

「そら、まず、ないでしょうなあ」

「飲む、買う、がないなら打つほうか。博奕《ばくち》はどうだった？」

「そりゃ……」

笹岡はいい澱んだ相手に畳みかけるのがお得意だが、

「そっちも昔から好きだったようで」

と相手がごまかしかけたと見るや、脅すにもやぶさかではない。

「刑法第百八十五条。博戯又は賭事を為《な》したる者は千円以下の罰金又は科料に処す。お前の給料の何ヶ月分だ？　常習として為したる者は三年以下の懲役に処す、と百八十六条にあるぞ」

「……俺は、別に賭け事なんかしちゃあ……」
「じゃあ杉田は、誰とやってたんだっ」
突然の怒鳴り声で相手の顔を青くする。
「そ、それはそっちの仲間がいたようでして……」
こうなるともう誰かの名前が出るのは時間の問題だ。

澪子にとってこれは新たなる事件。いや、出合い頭の事故にも等しい。それもこれも自分が招いたことなのに、その自分というものを掴みかねているせいか、まるで他人事のように笑っている。

黄土色をしたアールデコ調のモダンな二階建てビルを前にして、この中で待つ男の姿を想像すると、ひとりでに笑いがこみあげるのだ。

待ち合わせ場所をここに指定したのは澪子である。田舎にいた頃は一度ぜひ訪れてみたかった銀座資生堂パーラー。治郎の家でご厄介になってからも、そうそう気軽には立ち寄れない店。だからこそ選んだのだ。

この中で待つ相手はきっと木挽座よりも場違いな気分でそわそわしているだろうし、澪子はその様子を陰からこっそり見てみたいような、われながら変に思う気持ちがどこかにあった。

とにかく会うのは一度きりだったはずの相手とこうして二度も会うことで、決して勘違いをさせてはならない。どんな意味も持たせない態度で臨み、お互い全く縁がない者同士であるのをはっきりさせるに限る。

そう考えるなら最初から断れば簡単に済んだのに、つい承知してしまったのはタイミングというやつなのかもしれない。思えば村越夫人から電話がかかってきた時、澪子はちょうど治郎に彼の話をしているところだったのだ。

余りにも偶然が重なると少し怖いような気分になるが、今度ばかりは実際に恐ろしい事件が起きてしまったから、澪子はとても平常心ではいられなかった。「木挽座を観た帰りに災難に遭った人」の話を後で治郎にしつこく訊いてしまったのを、今はとても後悔している。

ひょっとしたら自分がたまたま桟敷席で目撃した被害者の様子も、事件に関係するのかもしれない。だが治郎は先にその話を聞いていたのに後で全く触れようとしなかったから、もちろん警察には報せないつもりだろう。たぶん三年前の事件で心に深い傷を負ったのがいまだに尾を引いて、またもや警察と深い関わりを持つのはまっぴらご免なのだ。それは澪子も同じ気持ちで、まして今度は縁もゆかりもない人たちのことなのだから、放っておけばいいのである。

しかしながら、このまま知らんぷりを決め込むのも澪子は何だか落ち着かないのだった。観客が二千五百人もいた大劇場で二人の様子が変なのに気づいたのは自分一人なのかもしれない、という気持ちが大きな重圧になっていた。

あの村越夫人の電話に即答を避けたのは自分でもどういう気持ちだか全くわからなかったが、ああ、そういえばあの人も……という思いが強く働いて、今日の再会につながったのは確かである。

同じ場所で、同じ方向を見ていれば、自然と同じものを目にしてしまう。それが人間の連帯の第一歩なのかもしれない。残念ながらこの件に関しては治郎と連帯が組めないが、名前と顔と職業しか知らない程度の磯田遼一とは連帯できる可能性があった。

もしかしたら向こうが自分にもう一度会いたいといってきたのも、あの二人の話をしたいからではないか、などと勘繰ったりもする。

だが店内の中央から緩やかなカーブを描く階段に澪子がリズム良く足を運んで、踊り場から上にそっと首を伸ばせば、二階の席でさっと立ち上がった青年はとてもそんな無粋な動機を湛《たた》えた表情《かお》ではなかった。

「大室澪子さん、こちらです」

声高く呼ばれて周りが一斉にこちらを振り向いた。たちまち澪子は顔がかっと火照《ほて》りだして、この場所を指定したのは間違いだった気がしてくる。

「本当によく来てくださいました」

磯田は今回も私服の背広姿だが、腰を鍵形に曲げた軍隊式の挨拶をされると一体どう返していいものやら戸惑ってしまう。澪子は取り敢えずそっと会釈をして、背もたれの椅子に浅く腰かけた。途端に詰襟の白服が飛んで来て、恭しくメニューを置いた。白いテーブルクロスの上には水の入ったグラス一つだから磯田も着いたばかりかもしれない。今回も遅れて来たらさすがに許せないところだ。

吹き抜けの二階は高い窓が並んだ回廊に小さなテーブルと向かい合わせの椅子を並べたかたちで、天井のシャンデリアが今は四方八方から射し込む陽光に燦めいている。夜間は生演奏を聞かせる正面のオーケストラボックスも今は空っぽだ。テーブル席には男女のランデブーとおぼしき姿がよく目につき、自分たちがそう見られてもおかしくないから、澪子は自ずと顔を隠すように窓の外を眺めた。

街路樹の柳が瑞々《みずみず》しい青葉を間近に運んで、その緑の向こうは路面電車の架線が幾何学的に空を分断している。下を見れば舗道を行く銀ブラの群れがそれぞれ人生の一コマを精いっぱい愉《たの》しげに熱演していた。銀座《ここ》は白昼の照明を借りて、互いが見合い、見せ合う舞台なのかもしれなかった。

自分はなぜ見ず知らずに等しい男と一緒にこんな場所にいるのだろう。本当に一緒にいたい男はもう自分のことなどすっかり忘れて、どこかの女とこんな場所にいたりするのだろうか。今月もまた旅先からの手紙は届いたけれど、今この瞬間に彼がどこで何をしているのかはさっぱりわからなかった。澪子は今あの恋人の顔を瞼に浮かべようとしても、細部が妙にぼやけて、目の前にいる男の生々しさには及ばないことで気が挫《くじ》けた。目の前にいる男と彼は全く似ても似つかない顔なのは確かだ。共に実直な温かみを感じさせる人相だが、磯田は改めてよく見ると切れ長な鋭い眼で額が広く、唇は薄く締まったいかにも怜悧《れいり》な顔立ちだ。それでいて小利口に立ち回るようには見えず、どこかしら彼に似た清潔な男の色気を感じさせた。

「なぜわたくしと、もう一度会う気になられたのですか」

いかにも切り口上ない方になってしまったが、これは澪子の正直な疑問だ。モガの装いをした女を見て、陸軍の軍人が娶《めと》る気になるとは思えなかった。

「いや、僕もまさかあなたが来てくださるとは……今生《こんじょう》の良き想い出となりましょう」

澪子はぎょっとした。えらく大げさないい方なのに、妙な切迫感を持って響いたからだ。やっぱりこの人は何かをしでかす気なのかしら、と急にそら恐ろしくなった。

治郎は磯田と事件の被害者との間で『忠臣蔵』七段目の話が出たことに強くこだわっている。澪子が今日ここに来ることにも当然反対した。今どきの軍人は何をしでかすかわからないからといって、昨年の五月十五日に起きた首相官邸襲撃事件まで引き合いに出したのだった。だが磯田の顔はそんなに殺伐としたふうでもなく、柔和な笑みを湛えていた。初めて観た歌舞伎舞踊にも溜息をついて賞賛するほどの感受性を備えてもいるのだった。

「先日の木挽座でご覧になった踊りはいかがでした？　お退屈じゃありませんでしたか」

「ああ、あれは……すいません。僕はほとんど寝ておりました。目を開けたら全く別の場面で別の人がいたので、思わず溜息をつきました」

　こちらが勝手に買いかぶっていたことで澪子も思わず溜息が出そうだが、ここはもう笑ってしまうしかなかった。

「まあ、磯田さんは、随分と正直な方でいらっしゃるのね」

「何事にも正直が一番です。正直者はいつでも本気です。だから正直者ほど怖いものはありません」

　相手は急に目が据わったように見えて、澪子は一瞬ぞくっとする。

「澪子さんは、僕を怖がってらっしゃいますね」

「……ええ、そうですとも。軍人さんは、やっぱりどこか怖いところがおありになるわ」

「あなたも正直な方だ。お会いして良かった」

　磯田の顔が嬉《うれ》しそうにほころんだから、澪子はまたもっと正直になる必要に迫られた。

「ごめんなさい。わたくし、とても軍人の妻にはなれませんわ」

早口でいいきったせいか、相手はちっとも表情を変えなかった。

「僕も最初《てん》から娶る気がなくてお見合いをお受けしたんです。それなのに、あなたのように美しく、しかも正直な方と知り合えて実にありがたいというか……いや、本当に申しわけないことをしました」

まともに聞いたら失礼すぎる話だが、澪子はふしぎと腹が立たなかった。磯田も恐らくむりやり見合いを承知させられた口らしいので、これはお互い様というべきか。だがいくらなんでもそうはっきりとはいえないし、もうこうなったら当初の目的を早く達成することしかなさそうだ。

「磯田さんは、小見山正憲という方とお知り合いだったんですね」

といった瞬間に相手の顔が固まった。

「なぜ、そんなことを……」

「ごめんなさい。あの晩わたくし木挽座の大間《おおま》で、お二人が話してらっしゃるのをたまたま見てたんです」

磯田は硬い表情を崩さなかった。

「澪子さんは、小見山先生をご存じだったんですか」

「いいえ。別にそういうわけじゃないんですけど……」

磯田が事件を知っているかどうかもわからなかった。何しろ被害者は右翼結社の中心人物だから、警察も組織も新聞を押さえ込んだのか、澪子は治郎から話を聞いただけで、まだ一行の記事も目にしていないのである。

「あの方が、あの後どうなったか、ご存じ？」

磯田は黙って肯いた。さすがにまだ何も知らないというわけではなさそうだったが、顔の硬直は解けなかった。

「……どうしてそれを、あなたが」

「実は全くの偶然なんです」

小見山という人物をたまたま治郎も楽屋で見かけて、警察から事情聴取されるはめになったこと。何もかも木挽座という多くの人間がさまざまな用事で出入りする場所だからこその偶然を澪子はゆっくりと説明し、相手の表情が少しゆるんだのを見て、

「あの方がわたしたちの席のちょうど真向かいに座ってらしたのは、気づいてらっしゃいました？」

「……ああ、はい。ぼんやり見えてましたから」

「わたしはついつい見てしまったんですけど、磯田さんも時々あの方のほうをご覧にならなかった？」

「いや、僕はほとんど寝てたし、起きてる間は……あなたに見とれてましたので」

磯田がいうと歯の浮くようなお世辞には聞こえず、女としてはまんざらでもない気分

だが、連帯を組めるあてが外れて澪子は心底がっかりした。わたしは何のためにあなたとこうして二度も会っているのか、と文句をいうわけにはさすがにいかないけれど。

「小見山さんは、一体どういう方でしたの？」

と自然に発する疑問にも、相手の表情はまた少し硬くなった。

「先生とおっしゃったくらいだから、さぞかしお偉い方だったんでしょうねえ」

若干皮肉な響きが混じったのを相手は聞き逃さなかったのか、

「僕は亡くなった方のことをあれこれいいたくありませんし、それほどよく存じあげなかった方なので」

釈然としない調子で弁解がましくいった。澪子はもうこの話題には触れないほうがいいように思いながらも、いったん好奇心が首をもたげると舌は勝手に動いてしまう。

「征西会というのは一体どんなことをなさってるのかしら？」

とても見合い相手にするような質問ではないから、今度は相手のほうがぎょっとした表情だが、

「具体的には僕もよく知りませんが、お国のための働きであるのは間違いありません」

と、それでも軍人らしいきびきびした口調でいい切った。

「磯田中尉殿もお国のために働いてらっしゃるのね」

他意なく口を衝いた言葉なのに、相手は少しむっとしたような表情で素早く立ち上が

った。

「畏くも天皇陛下をお守りするわれわれ軍人は醜《しこ》の御楯《みたて》、皇国の干城なのであります」

にわかにまた澪子は恐怖を覚えた。軍人は自分たちが国の楯であり城であり、すなわち国家の一部だと認識し、だから自分たちの邪魔者は国賊として直ちに葬り去るのも辞さないということなのだろうか……。

「ああ、もう止《よ》しましょう、ここでこんな話は」

澪子が周囲を見まわすと、磯田は慌てたように着席した。

「本当だ。折角あなたとお会いできたのに」

磯田が満面に柔和な笑みを浮かべてメニューを開いた。澪子はそのメニューを見もせずに、

「今日は少し蒸すからソーダ水かしら。でも、ここに来たらやっぱりアイスクリームだわね」

はしゃいだふうにいうと、相手は力なく返した。

「僕は珈琲《コーヒー》で」

磯田の気持ちが澪子は手に取るようにわかった。澪子もここの値段書きを見るといつも怯《ひる》んでしまうのだ。俗に「貧乏少尉、やりくり中尉」と揶揄《やゆ》される薄給の磯田ならなおさらだろう。

「わたしも田舎から東京に出て最初にこの店に入った時は、何もかも桁違いなんでびっくりしたんですよ」

「田舎から……」

相手は幾分かほっとした表情を見せる。

「実家は忍町《おしまち》の行田《ぎょうだ》。埼玉の田舎なの。ご存じかしら？」

「僕は庄内の鶴岡ですが……ああ、しかしきっと澪子さんの田舎とは違いますよ。澪子さんは恵まれてらっしゃる。僕らとは無縁な方だ」

そう思わせるためにわざとこの店を選んでいながら、いざそういわれると妙に反発したくなるのはおかしなものだった。澪子はスプーンでアイスを大きく掬《すく》い取ると、

「そりゃ、たまにはこういう店にも入りますけど、ふだんはそんなに贅沢をしてるわけじゃ……実家《うち》は百姓ですし」

「同じ百姓でも、僕が知ってるような水呑み百姓とは全然違います。彼らは芝居を観たりする暇もない。銀座で珈琲を飲んだりとかは、たぶん想像もできんでしょう。今時分はせっせと田起こしです。もうじき代掻《しろか》きが始まって、次は田植えで腰を伸ばす暇もなくなります」

磯田が語るのは目に浮かぶ情景なので、澪子は少しほっとするところもあるが、小作農には芝居を観る暇もないと、はっきりいわれたのはいささかショックだった。

今あの恋人は地方巡業をしているが、彼が本当に芝居を届けたいと思う人びとにはそれを観る余裕すらないのだろう。澪子も築地小劇場に所属して、工場労働者や勤労者に観劇してもらうのがいかに困難かを熟知している。芝居をすること自体が贅沢といわれても仕方のない現実が一方にあるのを、全く知らないわけではなかった。

「磯田さんも農家のお生まれ？」

「いや、僕の親父は村の大工でした。早死にしたので、僕は父が出入りしていた地主さんの大変なお世話に与《あずか》りました。名付け親でもあるその方のおかげで中学にも進めて、陸士に入ることができたんですよ」

陸士と略称される陸軍士官学校は授業料なしに高等教育が受けられるため、経済的に進学の厳しい秀才がよく受験するのは澪子も知っていた。陸士を出て陸軍二等主計の地位を得たのは、片親で育った田舎の青年としては破格の出世といえるのだ。

「磯田さんは子供の頃からよほどお出来になったのね。お母様がさぞかしご自慢の息子さんなんでしょうねえ」

相手は目をそらしてぽつりと呟いた。

「母も父の後を追うようにして、早くに亡くなりました」

「ああ、それは……」

この男の身に沿う清潔な色気は、いうなれば天涯孤独の翳がもたらすのかもしれなかった。

「付き添いでいらした村越さんは、お父様方の？　それともお母様のご親戚？」

「あのご夫婦は僕を子供の頃からよくご存じの方々で。旦那さんはさっき話した地主さんの弟さんで、奥さんのほうがたしか大室さんの遠縁に当たる方だと伺いましたが」

磯田は援助をしてもらった地主への義理で今回の見合いを承知したのだろう。そもそもは婚期を逸しそうな自分のために持ちあがった縁談だけに、澪子はアイスクリームの溶けない塊をスプーンで責め苛《さいな》むようにつついた。

「ごめんなさいね。わたしのせいで、わざわざこんな場所にまでお越し戴いて」

「とんでもない。僕のほうこそ……」

相手がすうっと目を細めてまぶしそうにこちらを見たから澪子は無意識に呟いてしまう。

「磯田さんには、きっと心に決めた方がおありなんでしょうに……」

相手は面映ゆげに顔をそらして窓のほうを向いた。珈琲を一口飲んで、どこか遠いところを見るようだった。

「田植えが済めば今度は草取りに追われる。稲刈りをし、稲干しをし、脱穀して、籾《もみ》すりして、どんなに一所懸命働いても、実りが良い年ばかりとは限らない。冷害の上に虫がついて半分も穫れない年がある。それでも地主さんには決まった小作料を納めなくてはならない。滞納が続いてだんだん借金がふくらんでゆくと、出稼ぎくらいではとても追っつかない。子供は跡取りを除いてみな奉公に出すのが当たり前。借金が嵩《かさ》めば女中奉公なんかじゃ追っつかず、娼妓《しょうぎ》に出したら、昔の身売りと何ら変わりませんよ」

淡々とした口調で、相手は顔ばかりか話までそらしたかのようだったが、澪子はそうは思わなかった。

磯田は会った時からこちらを見る眼にただならぬ熱がこもっているのに気づかないわけではなかった。その眼は自分の姿を通して、別の誰かさんに注がれているのが今はっきりわかった。幼馴染みの誰か、あるいはこちらで出会った女に聞いた身の上話なのだろうか。澪子はそのことで別に傷つきはしなかったが、なぜか妙に腹立たしいような妬ましいような気分で、それは自分でもわけがわからない感情といえた。

「心に決めた方がおありになるから、ほかの婦人を娶る気はないということなんですね」

「いや、それは違う」

即座に決然とした口調で退けられた。

「軍人たる者、いつ何時でも命を捨ててかからねばなりません。妻子を持てば心残りとなります」

「軍人さんでも、ご家庭をお持ちの方が大勢いらっしゃるんじゃありませんか。独身を通す方のほうが珍しいんじゃなくって？」

　と澪子は喰い下がる。

「僕はきっと、始末に困るものとなりますから」

「始末に困るだなんて……磯田さんなら、きっと優しい旦那様になれるでしょうに」

「いや、そういう意味では」

　といいさして、相手はまたしても全く関係がないような話を始めた。

「郷里の鶴岡では南洲翁《なんしゅうおう》の訓《おし》えがまだ生きております。子供の頃によく覚えさせられたもんです」

　山形出身の男からだしぬけに西郷隆盛の話が飛びだしたので澪子は面喰らってしまったが、

「命もいらず、名もいらず、官位も金もいらぬ人は、始末に困るものなり」

　という文句はどこかで聞いたような気もする。

「これは鶴岡の庄内藩士が遠く鹿児島まで訪ねて行って、南洲翁から直《じか》に受けた訓えだと聞きました。西郷さんは、こうした始末に困る人でなければ国家の大業は成し遂げられないといわれたそうです」

「磯田さんはもしかしたら、西郷さんの成し遂げた明治維新のようなものが、今の日本にも必要だとお考えなのかしら？」

一瞬びくっとしたように顔をこわばらせ、磯田は首をかすかに振りながらぽつりといった。

「あなたは怖い人だ……」

澪子はむりに微笑んで軽い調子でいった。

「女の勘は侮れませんことよ」

目の前の男に惹かれつつある自分を、澪子はもう認めないわけにはいかなかった。それはきっと彼に似ているからだろう。けれど男が女の外観に恋人の面影を重ねるのとは違って、女は男の境遇に似たものを感じたのである。

澪子は男の外観に惑わされない。周りは俳優志望の美男子ぞろいだが、彼らはたいてい不実なのだ。しかしあの恋人は役者でも美男子のほうではなかった。外観に恵まれず、さらにもっと恵まれない境遇から出発して才能と努力で出世の道が拓《ひら》けた。それなのに自分よりも恵まれない役者たちのことが気になって、放っておこうとしなかったので師匠から破門され、木挽座からも放逐された。

二人の違いは片方が国家の干城たる軍人で、片方は歌舞伎俳優の労働組合を結成しようとして特高警察から目をつけられるはめになった役者であること。世間から見ればその違いは甚だしいのだろうが、澪子には根っこのところで二人がつながっているように見えた。そうして熱に浮かされたような言葉が口から溢れだす。

「世の中はいつだって得をする人もいれば、損をする人もいる。裕福になれる人もいれば、一生貧しさから抜けだせない人もいる。それは仕方がないことかもしれない。でも、その隔たりが大き過ぎると世の中は必ずおかしくなる。だからそれを正そうとする人が必ず現れるのよ」

あの恋人もその一人だったのだ。常に自分より弱い立場の人のことを考え、より多くの人が幸せに過ごせる場所を作ろうとした。そして今もどこかでそれをしているはずだ。けれどそのために自分は置き去りにされて、いつかは忘れ去られてしまうのかもしれない。そう思うと澪子は切なくてひとりでに目が潤み、

「ねえ、お願い。聞いてくださらないかしら」

と自分でも驚くほど切迫したいい方になった。

「小見山さんのことで、やっぱりお話をしておきたいの」

自分が求めるのは妻を養おうとする夫ではない、連帯が組める同志なのだと今改めて澪子は強く感じる。それは本来あの男に求めるべきことだ。けれど今はここに彼がいないから、いれば話せたことを代わって似た男に話すのだった。

「小見山先生のことで何かお話しになりたいことがあるんですね」

怖いような切れ長の眼が真摯な光を宿してじっとこちらを見ていた。とてもこんな場所でする話ではないように思いながらも、シャンデリアの燦めきに負けない磯田の眼の

輝きに助けられて澪子はおずおずと述べた。

「わたし、見たんです。でも、そのことがどうしても巧く話せなくて。それに話したら、また大変なことになるんじゃないかと心配で」

何も知らない相手にはまず話の順序がなっていなかった。磯田は全くあっけに取られたような顔だが、それでも辛抱強く問いかける。

「どうぞ、ご覧になったことを、話してみてください」

澪子は心底ほっとした。幸い女の勘は外れなかった。目の前にいるのはあの恋人に似て、女の話をちゃんと聞こうとしてくれる男だった。澪子の周りには進歩的な人士を気取る若者が多いくせに意外とそんな男は稀で、口では同志といいながら、女を見る眼は情欲に駆り立てられて話に耳を貸す余裕がないのだ。片やがちがちの守旧派で封建主義のかたまりだと思い込んでいた軍人の中に、稀ではあってもこうした男がいるのだった。

けれど一方でこの男は小見山の知り合いだというのを忘れてはならなかった。

「磯田さんは先生と呼んでらしたくらいですから、お偉い方だったんでしょうけど、尋常でない亡くなり方をした以上、あの方は陰で人に恨まれるようなことや、何か後ろ暗いところがあったんじゃないかって、わたしなんかはどうしてもそう思ってしまうんですけど、それっておかしいかしら？」

「事実はどうあれ、澪子さんがそう思われるのも無理はありません」

それを聞いて澪子は桟敷で目撃した一部始終を、自分でも納得が行くように話した。説明がつかない部分も見たままを正直に告げた上で、最後にこう訊かずにはいられなかった。

「わたしはあそこで見たことを、やっぱり警察に話すべきなんでしょうか？」

6　関西の色

「桜木センセのお宅はこちらでよろしおますかー」の大声で治郎は慌てて玄関に出迎えた。歌舞伎役者の訪問は別に珍しくもないし、さっき亀鶴興行からの電話でも報されたが、やはりこの人物の訪問にはいささかどぎまぎして、わが家の玄関に立つ姿をちょっとふしぎな気分で眺めている。

まず顔の輪郭が異常に長大なことに驚く。しかも眦がきゅうっと吊《つ》り上がった眼だからまるで浮世絵からそっくり抜け出したような人相なのだ。御召の羽織も長着もごく地味な色合いなのに、全身が濃い泥絵の具で塗りたくったような厚ぼったい空気に包まれて、間近でも朧《おぼろ》げに見えるのだった。

「わざわざこんなあばら屋にお越しくださって恐縮です」

「番頭に何度も確かめさせて車を降りたんでっけど、いや、ほんま、ここらはごちゃごちゃしたとこでんなあ。桜木センセほどのお人なら、ごっついお屋敷にお住まいかと思てびくびくしてましたんやけど、わてはこういう家《うち》のほうが気楽でよろしゅおます。ほんなら遠慮のう、あがらせてもらいまっさ」

のっけから喧嘩を売るような挨拶で親愛の情を示そうとする関西人に、東京育ちの江戸っ子は戸惑うばかりだが、形ばかりは設《しつら》えた客間へと案内せざるを得ない。床の間の前に座ると背後の掛け軸をかき消さんばかりに全身から鮮やかな光沢を発散する人物に、まさか自宅で対面しようとは思いも寄らなかった治郎である。

来客の名は山村燕寿郎《えんじゅろう》。今や全国でもその名声を知らない者はいない歌舞伎役者だが、関西での人気はことに絶大だった。

京都の小さな劇場主から出発した亀鶴興行が最初に専属にした俳優で、社の基盤が築けたのは彼の功績とされている。若き日の燕寿郎人気は神がかっていたとされ、亀鶴興行はその人気にあやかった莫大な収益を元手に京阪の劇場を次々と買収、あるいは傘下に組み込んで関西劇壇を完全制覇した上で東京進出を果たした。今や日本の歌舞伎興行を一手に引き受ける大会社に成長したのも、本《もと》を正せば目の前の人物に始まるのだった。

「いや、先々月はセンセにえらいお世話になりまして、今月は久々に木挽座へ出ますよって、その前にご挨拶をせんならんと思いましてなあ。あのバーなんたらいうショーさん、おもろい爺さんどしたなあ。女子《おなご》を口説くみたいに、わての手ェしっかり握ってワンダホー、ワンダホーいうてなあ」

「ああ、燕寿郎さんは世界一の文豪に握手されたんだから大したもんですよ。あの皮肉屋の爺さんがあなたの舞台を観て、日本には歌舞伎というこんなに素晴らしい芸術があるではないかと絶賛したんですからねえ」

八年前にノーベル文学賞を受賞したアイルランドの劇作家バーナード・ショーが英国の旅客船で世界漫遊の途次に来日したのは今年二月末から三月初旬にかけて。社会批判の舌鋒鋭い彼はこの来日で荒木貞夫《あらきさだお》陸軍大臣とも二時間にわたる対談をし、治郎はその対談記録を新聞で読んで、ショーの皮肉な突っ込みに何度も笑わされたものだ。一方で青年将校に人気があるといわれる荒木大臣にして、所詮はこの程度の人物かと心底がっかりした。

ショーが現代の科学兵器を擁する軍備に触れて精神主義だけでは勝てまいと皮肉れば、科学兵器の競争は国家財政を危うくするので「いっそ昔にかえって竹槍戦術が一番いい」という発言にはほとほと呆れ果て、そんな男を御輿《みこし》に担ごうとする青年将校らの危うさを憂え、こうした軍人の無知と暗愚が海外の文化人に暴かれたのを恥ずかしく思ったくらいだ。日本の文化人がなぜもっと早くからそれを指摘してこなかったのか残念にも思う一方で、いずれこの対談を新聞が載せただけでもまだましだったと思う日が来るような恐ろしさも感じていた。

ともあれ荒木陸相以外にも日本で多数の名士と懇談したバーナード・ショーが神戸に来航して真っ先に駆けつけたのはどこあろう大阪歌舞伎座で、治郎はその日たまたまそこで催された亀鶴興行の新会長就任式典に招かれ、式典終了後に始まった公演でショー翁の観劇に付き合うはめとなった。西洋のお伽噺《ときばなし》に出てくる爺さんのような白髯《しろひげ》を生やした彼は高齢を押して最後まで熱心に観劇。一場一場が絵面になる歌舞伎の舞台を完全な芸術であると絶賛したのは、治郎もそばで聞いて誇らしかった。

そこで楽屋に案内したところ、扮装したままの燕寿郎に廊下で出くわし「この人が七十四歳、ウソでしょう！」と叫んでワンダフルを連発したのである。

たしかに燕寿郎はこうして素顔に接しても肌の張りとつやが年齢を感じさせず、またふつうは年齢と共に下がるはずの目尻がまだ吊り上がっているので、あの沢之丞よりも年上なのだと思うと化け物比べの軍配はこっちに上がってもおかしくない気がする。ただし声はいささか聞きづらい濁声《だみごえ》で、それは年齢による衰えではなく若い頃に人気を妬まれて水銀を呑まされたせいだとする伝説があった。

屋号は共に扇屋で何代か前の縁続きになるらしく、幕内では東の扇屋、西の扇屋と称して天下の人気を二分した時代もある。今は共に年老いて往年ほどの人気はないにしろ、歌舞伎界には東西の重鎮として君臨する。沢之丞が女帝とすれば、こちらは白塗りの二枚目が得意な殿様で、共に昔でいう千両役者の豪奢な雰囲気を備えており、沢之丞は時に高慢なところも見受けられるが、燕寿郎は腰が低いしざっくばらんで気さくな感じだ。ただし、さっきまで親しげに話していた相手が姿を消せば「あの人だれやった？」と、すました顔で周りを啞然とさせた類の逸話には事欠かない。要は如才《じよさい》がないとも、いい加減ともいえるところが一種のご愛嬌にもなっている昔ながらの役者気質《かたぎ》で、浮世絵から抜けだしたような現代人離れした風貌が、この人なら何をしても仕方がないような、一種の免罪符的効果を発揮していた。

お茶を出しに来た妻もぶしつけな眼差しでしげしげとこの相手を見ていたが、見られて当然「もっと見とおくれやす」とばかりに顔を左右に向ける老優のほうが一枚上手だった。珍しく澪子までお茶菓子を持って現れたのは好奇心からに違いないが、「へええ、このべっぴんさんは、センセのお嬢さんでっか」と逆にじろっと見られて逃げて行ったのは、さすがに貫禄負けしたというべきか。

「あれはうちで預かってる妻の親戚でして。僕はどうも子宝に恵まれませんで」

といえば今でも胸にちくっとかすかな痛みを覚える。わが子の誕生はとっくに諦めていた。それならそれで守るべきものがない気楽さで、いたずらな保身に走らず、欲もかかずに潔く生きられるのを可《よし》としていた。

しかし守るべきものがないのは自信のなさにもつながる気がして、一度は養子を迎えようとしたこともあるのだった。三年前の事件にからんで両親が共に先立った気の毒な少年を。それがなまじ資産家の息子だったので、遺産目当てと邪推され周囲の猛烈な抵抗に遭い、痛くもない肚を探られた治郎は江戸っ子らしい短気さで断念した経緯がある。思えばそれもまた三年前の事件の古傷に違いなかった。

「センセはまだお若いんでっさかい、子宝に恵まれんてなことといわんと、これからでも作りはったらよろしがな。奥さんと出来《でけ》なんだら、わてがええ女子《おなご》を世話しまっせ」

と浮世絵の人相でいわれたら、まんざら冗談とも聞こえないのは困ったものだ。

子供の話になったせいか、治郎はふとまた例の黒衣の美少年、荻野藤太郎を想い出す。彼も両親を早くに喪《うしな》い、しばらく関西で修業していたように聞かされたが、ひょっとしたら身柄を預かっていたのは目の前の人物かもしれない。同じ扇屋なのだから決してあり得ない話ではなかった。

「荻野藤太郎がこの秋に宇源次を襲名するのは、もちろんご存じでしょうなあ」

「はいな。わてもお祝いに舞台で何かお付き合いせんならんと思いましてなあ。それの相談もするつもりで、今月は老骨に鞭《むち》打ってこっちへ出て来ましたんや。たぶんその襲名興行は、わてが木挽座に立つ最後の舞台にもなりまっしゃろしなあ」

燕寿郎の声にはある種達観した響きがあった。古稀過ぎてなお天下の二枚目として舞台に立つ以上、身終いにもそれなりに考えるところがあるのだろう。同様に沢之丞もまた、自らの余命を計算に入れて宇源次襲名を急ぐのかもしれなかった。

「燕寿郎さんの目から見て藤太郎君はいかがでしたか？　関西でも修業してたそうですが」

「ああ、あれはほんまにたいした子ォでっせ。きっと耳がええのやろが浄瑠璃《じようるり》がきっちり肚に入ってるさかい、わてらと一緒の舞台に立ってて、ちっとも気になりまへんなんだ」

「踊りもなかなか達者ですしねえ」

「はあ、そうだっか。わては自分が踊りをようせんさかい、それはわからんのやけど、地方《じかた》の音が耳にきっちり入ってたら、そら、ちゃんと踊れまっしゃろ」

早世した宇源次の美しい舞い姿が治郎の瞼に蘇る。沢之丞が若い頃に『深見草』を手がけたように、宇源次も晩年はよく自主公演で創作舞踊を発表していたのだ。従来の古典的な歌舞伎舞踊を手がける時は端正でそつがない舞いぶりなのに、それらの創作舞踊は、今流行りの言葉でいう、エキセントリックなきらいがあるほど斬新だった。その点では三年前に横死した袖崎蘭五郎とも似ており、治郎は両人を文壇の横光利一や川端康成の登場になぞらえて「歌舞伎舞踊の新感覚派誕生」と某紙で評したこともあったのである。

ただし蘭五郎は頭で計算した斬新さだったのに対し、宇源次は何か本能のようなものに突き動かされて挑戦していた感じで、ことに晩年の舞台は蘭五郎すら凡庸に見えるくらいの圧倒的な新感覚を内在して誰も寄せつけなかったのを想い出す。だからつい本人の性格までもエキセントリックさが疑われ、実際そうした噂もちらほら聞こえて来たので治郎はやや敬遠気味となり、生前は縁が薄かったとはいえ、蘭五郎に負けず劣らず才能は高く評価していたし、それゆえこの際に評伝を書いてみようという気持ちにもなったのだが……。

「藤太郎の耳がいいのは、父親譲りなんでしょうなあ」

「お父ちゃんばっかりやない。お母ちゃんもよかった口でっせ」

そう聞いて治郎は思わず相手をまじまじ見てしまい、

「燕寿郎さんは、亡くなった宇源次の細君をご存じだったんですね」

がぜん声が大きくなった。

「僕は一度も、お目にかかるどころか、お見かけすらしなかったんですが」

「細君？　わてかてそんなん知りまへんで」

「たしか今、お母ちゃんと……」

相手がぷっと噴きだして、治郎は自分がいかにバカなことをいったかに気づいた。子供は何も妻との間だけに生まれるわけではない。まして芸界は正式な妻を迎えていない場合が珍しくはないのだ。沢蔵に口を濁された時に気づいておくべきだった。

「藤太郎の母親はどんな人だったんでしょう？」

これは評伝で触れないわけにはいかない点だ。

「センセはほんまに知らはらしまへんのか？　ああ、東京やさかい、噂も聞こえてこなんだちゅうわけか」

「関西の方なんですね」

「へえ、島之内《しまのうち》の芸妓でんがな。宗右衛門町《そえもんちょう》の南地倭屋《なんちやまとや》にいた梅香《うめか》ちゅう妓《こ》で、わてもよう知ってました。そら踊り良し、音締《ねじ》め良しの名妓だした。何せ容貌《きりよう》もピカ一でっさかいなあ。わてがもうちょっと若かったら口説き倒して落籍《ひか》せるとこでしたで」

燕寿郎は吊り上がった眼をきらりとさせ、この男が舞台でよく演じる遊蕩児さながらに薄く笑った。

「二人の馴れ初めもご存じなんですか？」

「はいな。あれは宇源次が道頓堀《どうとんぼり》に初お目見得した時でした。初日祝いを兼ねてわてが倭屋に案内しましたんや。そしたらお互いひと目惚れやったようで」

「要するに燕寿郎さんが結びの神でしたか」

「大阪一の美人を東京の男に獲《と》られてしもて、ほんまにアホらしいこってすわ」

「宇源次は燕寿郎さんに感謝したでしょうねえ」

「まあ、いわば上方の情人《いろ》を世話したわけでっさかいなあ」

熱狂的な婦人客のひいきが多かった宇源次だけに近場の柳橋や新橋では浮き名が立て

られず、遠く関西にまでちょくちょく足を延ばしていたのだろうが、

「あの大震災で一時は東京から人がどっと関西に流れて、東京の役者もこっちでよう芝居するようになってたから、会いやすかったいうこともありますのやろ。もっとも二人が初めて会《お》うたんは震災のずっと前でしたけどなあ」

当時は汽車で一日がかりだけにやはり通うのは大変だったはずで、それでも藤太郎という一子までもうけたのはよほど深い縁で結ばれていた証拠だろう。

「その梅香さんも既に亡くなってるように沢之丞の弟子から聞いたんですが、どちらが先だったんでしょう？」

と治郎はついつい沢蔵にしたのと同じ質問をし、

「さあ、どやったやろ。おんなじ頃とちゃいまっか」

またしても曖昧な返事にひっかかるものを感じた。二人の亡くなったのが同時期なら、藤太郎が関西で修業した時期には実母がもういなかったことになる。そもそもこの点は沢蔵が変に口を濁してからずっと気になっていた点なのだ。

「同じ病気で亡くなったんでしょうか？」

宇源次が肺結核で亡くなっていたなら、どちらかが感染したことになるだろう。

「わても詳しい事情はわかりまへんのやけどなあ」

燕寿郎はあくまでとぼけた顔だが、

「当時は色んな噂が飛んでましたわ。まあ噂は何でも話半分に聞いとかなあきまへんけど」

　と、がぜん気を惹くようないい方をする。

「噂が飛んだというからには、ふつうの亡くなり方じゃなかったんですね……まさか心中したとか？」

「ハハハ、センセはさすがに作者のお血筋でんなあ。二人が大阪と東京に分かれて一体どうやって心中するんか、その台本《ほん》を一ぺん書いてみとおくれやす」

　人の生死に関わる話で治郎は笑えなかったが、燕寿郎は茶碗を取りあげて口をつけると、

「心中とまではいかんけど、あの妓には気の毒なことがあったんや思います。当時わては、東の扇屋さんが二人の仲を裂いたんやないかと思てました」

「沢之丞が二人の結婚に反対したということですか」

「さあ、籍を入れるつもりやったかどうかはわかりまへんけどなあ」

「つまり二人が付き合うのも断じて認めなかった、というわけですね」

　遠距離でたまに会うくらいの付き合いすら禁じる理由は想像がつかず、ひょっとしたら大切な跡継ぎの養子が関西に移住しようとしたのを沢之丞が阻んだという話の流れかもしれなかった。

「それでいて梅香の子を取ってしもたんやさかい、あの妓もそら辛かったんでっせ」

「……自殺ですか？」

「いや、そうとは聞いてまへんけど、ちょっと神経病《や》みみたいになったいう噂が立ったんですわ」

と燕寿郎はまた茶碗を取って一服の間を置いた。

「噂だけと違《ちご》て、わても見てて、これはちょっとおかしいと思たことがありますんや。座敷に現れてもお酌一つようせんと、うわの空でぼうっとしてよったから『あんたもうお帰り』いうて去《い》なしましてん」

「そのことを、沢之丞さんはご存じなんですか？」

「いや、ご存じおへんやろ」

「伝えなくてもいいんでしょうか？」

もしかしたら梅香のそうした脆《もろ》い一面が藤太郎に受け継がれる可能性もないとはいえない。治郎は藤太郎の将来が少し心配になるも、

「今さら話しても故人の悪口になるだけで、どうなるもんでもおへん」

といわれたら、たしかにその通りなのだ。

「とにかくセンセ、これはここだけの話でっせ。東の扇屋さんには絶対内緒にしといとくれやす」

吊り上がった眼にぎろっと睨まれ、治郎は思わず素直に肯いている。と、相手がまたおかしそうに笑いだした。

「わてやったらきっと喋《しゃべ》ってしまうやろなあ。そら、こんな話を聞いたら黙ってられへんわ」

相手が一体どうしてほしいのかをちっとも読めず、これだから上方者《ぜいろく》は喰えねえや、と江戸っ子の末裔《まつえい》は毒づきそうになるのを我慢した。

ともあれ喰えない相手を玄関で見送るや否や、今度は澪子が側に来て「治郎にいさん、あたしお話があるの」といいだしたのも何のことだかさっぱり読めなかった。


この日、築地署を訪れた男は何かと署員を閉口させた。「東京の警察はどこもかしこも新築で立派ですなあ。どんだけ予算があるんやろ」と妙な嫌みをまずいって、東京では大部分の建築物が先の震災で倒壊焼失したのを知らぬげだった。

「ほんまにびっくりですわ。四、五年前は半日がかりやったのが、今回超特急の『燕《つばめ》』に乗ったら、たった八時間で着きまっしゃろ。これやったらもう毎月でも来られまっせ」と署長には余計なおしゃべりを加えた挨拶で、二度と来ないでほしい印象を与えた。

大阪府警察部刑事課の日根野《ひねの》警部が急遽《きゅうきょ》上京し、霞ヶ関《かすみがせき》の警視庁本部を訪れたのは昨日の午後。けさ早くから築地署へ押しかけた男は地声が大きくて騒々しい。さほど大柄でもなく、顔は肉厚で瞼が腫れぼったい地味な人相だし、着ているのもごくふつうの背広だが、極彩色の看板を首からぶら下げているように全署員の目を惹いた。毒を以て毒を制すの口で、この男に対抗できるのは笹岡警部のみというのが築地署一同の見方である。

目下、入船町事件のほうに取りかかっている笹岡はいかにも迷惑そうな顔で日根野警部との面談を余儀なくされ、

「わざわざ築地署《うち》にまでご足労を戴くとは、御苦労様なことですなあ」

と初手から皮肉な調子だが、相手は気にせず大きな地声にものをいわせた。

「せっかく東京へ出て来た以上、現場の話もちゃんと聞いて帰らんと、出張費が勿体《もったい》ないですからなあ」

と出張経費の内訳を話しだしたのでさすがの笹岡も呆れたように、「時間のほうも勿体ないので」と、三十間堀の死体発見現場の様子を手短かに語った。

発見された男の死骸は右翼結社征西会の幹部、小見山正憲とすぐに判明し、横に並んでいた女の死骸もその後しばらくして芝愛宕署の征西会本部捜索を通じて解明され、それがこの日根野警部の上京とつながっている。

「警視庁から連絡を頂戴した時は、府警《うち》の上がもうびっくりしてしまいましてなあ。わしらには縁がなかったけど、大阪の名士は知らんもんがないくらい有名な島之内の芸妓

で、縄張りのミナミだけやなしに、キタの花外楼《かがいろう》なんかにもよう顔を出しておったそうです」

源氏名は照世美《てるよみ》。年齢は三十三とのこと。テルヨミという名はいささか奇妙に響き、年齢は薗部が想像したよりもずっと若く、あの死骸の貫禄を裏切っていた。

「旦那が小見山正憲やとわかって、なるほど、というた上司もいました」

「小見山はそっちでも知られてたんですか？」

薗部が思わず口を挟むと、日根野は腫れぼったい瞼をちらっと持ちあげて、らしからぬ冷ややかな口調でいった。

「小見山はたしか九州出身で、もともと関西が縄張りやったんとちゃうんかなあ。神戸には今でも小見山商会ちゅう大きな看板がちゃんとありますんやけどなあ」

部下の無知をあからさまに指摘され、笹岡はますます不機嫌な顔をしている。小見山は国内のみならず海外まで雄飛の翼を広げる右翼の活動家であり、小見山商会は上海にも支店を置いているのだという。

一方、小見山の横に屍《かばね》を並べた照世美という芸妓は、単に小見山の巻き添えにされたものだと警視庁は見ていたが、

「うちの上司は、なかなかしたたかな女やったというとります。旦那が小見山正憲なら、株で大儲けしよったんも、ようわかると」

「株で大儲け？」

と笹岡も意外な話の転がりに釣られたようで、

「一昨年の九月十八日に満州で起きた事件はご存じだすなあ？」

「もちろん」

と即答した。満州の柳条溝《りゅうじょうこう》付近で南満州鉄道の線路が爆破された事件は新聞各紙の号外やラジオの臨時ニュースで大々的に報じられている。

「照世美はその九月の初めに借金までして、神戸製鋼所や日本製鋼所の株を仰山《ぎょうさん》買うてたらしいんですわ。それがあの事件でいっきに騰《あ》がって大儲けしよった。何しろあれで日本中が軟弱な幣原《しではら》外交なんかしてたらもうあかん、すぐにも支那と戦争やという雰囲気になりましたからなあ」

「戦争になれば鉄の需要がどっと増えるのを見越したわけですか」

「事件が起きてから鉄鋼株を買うたもん《こ》は大勢いよるが、事件の前から借金をしてでも買い漁《あさ》るてな真似は、小見山の女にしか出来《でけ》しまへん」

一応あの爆破は中国国民革命軍東北軍の犯行とされていたから、小見山は一体それを事前にどう察知したのかと薗部は首をかしげるが、

「つまり事件は関東軍が仕組んだ筋書き通り。それを軍の誰かが小見山に洩らして、そこからさらに廻り巡って芸者の懐を潤した。いわば風が吹けば桶屋が儲《もう》かる口でした

か」

　と笹岡は皮肉な声でいってのけた。いみじくも右翼人士と軍部との癒着の一端をいい当てた恰好だ。

「先の欧州大戦で日本は好景気に沸いたが、それが済んだらたちまち景気が冷え込んだ。また戦争が始まれば景気が好くなる、と考える連中も大勢いる。金儲けのためには戦争を期待したっておかしくないんでしょうなあ」

　夥しい人間の死を前提に騰貴《とうき》する株価。果たしてこの世界を動かすのはひたすら強欲な者たち、人間の際限なき欲望なのだろうか、と薗部は暗澹《あんたん》たる面もちだ。際限なき欲望がぶつかり合えばやがて世界は破滅するだろう。

「照世美はその株で儲けた金で、金貸しを始めたいう噂もあったそうです。か弱い芸妓に金貸しなんか務まるんかと思てたけど、小見山が後ろ盾なら納得やと上司はいうてました。何せやつの手下は強面《こわもて》ぞろいやさかい、取り立てにも困りまへんやろ」

「照世美という女が金貸しだったら、それで恨みを買ったこともあったろう。単に小見山の巻き添えで消されたと決めつけるのは早計だと、府警のほうではお考えなわけですか？　それで日根野警部殿が上京されたと」

「まあ、報せるだけは、報せておこう思いましてなあ」

「ただ、大阪の芸妓が何もわざわざ東京へ出て来た時を狙って始末しなくてもよさそうなもんですがなあ」

と笹岡が腕組みしたところで扉のノックが大きく響いた。

「今、三十間堀の事件について笹岡警部殿に話があるとかで……」

若い巡査の声に笹岡はやや意表を衝かれた面もちで、日根野は腫れぼったい小さな眼をきらりと光らせた。


善良な市民がなるべくここに寄りつきたくないのは確かだろう。築地署の正面階段を昇る治郎は下を見て、制服を着たごつい男たちがいずれも犯罪者と見まごう人相なのに気づいた。その男たちから逆に見られて昇るのは澪子だ。厚かましいほどのぶしつけな視線にも怯むことなく、すらりとした脚線美を見せつけて堂々と昇る姿はさすがに女優を志す娘だけのことはあった。

その澪子も天下の二枚目山村燕寿郎から見られた際はたじたじだったが、彼が帰ってすぐに「あのことを早く警察に報せたほうがいいと思って」といいだした顔には強固な意志が窺えた。例の事件にからんで自分が目撃した事実にこだわっているのはともかくも、治郎が驚いたのは「昨日お目にかかった磯田さんもやっぱり警察に話したほうがいいって」との一言だ。

澪子が見合い相手にまでそのことを訴えたのは、相手がこれもたまたま被害者と知り合いだったからにしろ、築地小劇場に所属して社会主義思想の洗礼を受けた娘が軍人に意見を求めるなぞ治郎には全く想像外だ。あげくに「磯田さんのほうでも少し調べてくださるんですって」と嬉しげな表情でいう娘心はさっぱり理解できなかった。

ともあれ今はこうして目の前に少し顎のしゃくれた警部が立ち、ぼうっとした感じの部下と腫れぼったい瞼をした未知の中年男が左右に並んで出迎えている。

「まあ、どうぞおかけください。その節は先生に何かとご協力を戴きまして」

笹岡が慇懃《いんぎん》に礼を述べたのは木挽座の裏木戸に案内した件だろう。思えばあれから随分と時が経ったような気がするが、実際は一週間ほどだから、

「あの時ちょっといい忘れたことがありまして」

と治郎が腫れぼったい瞼の男を顧みれば笹岡が弁解するように、

「ああ、こちらはあの事件の応援に駆けつけた大阪府警の日根野警部でして」

今日は立て続けに関西人と会うのに治郎が妙な縁を感じていたら、笹岡は別にこちらが訊いてもいない説明を加えた。

「実は小見山の隣で死んでた女が大阪の芸妓だったんですよ、照世美という源氏名の」

「テルヨミですか……」

大阪の芸妓の話を聞くのも今日はこれで二度目なのが治郎はふしぎだ。もっとも燕寿郎から聞いた名は「梅香」で、テルヨミなどという奇妙な源氏名ではなかったけれど。

「今日はお美しいお嬢さんもご一緒なんですな」

と笹岡が見やったところで、治郎はようやく本題に入れた。

「ああ、実はいい忘れた話は僕が話すよりも、この娘から聞いてくださったほうがよろしいかと」

澪子は多少緊張の面もちながら別段臆するところはなさそうで、それも観客の前で舞台に立つ経験を積み重ねて来たおかげだろう。稽古をしっかり積んだ芝居のセリフのように、一連の目撃情報を順序よく淀みなく物語った。警察官はいずれも途中で余計な口を挟まず意外なほど真剣な表情で耳を傾けていた。澪子が話し終わった合図のように軽く頭を下げると、

「お嬢さん、大変貴重なお話をお聞かせ戴けて感謝いたします」

笹岡は顔に似合わぬやさしい声を出しながら、目撃情報の信憑性《しんぴょうせい》を値踏みするかのように澪子の顔をしげしげと見るや否や、

「先生は、どうお考えで」

一転、鋭い眼差しを浴びた治郎はちょっとどぎまぎした。

「あの舞台は途中の暗転で場内全体が真の闇に包まれました。その時に二人は席を立ったのかもしれません。ただ澪子が話したように、二人がぐでんぐでんになるほど酔っ払っていたとしたら、暗転で素早く席を立ったというのがどうも……」

「要は酔っ払って寝ている最中に誰かに連れ出されたと？」

「そう考えたほうが、不自然ではないような……それが誰かは僕には全くわかりませんが」

治郎は無意識に言葉尻を強めていた。その誰かに劇場の人間が当てはまる可能性の高さを指摘されるのは避けたかった。正体なく酔っ払った二人を劇場の外へ連れ出すには劇場の人間が手を貸さないと無理なような気が自分でもしたからこそ、今まで警察に報せなかったのかもしれない。

治郎にとって劇場の人間は身内も同然だから守りたくなるのが人情で、それゆえ自分が気づいたことで、まだ澪子にも話していない件があった。

死んだ二人が桟敷席から消える前に、二人の背後の闇が急に濃くなったように見えたと澪子がいう現象は、ひょっとしたら黒衣姿の人間が桟敷に侵入したのではないかと閃《ひらめ》いたのだ。

そう思ったのはきっと直前に黒衣姿の藤太郎少年を見ていたせいだろう。まさか彼であるはずはないにしても、黒衣を着た誰かが二人の背後に立ったような気がしているのに、それを話すきっかけはまだ訪れなかった。

劇場でふだん黒衣を着ているのは役者の弟子や幕開きに拍子木を打つなどして舞台進行を務める狂言方が多い。桜木一門の狂言方を疑惑の渦中に引きずり込みたくなくてまだ話さないのもあるが、考えてみれば黒衣を手に入れさえすれば誰でもあの姿にはなれるのだった。

「要するに二人は木挽座を出てから拉致されたのでなく、既に客席で朦朧《もうろう》とした状態になって拉致されたということですか。そうなると先生に先日ご案内を戴いたあの裏木戸がやはり怪しいですなあ。明日もう一度あそこを調べてみましょう」

と笹岡はしゃくれた顎を撫《な》でまわすようにしながらじいっとこちらを見ており、治郎はその目つきが嫌でさっと腰をあげる。

「とにかく、この娘は自分が見た通りのことをお話し申しあげました。ですから後はどうぞそちらでお調べください。僕らはこれで失礼します」

澪子も気が済んだという表情ですっくりと立ち上がった途端に笹岡が、

「ああ、ちょっとお待ちを。先生にもう一つ伺いたいことがございまして」

治郎は露骨に表情を曇らせた。

「何でしょうか。僕もこのあと所用があるんですが」

というのは本当である。

「先生は、杉田常雄をご存じですか?」

「杉田……誰ですか、それは?」

「ああ、ご存じないんなら別によろしいんですが。木挽座の大道具方なんでひょっとしたらと思いまして」

　それなら治郎も顔ぐらいは見知っているのかもしれないが、大道具方全員の名前をいちいち憶えてはいなかった。

「その男がどうかしたんですか？　亡くなった二人と何か関係でも」

「いやいや、これは全くの別件でしてねえ。先生はまだご存じないようですが、自宅で殺されたんですよ」

「殺された……」

　治郎は絶句し、澪子も息を呑んだ表情である。

「一体いつの話ですか？」

「先月の二十五日から二十六日の夜にかけて殺害されたものとわれわれは見ております」

　先月の二十五日は三十間堀で男女の死骸が見つかった日の翌日。その男女が半睡状態で意識朦朧としたまま観客席から連れ出されたことには劇場内部の人間の関与が疑われ、笹岡の物言いとは裏腹に、両事件はもはや全く無関係な別件とはいえない感じを、治郎も認めないわけにはいかなかった。

「先生に一つお教え願いたいんですが、大道具方はふだんどんな仕事をしてるんでしょうか」

と笹岡は妙に改まった口調である。

「そりゃ大工仕事もあれば、障子や襖の張り替えといった経師職《きょうじ》のような仕事もあり、絵描きと同様に刷毛や絵筆を揮《ふる》ってみたり、芝居の幕が開くと道具の飾り付けや舞台の転換なんかも」

「つまり舞台の背景作りだから、幕の外には出て来ない仕事ですな」

「幕の外……ああ、そういえばツケ打ちは幕外で致しますねえ」

「ツケ打ち？」

「ほら、役者が見得をしたり立ち回りをする際に舞台の袖でバタバタ柝を打つのがツケ打ちで、あれも大道具方の仕事なんですよ」

「なるほどねえ」と笹岡は気のない相づちからまた一転して、

「誠に恐縮なんですが、またひとつ先生のお力をお貸し願えませんでしょうか」

バカ丁寧な口調でも、その声には強引な響きがあった。治郎は憤然とする余り、自分でも驚くほどの強い口調で応戦した。

「今度はいったい僕に何をしろというんだっ」

笹岡はいなすようにそっと唇を曲げて笑った。

「いやいや、それほどお手間は取らせません。杉田の噂やなんかをちょっと訊いてみて戴ければいいだけで。ご承知の通り、木挽座の連中は部外者にはなかなか胸襟《きょうきん》を開いてくれませんのでねえ。その点、先生はあそこのお身内のようでいらっしゃるから」

笹岡のいい方に棘《とげ》があるように感じるのは、治郎がまだ黒衣を着た誰かの存在を話していない後ろめたさのせいかもしれなかった。


桜木治郎と大室澪子が部屋を出て行くと笹岡はぼそっと呟いた。

「博奕の線でつながるか……」

薗部はしばしば何のことだかさっぱりわからず、

「やれアジアの夜明けのために大日本帝国の国権を拡張するだの、満州企業の経営は国家的大事業だのと、いくらでかい口を叩いたところで、小見山の手下は所詮やくざなんでしょ？　日根野さん」

「まあ、神戸の小見山商会なんかは丸々そのようですなあ」

このやりとりでやっと先日の取り調べを想い出す。

入船町の自宅で殺害された杉田には博奕仲間がいて、同僚の口からその一人の名前が浮上した。それは百瀬繁二郎《ももせはんじろう》という小道具方である。

舞台背景を作るのが大道具方とすれば、背景に飾る家具や調度品の類を用意するのが小道具方で、ほかにも武士の刀や甲冑《かっちゅう》、女形の櫛や簪、駕籠《かご》乗物や動物のかぶり物までが小道具方の担当だ。それら多岐にわたる厖大《ぼうだい》な数量の小道具を収納管理する倉庫会社が浅草にあって、そこから当該公演に必要な品をそのつど劇場へ運び込むかたちだという。百瀬は劇場に運び込んだ小道具を管理する木挽座座付きの小道具方だった。

事件当夜、京橋近くの居酒屋で同僚と飲んでいたという立派なアリバイを述べた百瀬は小道具方の名に見合う小柄な男だったが、鼻柱が太くて目つきの鋭い、したたかな顔相で、

「賭け事と申しましても、あっしらのはせいぜい一円札があっち行ったりこっち行ったりするだけなんで、どうぞお目こぼしを」

と実にふてぶてしい弁解をした。

杉田は賭け事で負けた借金の取り立てに悩んでいたという同僚の証言をぶつけたところ、右のように言い抜けされたのだ。たしかに身内で互いの破滅を招くほどの賭け金にはしないだろうし、少額の取り立てでいきなり殺害に及ぶとも考えにくい。実際、杉田の自宅には手つかずの新札がまだ数枚残されていた。さらに本当の博奕好きなら、身内だけでしているわけがないと考えるほうが自然だろう。

「杉田は博奕を通じて、小見山の下っ端とつながりがあったとお考えですか？」

薗部はそっと口を挟んでみた。となれば当然ながら三十間堀事件ともつながる。三十間堀事件と入船町事件は別件のようでいて、日時も場所も極めて近接しているので、笹岡は当初から連続性を視野に入れていたらしい。

そして本日、桜木治郎と大室澪子の証言により、三十間堀事件の被害者は劇場の外でなく既に中で拉致されて外に連れ出されたという見方ができるようになった。それにはむろん劇場関係者の協力が必要だ。

入船町事件の被害者杉田は賭博の常習者で征西会の末端と関わりがあり、博奕の負債につけこまれるかたちで手引きを引き受け、あげく漏洩《ろうえい》を恐れた組織の手で消されたという見方が成り立つのではないか。

薗部はその考えを手短かに述べた上で、それをわりあい満足そうな表情で聞いていた上司にいう最後のセリフは一つしかない。

「これを早く本庁に報せませんと」

途端に横からざんぶり水を浴びせたのは日根野警部である。

「ああ、そらまだ仮説に過ぎんのやないか。東京の警視庁さんはどうか知らんけど、府警は証拠のない仮説だけでは動きまへんで」

ここで薗部は少し頭を冷やして、もう一度知恵を巡らした。

「たしかに手引きした木挽座関係者は杉田一人と限るわけにもいかない気がします。ただ小見山らを客席から連れ出す際には酔っ払ったのを見計らう必要がありますし、もし大道具方の杉田が先ほど桜木先生に聞いたツケ打ちだったとしたら、舞台から客席の二人の様子を観察できたはずです」

これはとっさに口から出た単なる思いつきのわりに、薗部はわれながら筋の通った推理に思えた。ところがまたしても異を唱えるのは腫れぼったい瞼をした関西人で、

「そもそも芝居の最中に酒飲んで、正体が無《の》うなるほど酔っ払えるもんやろか。わしはまずそこんとこがどうもひっかかるんやけどなあ」

根底に疑義を挟まれると推理の組み立てようもない。薗部は笹岡の苦りきった表情を見て、

「それならすぐにも」と速やかにその場を離れて、まっすぐ向かった先は木挽座である。支配人の清水に頼んでまずは桟敷席の接客係を呼びだした。井上という年齢のわかりづらいのっぺりした人相の男は顔立ちと同様の平板な声で、

「先月二十三日のお客様を一階西のニの席へご案内したのは、わたくしでございます」

「客が小見山正憲とは知らなかったのか？」

「存じていても、わたくしどもはなべてお客様と申しあげることになっております」

「桟敷席では芝居を観ながら飲食ができるそうだが」

「いえ、お食事は皆さま他のお席でも大いになさっておられます。ただ桟敷ではお膳が使えますんで、お楽に召し上がれるだけかと」

この男の悠長な話し方には多分に人を苛《いら》つかせるものがあった。

「二十三日に来た客が、二人でどれだけ飲んだか憶えてるか。たとえばお銚子で何本と

か、もし憶えてたら教えてくれ」

　井上はかすかに首を曲げてポケットから小さな帳面を取り出すと、ぺらぺらめくる手を止めて、相変わらず抑揚のない調子でいう。

「二十三日に、西のニから、お酒のご注文はございませんでした」

7　道具調べ

　築地署を出て澪子と別れた治郎がまっすぐ向かった先も木挽座だった。今そこは五月公演の初日を控えて準備に余念がない。その応援に駆けつけた治郎は、すぐあとに続いた薗部刑事が劇場の玄関で接客係に事情聴取していることをむろん知る由もなかった。

　初日の前に舞台で本番通りのリハーサルを日本で最初に始めたのは丸ノ内の帝国劇場。木挽座は当初それを「素人芝居じゃあるまいし」と蔑んでいたが、新作や滅多に上演されない演目や仕掛け物がある場合には、本番通りに舞台を飾りつけて役者がその使い勝手を点検する「道具調べ」が行われており、治郎は今日それに立ち会うよう霧波花仙《きりなみかせん》に求められたのである。

　霧波花仙は若い頃に楚々とした女学生のような美貌と雰囲気で絶大な人気を博した女形だ。新作に登場する近代的な女性像を演じさせたらこの人の右に出る者はなく、同世代の治郎などはこの人の名を聞くだけで自らの学生時代が懐かしく蘇るのだった。むろん四十半ばを過ぎた今はさすがに当時のような熱狂的支持は薄れているが、花仙に対する憧れの気分はいまだ治郎世代に持続している。

その花仙が五月公演では珍しく男装の麗人に扮するのだった。演目は河竹黙阿弥《かわたけもくあみ》の『富士額男女繁山《ふじびたいつくばのしげやま》』通称「女書生繁《おんなしょせいしげる》」という明治開化期の新奇な風俗を取りあげた作品である。

男子に化けて学問一途《いちず》の書生として暮らす女子がヒロインだが、残念ながらそこに描かれるのは花仙が得意とする近代的な女性像ではなかった。風呂場で人力車夫に乳房を見られ、強引に口説かれて一夜を共にしたあげく、その車夫に父親を殺されて仇討ちを果たすというストーリーはむしろ古めかし過ぎるだろう。要は男の演じる女形が男の姿に扮するという、二重に手の込んだエロチシズムが売りの芝居で、作者が明治期の風俗に抱いた違和感を反映した面白さはあっても、残念ながら花仙の持ち味には程遠い作品に思われた。

治郎が木挽座に到着した時は既に序幕の道具調べが始まっており、舞台背景は明治初期に誕生した萬世橋《まんせいばし》だ。アーチ型の石橋の傍にはガス灯の大道具が配置され、初演当時はこうした装置も斬新に映ったのだろうが、今は却って古臭く見えるのかもしれない。

同様に現代流行する芸術や芸能もすぐに古臭くなって、人間のあらゆる営みは時の流れに抗えずことごとく徒労に終わりそうだという、いささか後ろ向きの気分になりつつも治郎は客席の前方へ足を運んでいる。と、ふいに客席から立ち上がった人影がまっすぐこちらを向いて、静かに首《こうべ》を垂れた。

「桜木先生、どうもわざわざご足労を戴きまして」

声の主は霧波花仙当人で、主演俳優がこうして客席から観客の視線で舞台を眺めるのも道具調べには必要なことなのだ。

花仙は素顔の楽屋着姿だが、どうやら鬘合わせをしているらしく、頭は明治の書生らしい散切《ざんぎ》り髪《あたま》で、今それが妙に艶めかしく見えたから、ひょっとしたら意外にこれはハマリ役なのかもしれない、と急に思い直した治郎である。

素顔は地味でおとなしい人相だが、さすがに肌つやはよく、秀でた額と円《つぶ》らな眼にはかつて多くの男子学生を熱狂させた面影がある。ただ眉間の皺だけが歳相応に目立つのは神経質な証拠かもしれない。

「先生、おはようございます」

と急にどこからともなく澄んだ声が聞こえ、花仙の横にすっと並んだ人影を見て治郎は驚きを隠せなかった。

「君がどうしてここに……」

たしかにそこにいるのは羽織姿の荻野藤太郎。今月は荻野一門の出番がなかったはずだが、背後にはお守役の沢蔵もいた。

「今月は花仙の小父様《おじ》が珍しい演目《だしもん》をなさると伺ったんで、あたしもう楽しみで、待ちきれなくてここに来ちゃいましたの。道具調べも拝見させて戴けるよう、小父様にお願いしたんですよ」

藤太郎は何だか賞めてもらいたそうな笑顔でこちらを見ており、背後の沢蔵が「熱心は熱心なんですよ。こっちがあきれるくらいに」という顔をしている。

短く刈った髪を伸ばし始めて青年期に移行しつつある少年の顔に、改めて治郎は目を注いだ。前に見た時はうっすら汗ばんで白磁のようだった肌が今は雪花石膏《アラバスター》のごとくぼうっと煙《けぶ》るように輝いている。横の花仙にもかつてはこうした素肌の輝きがあったのを思うと、時の流れはやはり残酷だ。藤太郎と並ぶと先ほど愛らしく見えた目もとや口もとにもたるみや小皺が気になった。

それでも花仙は年齢のわりに納まり返ったところはなく、いまだ精神の瑞々しさは保っていて、

「何しろ初役で見当のつかないことがいくらもあって、是非とも先生のご助言を頂戴したいと存じます」

との口上も至って謙虚だから、

「拝見して気になる点があれば何なりと申しあげましょう」

治郎はそういってひとまず安心をさせた。役者は誰しも初役だと不安になるらしいので、とにかく側にいる者の励ましが一番なのだ。

こちらに挨拶を終えた花仙は素早く舞台に駆け上がって「長谷部さん、長谷部さん」と大きく呼ばわった。たちまち舞台の奥のほうで大入道の影法師がぐらっと揺れたかと見るや、大道具方の長谷部棟梁がのっそりとこちらに姿を現す。花仙に耳打ちされた彼の指図によって、ベニヤ板製の萬世橋が軽々と持ちあげられ、位置をほんの少し舞台の中央寄りに変えた。

「先生そこからご覧になっていかがでしょう？　舞台っ面《つら》がちょいと変わりませんか？」

そういわれても、さほど代わり映えしなかったが、

「ああ、舞台がぐっと引き締まった感じですね。花仙さんはさすがに新作の上演に馴れてらっしゃるから、こうして装置にまで目が行き届くんですなあ」

治郎が感心したふうにいうと、花仙は自信を深めた表情でゆっくりと肯いた。

「そうだ、あれも運んで来な。今ここで乗ってる姿を先生にお目にかけるんだ」

と命じられた弟子が奥から曳《ひ》いて来たのはこれまた明治の風俗に欠かせない人力車である。幌を畳んだそれに花仙はさっそく乗り込んで、紅いブランケットを膝にかけ、舞台の下手に向かって曳かせつつ、

「先生、もう少しふんぞり返ってたほうがようござんすか？」

「ああ、そうですね。この場は女が男に見せかけようとするわけだから、わざとらしくふんぞり返ってたほうがいいでしょう」

花仙は治郎のいう通りにして舞台を一巡させ、ご機嫌の顔で人力車を降りしなに蹴込《けこ》みで一瞬立ち停まり、急に表情が険しくなった。

「これは何だいっ」

声も裏返って、らしからぬ乱暴な口調にはちょっと驚かされるが、初役の重圧と初日前の緊張で気が立っているのは当然だからして、

「花仙さん、どうなさいました？」

と治郎は客席からなだめるように声をかけた。

「ああ先生、どうもすいませんねえ、見苦しいとこをお目にかけちまって。ただ舞台の道具は客席から見えない部分もちゃんとしてなくちゃいけないと、わたしは先人に教わったもんで、こういうのは我慢ならないんですよ」

治郎は取り敢えず自身も客席から舞台に移動した。

「ここをご覧ください」

と指で示されたのは人力車の座席で、そこを覆った紅い毛氈の隅に黒いシミがぽつんと見える。乗る際は気づかなかったくらいのシミでも、花仙は初役だけに、どんな些細《ささい》

な汚点も許したくない気持ちになるのかもしれない。

　花仙の弟子はすぐに奥へすっ飛んで行って、しばらくすると小柄な男を引っ張って来た。人力車を管理する小道具方のようで、役者が癇癪《かんしゃく》を起こした際は何であれ弟子や裏方が叱られ役に回るのはやむを得ない。役者でも花仙はまだましなほうで、

「百瀬さん、困るじゃないか、こんなことじゃ」

と先ほどよりもずっと落ち着いた声で叱言《こごと》をいう。

「へえ、何でしょう」

百瀬と呼ばれた小道具方のほうがむしろ不遜《ふそん》な面もちで応対した。小柄だが、鼻柱がどっかり据わったふてぶてしい人相で、治郎は前にどこかで見たような気もする、押しの強い顔立ちだ。

「お客様には見えなくても、こういうシミは取っといてくんなきゃ」

と花仙にいわれて座席を覗き込んだ百瀬はハッとした表情で、

「あれ？……浅草の倉庫から出した時は全く気づきませんで」

首をかしげる様子もさほど不自然ではなかった。

「車軸に差す油がうっかり付いちまったのかなあ。へえ、旦那、申し訳ございません」

と意外なほど素直に詫《わ》びたので、花仙もすぐ穏やかな表情になった。

「うっかりはいいけど、明日までに直してくれなきゃ困るよ」

「はい、さっそく貼り替えを致します」

この間に藤太郎が舞台に上がって、するするとこちらに近づいて来た。自分も乗ってみたいような顔で人力車に取り付いて、中をじろじろと覗き込んでいる。こうした子供っぽい無邪気な面と、早くから大人の世界で育った子に特有の訳知りな態度が共存するアンバランスさもまた一つの魅力とはいえ、治郎はそこに妙な危うさも感じている。それは燕寿郎から聞いた母親の話のせいかもしれない。ただし藤太郎が今じいっと喰い入るように座席の毛氈を見つめた表情は無邪気でも訳知りでもない真剣そのもので、

「これ油じゃないよ」

いきなりの大声が一同を振り向かせた。周りの注目を一身に浴びた藤太郎はたちまち無邪気な少年の顔に戻って、その顔を毛氈にぐいと近づけ、

「油の臭いじゃない。これは血の臭いさ」

得意げにいい放つとこちらを見てにやっとした。それは作り笑顔のようなわざとらしさがあって、黒曜石のような燦めきのある両の眼は底知れぬ深井《ふかい》を覗き込んだ気分にさせた。

「女の血が腐った臭いと同じだよ。あたしは女が嫌いだからすぐわかるのさ」

澄んだ少年の声は酷薄な内面を物語るようでもあった。

「坊ちゃん、そんな口をきくもんじゃありません」

客席の沢蔵が慌ててたしなめているが、藤太郎はそれを無視してなおも治郎のほうに顔を向け、誘いかけるように莞爾《かんじ》と微笑んでいる。治郎は吸い寄せられたように側へ寄って「どれどれ」と自分の鼻をシミに近づけ、たしかに血の臭いを嗅いだら、もう心穏やかではいられなかった。

東京警視庁築地署の笹岡警部と大阪府警本部の日根野警部は共にあくの強さではいい勝負だが、意外なことにとても気が合った様子で、木挽座から戻った薗部刑事がドアを叩く際には中から愉しげな談笑すら聞こえた。それゆえ薗部はただでさえしづらい報告をおずおずとするはめになり、し終わった途端、

「ほおら、わしがいうた通りやないか。まず常識で考えてみい。島之内で芸妓してる女《おな》子《ご》が芝居の最中にちょっと酒飲んだくらいで、そう簡単に酔っ払《ぱろ》うたりしますかいな」

と罵られても文句はいえなかった。

「酒でないとしたら……」

薗部がまたおずおずいいかけたら相手はまるでバカにしきった表情で、

「そら、何ぞ一服盛られたんやろ」

「催眠剤か何かを？」

「まあ、そういうこっちゃ」

もう今となっては薬物の検出が不可能なことを薗部は知るのみだった。

「何せ小見山商会は薬だらけやさかいなあ」

という呟きは笹岡も聞き捨てならないようで、

「その薬の出所はどこなんだい？　直《なお》さん」

「そら真《しん》ちゃん、三共もあれば、大日本製薬かてあるがな」

二人はいつの間にか気持ちが悪いほど親密な話し方になっていることに薗部は茫然としている。

「要するに小見山は製薬会社の株をしこたま持ってたってわけか」

「それだけやあらへん」

と日根野は思わせぶりに笑った。

「さっきも話した通り、神戸の小見山商会は上海に支店を置いて、もっぱら薬を大陸へ輸出してるんや。昔からいうても、欧州大戦後のことやけどなあ」

「つまり貿易会社なんですか？」

と薗部はまたうっかり口を挟んで日根野の失笑を買った。

「まあ、正規でない貿易会社ちゅうこっちゃなあ。薬は単価が高い割に嵩が低いよって、密貿易には持って来いなんや。元は欧州の薬が東洋に入って来た際に神戸で一ぺん陸揚げされてた時代に始まったが、今はもう日本製の薬が多いそうや。ただ製薬会社の横流しを突き止めるんが難しうて、今んとこはお手上げらしいわ」

日根野警部がまるで他人事のようないい方なのは戴けず、薗部はまた思わず口を出してしまう。

「府警はその密貿易を黙って見過ごしてるんですか」

日根野は腫れぼったい瞼をちらっと持ちあげて眼を剝《む》いた。

「それは兵庫県警のほうに言うたって。ただ府警も黙って見てるわけやないことくらい、真ちゃんならわかってくれるやろ」

「ああ、わかるとも。俺には常識というもんがあるからねえ」

と上司にまでコケにされて、薗部はもはや立つ瀬もなく床にぼうっと突っ立っているばかりだ。


この木挽座の周辺でごく最近、殺人事件が二件も起きている。それだけに藤太郎が発見した座席の血痕は治郎の頭から去ろうとしなかったが、「油でも血でもいいからさっさと貼り替えとくれよ」と花仙がいえば、件の人力車が奥へ去るのは黙って見送るしかなかった。その後も『富士額男女繁山』の道具調べは順調に進んで、隅田川《すみだがわ》を背景にした大詰まで辿り着いたが、治郎の心は舞台の殺し場よりも現実の血なまぐさい殺人事件で占められていた。

あの血痕が今まで気づかれなかったのは座席に貼られた紅い毛氈と、さらにそれを覆った紅いブランケットのせいだとしても、小道具方の百瀬が花仙に指摘されるまで気づかなかったらしいのは本当のようで、あれがもし演技だとしたら裏方にしておくのは勿体ない人材といえるだろう。

百瀬の知らないところで人力車が誰かに使用されて、血はその時に付着したのだとすれば、ある恐ろしい可能性を否定できなかった。

三十間堀で死体となって見つかった男女は、澪子の証言によれば、劇場内で拉致されて外に連れ出されたと推測できる。ただしそれには何らかの移動手段が必要なはずで、人力車がそれに該当し得るとは、今の今まで治郎の頭の片隅にも浮かばなかった。

事件が起きたのは先月の千穐楽間近で、人力車は既に浅草の小道具倉庫から木挽座へ運び込まれていたはずだ。その人力車に血痕が見つかっては、恐ろしいことに劇場内で殺害された可能性も浮上する。

笹岡警部は杉田常雄という大道具方が殺された事件も三十間堀事件に関連すると見ているようだったので、これは何も笹岡に頼まれたというのではなく治郎自身が気になって、道具調べから引き揚げにかかる大柄な男の背中に声をかけた。

「長谷部棟梁、ちょいとお尋ねしたいことがあるんですが」

「おお、先生、何なりとおっしゃってくださいまし。今度の演目《だしもん》は一向に不案内だもんで、なんでも先生のお指図通りに致しますから」

「いやいや、そんなんじゃなくてねえ。実は杉田という大道具方が変な亡くなり方をしたと小耳に挟んだんで、ちょっと気になってたんですよ」

「ああ、そうなんでさあ。家で殺されたってんだから驚くよ。どうも悪いやつからしこたま借金して、返済に困ってたみたいでねえ。それにしたって金を返さないからっていきなりブスリは、あんまりじゃないかねえ」

長谷部棟梁は急にべらんめえ調になって、大入道然とした頭蓋をつるりと撫でまわした。治郎は借金の話までは笹岡から聞かされていなかったので、そういうことなら三十間堀事件とは無関係かもしれないと、ひとまず心を落ち着けた。

「殺されたなんて聞いたら、顔を知らない相手でも気の毒だし、何だか嫌な心持ちだねえ」

「おや、先生が杉田の顔をご存じないって？　そんなこたァねえでしょうよ」

「ああ、顔と名前が一致しないだけかもしれない」

「そうですよ。やつはツケ打ちをしてたんだから、先生が顔を知らねえはずはねえんだ。ほら、いたでしょ。こんなでっけえ体したツケ打ちが。舞台の袖にいても、あの体じゃ目立つねえって、先生いつぞやおっしゃってたじゃありませんか」

「……いたねえ、そういえば」

治郎は今はっきりとその男の姿を想い出した。そしてその姿はつい最近ここで見かけた憶えもあるのだった。

「ツケ打ちは最近してなかったんじゃないかい？」

「ああ、もうとっくに止めてましたよ。当時はあいつをひいきにする方があったんだが、その方が亡くなっちまって、たしかすぐ止めたんじゃなかったかなあ」

見得や立ち回りや歌舞伎独特の演技においてツケの音は重要で、ツケ打ちは役者と息ぴったりの音を響かせることが求められる。日本人の国民性を反映してか歌舞伎はセリフで堂々と心情を述べるよりも、いわず語らずの微妙な間でそれを表現する芝居が多く、そうした微妙な間にうるさい役者は専属のツケ打ちを頼むのだった。彼をひいきにしていた役者というのは、もしかしたら演技の間にえらくこだわった亡き袖崎蘭五郎だったのかもしれない。

治郎は蘭五郎の芝居を随分熱心に観ていたつもりだが、ツケ打ちまでは認識していなかったのだろうか。いや、目立つといったくらいだから、当時はちゃんと気に留めていて、いつの間にか忘れてしまったのだろう。

ツケ打ちは下に裁付袴を穿《は》いていて、全身黒ずくめの恰好ではないが、同じく舞台の端で拍子木を打って進行を報せる狂言方は黒衣姿だし、また役者の弟子が舞台に登場して師匠の世話をする際も黒衣姿で、客席からは見えても見えない存在として進行を手助けする。

果たして三十間堀事件もまた桟敷に潜入した黒衣によって手助けされた可能性があるとはいえ、黒衣姿には誰もが成り得ることをまず証明してからでないと、警察には話せなかった。

したがって長谷部棟梁と別れた後は治郎の足がひとりでに舞台から楽屋のほうへ向かっている。初日前の楽屋は慌ただしくも騒々しい雰囲気で、廊下は人とすれ違うのも申しわけないくらい、一閑張《いっかんば》りの行李《こうり》や小道具類が山と積まれて狭苦しさを募らせていた。

ちらっと覗いた衣裳部屋はさらに窮屈な感じで、四方の棚に積まれた色とりどりの衣裳が独特の臭気を放っている。部屋の中央に屯《たむろ》した数人の衣裳方がそれぞれ掛け襟を縫い合わせていたり、火熨斗《ひのし》に代わる炭火アイロンをかけていたり、役者各位の部屋に配る衣裳を組み合わせたりするようだったが、ふいにこちらを振り向いた顔は最近はっきりと見覚えがあって、

「君はたしか扇屋付きじゃなかったのかなあ」

思わず呟くと向こうは黙ってそっと会釈する。荻野沢蔵に色目を使われ「秀ちゃん」と呼ばれた二枚目の男に間違いなかった。

「ああ、桜木先生。先生は三上をご存じでしたか」

と向こうから声をかけたのはそこそこ年輩の男で、昔馴染みの山口という衣裳方だ。

「今月は西の扇屋さんが上京なさいましたんで、わたくしがそのお手伝いをさせて戴いております」

と本人が釈明し、なるほど山村燕寿郎は今回の上京で関西から衣裳方を引き連れて来なかったことが判明した。

「先生、今日は何か御用ですか？」

と逆に山口から訊かれて今度は治郎が釈明する番だ。

「いや、ここに余った黒衣がないかと思って来てみたんだけど……」

山口はしばし首をかしげて、

「黒衣は衣裳部《うち》の扱いじゃありませんぜ、先生。あれはみんな自前でして」

「もちろん自前なのは知ってるが、ここで貸し出すというようなことは一切してないのかい？」

「役者さんも狂言方もみんな自分でご用意なすってますよ。頼まれてうちが業者に手配することは時々ありますが、余分に置いとくなんてことはまず……けど先生が何だってまた？」

と不審がられても致し方ない。

「いや、失礼した。実はちょっと早稲田の学生芝居で使おうと思ったんだが、他を当たってみるよ」

適当にごまかして衣裳部屋をそそくさと後にしたのは、黒衣に対するこだわりを自分でも説明のしようがなかったせいだ。澪子のいう桟敷にいた男女の背後で闇が一瞬濃くなって見えた現象を黒衣の侵入に結びつけたのは、治郎の単なる思いつきに過ぎない。それも楽屋でたまたま見かけた黒衣姿に触発された直感でしかないのである。

治郎がこだわっているのは黒衣というよりも、あの時たまたま楽屋でそれを着ていた藤太郎少年の存在なのかもしれない。なぜこうも彼のことが気になるのかは自分でも余り意識せず、殺された男女の桟敷に侵入した黒衣が劇場関係者以外の人物であってほしい気持ちは明瞭に意識していた。

8　初日の宴

今や築地署にも数台ある警察車両の助手席に乗り込んで薗部刑事は新橋駅に向かっている。後部座席では大阪府警に戻る日根野警部と笹岡警部が親しげに且つ騒がしく談笑していた。

「東京《こっち》はゴーストップが多いさかい辛気くそうて堪らんわ」と日根野が毒づけば、笹岡も信号機が青に変わるや否や「さあゴーだ、ゴーだ」と急《せ》かすのだから運転する警官も堪ったものではない。

先ほどから車窓に貼りついたように鈍《のろ》いスピードで脇を走るのは大型のパッカード。その前後は小型車に塞がれて、街路の中央をまっすぐ通る市電のほうが却って早く駅に着きそうである。大通りの交差点にはゴーストップと呼ばれる信号機が設置され、慌ただしさと苛立ちばかりが募るのは昭和の都会で暮らす宿命かもしれない。

それにしても笹岡が自ら見送りを買って出るほどに日根野警部とウマが合ったのは、薗部のみならず築地署員一同の驚きだった。

朝九時発の超特急燕に乗れば夕方五時過ぎには着くというのだから大阪もずいぶん近くなったものだが、それでもホームには車窓越しに名残りを惜しむ人の群れが絶えない。笹岡もまた同様に車窓の人に向かって「直さん、神戸の件がわかったらすぐ報せに来てくれよ」と早くも再上京を願っていた。

小見山正憲が神戸に構えた小見山商会なる会社に笹岡は興味を持つらしかった。本庁で余り相手にされなかったらしい日根野は、笹岡が自分の話に興味を示したことで気をよくしたふしもあった。

ともあれ事件が起きたのはあくまで東京だから、日根野を見送るとすぐに笹岡はその足で芝愛宕署に向かう。日根野の見送りは口実で、本命は案外こっちだったのかもしれないと思えるほどに、新橋駅と芝愛宕署は目と鼻の先だった。

既に朝礼を終え外勤の者が出払う最中とあって庁舎は騒然としていた。が、幸いこち

らの姿を見つけて、
「笹岡警部殿、ご無沙汰を致しております。渡辺です」
　と挨拶する相手の顔には薗部も見覚えがあった。この職業には珍しいほど穏やかな人
相をした熟練の刑事で、笹岡とは三年前に起きた木挽座の事件にからんで何度かやりとりをしている。いかにも人柄が好さそうな他署の刑事をも笹岡は丸め込んだかのように
して、
「ああ、こっちは今どこまで進んでんのか、今日はあんたから直に聞きたいと思ってね
え」
　征西会本部の捜査に当たる芝愛宕署から築地署にはまだ何の連絡もないので、笹岡は
しびれを切らして乗り込んだ恰好だが、渡辺刑事も無い袖は振れぬとばかりに、
「正直申しまして、実はほとんど進展が見られませんで」
　と目顔で促し、こちらを小部屋に案内した。
「征西会の連中が陸海軍の将校と新橋か赤坂辺りで飲み喰いするのは、うちも以前から
目をつけてたんですよ。何しろちょうど一年前の五月十五日に永田町の官邸が襲われて、
われわれの身内からも犠牲者が出ましたんでねえ。また若手将校を煽《あお》ってクーデターと
やらに駆り立てられては堪らんですからなあ」
「なるほど。またそうした企てがあったというわけか」

と笹岡は腕組みして薄暗い小部屋の窓から外を眺めた。

「ただし本庁がいうほど簡単に、そうした企てをめぐっての反目が征西会内部であったとは見ておりません。あそこは東冀一を思想的な指導者と仰いで一本にまとまっておるようです。小見山は高邁な思想の持ち主どころか、ハハハ、東冀一の著作さえ満足に読んではおらんようでして」

「そういう男がなぜ征西会にいられたんだ」

「まあ、お互い何かと都合がよかったんでしょうなあ。小見山はいわば征西会を隠《かく》れ蓑《みの》にして何か良からぬ稼ぎをしてたんじゃないでしょうか。征西会のほうも資金繰りはもっぱらやつ任せで安泰だったというわけです。かりにクーデターまがいの企てが征西会で持ち上がって、小見山が金を出し渋《しぶ》ったということはありそうですが、それにしても、あっさり始末するのが得策とは思えんのですよ。金の卵を産む鶏を殺してしまっては元も子もありませんからなあ。下っ端の連中は大方が断然外部の犯行と見て、警察に先を越される前に仇討ちだと息巻いております」

「まあ思想や大義のためなんてもんは所詮お飾りの謳い文句に過ぎん。人が集まって揉める理由はたいがい金なんだ」

と笹岡はぶっきらぼうにいいきった。

長年の経験で犯罪は例外なく物欲か情欲に基づくとし、いかなる事件でも具体的な受益者の割り出しを急ぐ男は、本庁が示唆した征西会の内紛も資金争奪がらみだと判断しているらしい。神戸にある小見山商会の様子を日根野に問い合わせたのも、恐らくは資金源の現状を探ろうという肚なのだろう。

「まあ本庁のお偉いさんが頭の中だけで組み立てた捜査には、そうそう付き合ってもおられんさ」

と例のごとく皮肉たっぷりな調子の笹岡は、

「だから今日がお互い本格的な捜査の初日だと思って、築地署にも協力してくれんかなあ」

「やあ、それはどうも……今はなかなか手が回らんと思いますが」

渡辺は至って及び腰だが、薗部も笹岡の考えには到底思いが及ばなかった。

「なあに、たいしたこっちゃない。征西会の下っ端で博奕打ちの連中にちょいと当たってみてほしいんだ」

「博奕打ち……それは何か今度の事件とつながりが？」

「まだはっきりとはいえんが、その連中で杉田常雄の知り合いがいたら、すぐに報せてくれんか」

「スギタツネオですか……で、その男の知り合いだったらどうなんですか？」

「今度の事件には木挽座の大道具方で杉田常雄という男が一枚噛《か》んでたように、俺は睨んでるんだ。ただの勘なんだがね。これも勘で、大阪府警を通じて小見山の関西での動きも当たってるから、代わりにその情報をそっちへ流そう」

「いやいや、笹岡警部殿のおみごとな勘は三年前の事件で証明済みですからなあ。正直いうと、ここんとこお手上げだったんですよ。小見山は月の半分くらいは関西に行っておりまして。向こうから支那に渡ったりもしてたようですが、こっちの連中は小見山が向こうで何をしてたのかほとんど知らず、向こうの連中ともあんまり付き合いがなかったようなんで。杉田の件はさっそく当たってみます」

「なら、お願いするよ」

あっさりいって笹岡が先に部屋を出たから薗部は慌てて後を追い、

「入船町の事件を伝えなくてよろしいんですか?」

と訊けば相手はふんと鼻を鳴らした。

「それじゃまるでこっちの捜査を押しつけてるみてえじゃねえか」

本当はそうじゃないのかといいたい気持ちを堪え、薗部は所轄違いのお人好しな刑事に同情した。

笹岡という男は一種独特の勘で好人物を嗅ぎ分けて取り込んでしまう才能があるようだった。

薗部は既に餌食《えじき》となったもう一人の好人物を瞼に浮かべたことで、築地署へ戻る前にもう一度立ち寄って捜査すべき場所のことを想い出している。

チャリンと揚げ幕の引かれる音がしたと同時に「西扇屋！」のかけ声が飛んで場内全体がどよめいた。ゆったりした義太夫節の旋律に乗って花道にしずしず登場した男の顔を、観客はみな喰い入るように見つめている。かつては日本一の二枚目として、今は生きた浮世絵として相変わらず人びとの視線を強く引き寄せる顔だ。

花道の七三《しちさん》に立ち止まってこちらを振り向いた白塗りの長大な顔を、治郎は一階席後方の監督室から見てほうっと唸る。顔を見るだけで溜息が出るのだから、声が悪かろうが踊りがまずかろうが、やはり山村燕寿郎は大名優なのである。

演目はお得意の近松門左衛門《ちかまつもんざえもん》作『心中天網島《しんじゅうてんのあみじま》』。近松の名前が世間に広く知れわたったのもこの名優のお陰だ、とさえ以前はいわれた。

七十代の老優が女と心中する役に扮するのはかなり無理があるようでいて、そこを無理やり演じて見せるのが山村燕寿郎という終生の二枚目役者である。燕寿郎に限らず、近年は沢之丞にしろ榊山小十郎《さかきやまこじゅうろう》にしろ実年齢とかけ離れた若い役をわざと披露し、役者生命の灯心をかき立てるような上演にどっと観客が押し寄せている。

人間は誰しも年を取れば残り少なくなった人生を振り返りたくなるが、そこで若い頃に熱狂した役者や芸人の若々しい姿を再び目にしたら、自らも幾分かは若返った気持ちになるかもしれない。そのために高い入場料を払うのであれば、若作りもまた名優の条件だろうか。

もっとも燕寿郎は若さよりむしろ異形感のほうが凄《すさ》まじく、観客はもはや芝居の筋や聞き取り難いセリフはどうでもよくなっていて、動く浮世絵を目の当たりにして沸き立つかのようだ。治郎もまた例外ではなく、幕が引かれた後もしばし茫然と椅子に座り込んでしまった。

今日は霧波花仙の「女書生繁」を観て、これを観たらもう十分。取り敢えずは燕寿郎の楽屋を訪ねて、心から初日の祝いを述べたかった。

初日の楽屋は活気と喧騒に充《み》ち、廊下に溢れた役者や裏方すべてに治郎は「おめでとう」と声をかけつつ一番奥の部屋を目指す。そこはふだん荻野沢之丞が使っているが、今月は燕寿郎に明け渡して自身は伊香保《いかほ》でのんびり静養するらしい。二人は屋号が同じでも定紋は異なり、今は閉じた扇を四本菱形に並べた扇菱の暖簾がかかっていた。

暖簾の奥は意外なほどひっそりしており、出番を終えて楽屋風呂で化粧を落とす時間も見計らって来たつもりだが、部屋の主はまだ不在なのかしらと暖簾をかき分けて覗いたところ、意外やご本尊がでんと鎮座在《まします》して、

「ああ、センセ、よう来てくれはりましたなあ」

風呂上がりのつやつやした顔で嬉しそうな濁声を聞かせた。

先客がいないのは幸いにしても、初日の部屋に弟子の姿しか見えないのはいささか淋しい感じだ。以前はごひいきが大挙して押し寄せ部屋の外にまで溢れだしていたが、今や彼らも楽屋見舞いは大儀な年齢になったのかもしれない。燕寿郎自身はそのことを淋しく思うのかどうか、何しろ特異な面貌だけに肚の内は今一つ読めない。

「久々にいい舞台を拝見させて戴きました。東京におりますと、あれほどコクのあるお芝居にはなかなかお目にかかれませんので」

「ああ、お世辞にでもセンセにそういうてもろたら、わてもわざわざこっちへ来た甲斐があるちゅうもんですわ」

と相手はひとまず満面の笑みを浮かべたが、

「ただ、どうなんでっしゃろ。こっちのお客さんには、ちょっと芝居がくどいんとちゃいまっか？　小十郎はんの芝居なんか、わてはさらさらし過ぎてるように思うんやけど、こっちのお客さんはああいうのがすっきりしててええんやないか、という気がしますねん」

これはまた意外なほど真面目な声で、今さら変えられない自身の芸風について老優が批評的に語るのは面白かった。

「たしかに昔から江戸と上方では芝居の筋や芸風の好みがかなり違ったようですが、本当に素晴らしいものは時代や場所を超えて万人に通じるだろうし、そういうものこそが本当の古典になるんだと僕は思います。燕寿郎さんの芸は今や必ず東西の観客に支持されておりますよ」

「そやったら、よろしいのやけど。好みの違いちゅうたら、芸は上方のほうが濃いようにいわれてんのに、ハハハ、食べもんはこっちの味のほうが濃いのは何ででっしゃろなあ」

相手はころっと気を変えたふうに笑った。己《おの》が名にちなんだ飛燕《ひえん》のごとく融通無碍《ゆうずうむげ》な話しぶりはこの名優の身上だろう。

「こっちにいる間はせいぜいこっちのおいしいもんを食べよ思てまっさかい、センセもよろしうお付き合いくださいさい。新橋あたりの綺麗どころを呼んで一杯やりましょうや」

「はいはい、そのうちにまた」

と聞き流したところで治郎はふと妙なことを想い出した。

「綺麗どころといえば、燕寿郎さんは島之内の芸妓はよくご存じでしたよね」

「はいな。知らん妓はおまへん、といいたいとこやけど、今どきの若い妓はさすがにあきまへんわ」

「そこそこの年輩で、派手な顔立ちをした、たしかテルヨミとかいう名の芸妓なんですが」

「ああ、照世美だっか。センセもあいつをご存じとは、なかなか隅に置けまへんなあ」

吊り上がった眼がきらっと光った。

「いや、変わった名前なんで、僕はただ憶えてただけなんですが」

「そういわれてみたら、たしかに変わった名ァかもしれまへん。島之内には昔、世の中を照らすと書いて『照世』ちゅう名妓がおりました。それに美しいちゅう字を足しただけなんやけど、ヨミは黄泉にも通じて、あんまり縁起のええ響きやおへんなあ」

「最近その照世美という芸妓の身に不幸があったのを、たまたま知りまして」

「不幸……まさか、あいつ、ほんまに黄泉の国へ逝きよったんですか」

と今度は大きく目を見開かれて、うっかり口が滑ったのを後悔する。治郎は見かけによらずこうした軽薄なところも多少あって、後悔先に立たずの繰り返しに襲われるのだった。

「聞かせとおくなはれ。なんでセンセがそれを知ってはんのかも」

「いや、それは……」

まだ公になっていない事件の話を楽屋でこれ以上べらべらしゃべるわけにはいかない、という分別はさすがにある。

「ここでは話しにくかったら……そや、センセ今晩は空いたはりますか？　もし空いてはったら、これから新橋にご一緒しまへんか」

「僕はともかく、今日は初日ですから、燕寿郎さんのほうこそ何かとお約束が」

「亀鶴の社長なんかとはいつでも飲めますがな。それよりセンセの話が早《はよ》う聞きたい。承知してくれはりますな」

と治郎は強引に押し切られた恰好で、やがて新橋の鈴家音《すずかね》という料亭から木挽座の楽屋口に迎えの人力車が二台来た。車上の人となった治郎は舞台で人目にさらされるような面映《おもは》ゆさを感じながら、例の血が付いた人力車のことを想い出さないわけにはいかなかった。

考えてみれば木挽座界隈は新橋や新富町《しんとみちょう》の花柳界に近いので、人力車の通行は珍しくもないから、死んだあの二人を運ぶにもまさに打ってつけの小道具といえた。

鈴家音は新橋でも一、二を争う名料亭で、治郎は長い黒塀の前を通りかかりはしても中へ足を踏み入れたことは一度もなかった。

「わてらも若い時分はこんな大層な店にはよう入りまへなんだ。いや、関西では今でも役者は蔑まれた目で見られますんで、古いお茶屋や料理屋には表口から上がらせてもらえんとこかて仰山あります。東京では役者も芸術家並みに高《たこ》う持ちあげられて、ほんまよろしおますなあ」

燕寿郎は通された十畳の間で妙に感慨深い口調でそういいながら、治郎を無理やり上座に着かせた。凝った絞丸太《しぼりまるた》の床柱を背負わされた治郎はしばし目のやり場に困って床の間を振り返ったところ富士山の絵軸に「大観」の落款《らっかん》が見え、さすがにこうしたところは掛け軸からして違うものだと思った。

「今宵の飲み喰いはみんな亀鶴持ちでっさかい、センセも遠慮のう過ごしとおくれやす」

燕寿郎が掌をポンポンと打てば、途端に襖が開いて盛り沢山な酒肴《しゅこう》が次々と運び込まれた。その品数にも勝る人数の芸者がどっと雪崩《なだ》れ込んだから治郎は度肝を抜かれた。もっとも多くは上方の名優にただ挨拶をしに来ただけで、お酌する二人を残してすぐ蜘蛛《くも》の子を散らすようにいなくなった。

治郎は酒を控えめにしても、八寸の折敷《おしき》に盛りつけられた好物の蒸《む》し鮑《あわび》や鴨《かも》のロース煮には思わず箸が伸びた。片や燕寿郎は若い妓を側に侍《はべ》らせて、眼福に酔い痴れたように舞台と似たいちゃつきぶりを見せつけた。

とはいえ肝腎の用件を忘れたわけではなさそうで、急に居ずまいを正すと人払いをして、

「さあ、センセ、心置きのうお話しください。ここなら誰に聞かれても大丈夫だす。こういう場所では口が堅うなかったら芸妓も仲居も商売が出来《でけ》しまへん。わてらよりもっと大事な話をするお客が仰山おいででっしゃろしなあ」

なるほど燕寿郎がいう通り、こうした店には多くの政治家や財界人が集って、いわゆる待合政治や重要な商談を行うことは今や世間の常識だろう。

「わかりました。なら率直にお話し申しあげますが、その前に一応は燕寿郎さんと故人とのご関係を伺っておきませんと」

当然ながらそれ次第で話の仕方を変えなくてはならない。

「ハハハ、そら、何もありまへんわ。照世美はたしかに派手な顔立ちしたべっぴんさんやったけど、据え膳されても、わては喰えまへんなんだなあ」

そう聞けば話は早いが、

「実は彼女は殺されたんですよ」

とは単刀直入に過ぎて、相手は絵に描いたように口をあんぐりとさせている。

「僕はたまたま知り合いの警官に聞いただけなんですが、どうやら小見山正憲という人物の巻き添えで殺されたらしいんです」

と治郎はさらに畳みかけた。

「燕寿郎さんは、小見山正憲をご存じでしたか？」

「ああ、あのセンセとは何度か楽屋でお目にかかりましたわ。いっつもご祝儀を仰山もろといて、こんなことというのもなんですが、悪い噂も何かと聞いとりました。けど、まさか殺されはるとはなあ……それよりも照世美が巻き添え喰うて死んだいうほうが、ちょっとびっくりですわ」

とはかなり穿《うが》ったいい方に聞こえる。

「あいつはしたたかで、しぶとうて、かりに巻き添えになったかて、上手に命乞いして自分だけは助かりそうな玉やったんやけどなあ」

「よくご存じの芸妓だったんですね」

「そら南地倭屋の照世美ちゅうたら、大阪で知らん者《もん》はそれこそモグリだっせ」

「南地倭屋……」

　とは治郎にも聞き覚えのある名前だ。

「そや、こないだセンセにお話しした梅香の姉さんでんがな」

「ああ、あの藤太郎の産みの母親だと聞いた……」

　これは奇遇というより、血のつながらない芸妓同士が姉妹の縁を結ぶ花柳界ではありがちな偶然なのだろう。そうなると、あの日、沢之丞の楽屋に小見山が訪れていた理由にも思い当たる。

「照世美は妹分の梅香をいろいろと引き回して、きっと小見山にも紹介してたんでしょうなあ」

「ああ、そら紹介せんほうがふしぎだす」

　恐らくはその縁を通じて宇源次は小見山と知り合い、ひょっとしたら後援を仰いでいたのかもしれない。それで遺児の藤太郎が父の名跡を襲名するに当たって、小見山に後援を頼むという思惑が周囲に働いたのではないか。銀縁眼鏡をかけた伊村という番頭の顔が瞼にちらつき、小見山の急な横死は扇屋一門にも結構な打撃を与えたのではないか、と治郎は改めて思う。

「ところで小見山の悪い評判とは何だったたんですか？」

「そら、まあ、ひと口ではいわれへん。そやけど大概はご本人と違《ちご》て、側に従《つ》いとる者《もん》が悪いことをしよるんですわ」

あの手の集団ではさもありなんと思う一方、生前の小見山をちらっとでも目にした治郎は、あの人相なら悪事と全く無縁なはずはないような気もした。

「ひょっとして梅香にちょっかいを出した、というようなことはなかったんでしょうか？」

梅香は晩年に神経を病んだようになったという話を聞かされていたので、治郎は芝居で美男美女の間に割って入る赤っ面の悪漢をふと目に浮かべたのだが、

「それはないやろなあ」

と燕寿郎はにべもなかった。

「照世美が小見山センセと一緒に殺されるほどの仲やったんなら、センセが梅香に手ェ出すんを黙って見てるはずがありまへん。あの女子《おなご》が嫉妬《やき》よったら、ほんま怖かった気ィしますでえ」

「たしかに」

と女の顔も見ている治郎は納得する。

「何せ梅香は照世美に頭が上がりまへなんだ。いくら妹分にしても、ああまで気ィ遣うもんかと感心してました。何か弱みでも握られてるんやないか思たくらいですわ」

という話には同情せざるを得ない。治郎は生前一度も会ったことがないのに梅香の顔がぼんやりとでも浮かぶのはふしぎで、それは忘れ形見の藤太郎が強く目に焼きついた残像に違いなかった。

「梅香が亡くなるまでの面倒は、照世美が見てたんでしょうか？」

「さあ、面倒は屋形《やかた》のほうが見てたはずやから、梅香のことがそないに気になるんやったら、いっぺん南地倭屋のほうへ問い合わせてみはったらどないだす。けど今は向こうもそれどころやないやろ。照世美が死んだだけでも大事件やのに、まして東京で殺されたなんていうたら、そらもう天地がひっくり返るような騒ぎでっせ」

「たしかに、何年も前に死んだ芸妓の想い出話をするどころじゃないでしょうねえ……」

治郎はほとぼりが冷めた頃に一度向こうにも訪ねてみたかった。四世荻野宇源次伝を書くには跡継ぎを産んだ愛人の存在を無視するわけにはいかなかった。

9　探偵ゴッコ

　桜木治郎の本業はもちろん大学の教員である。日本の古典的な戯曲を研究して、それらは歴史上の敗者を描くのが基本という持論を得ているが、当面は本題から少し脇道にそれた四世荻野宇源次伝の執筆に心を動かされ、何かと調査を開始した矢先にひょんなことから殺人事件にまで首を突っ込むはめとなった。

　研究者は何事も一つのテーゼに沿って理論を組み立て、理論が通らない謎は看過できない癖《へき》があり、今度ばかりはおよそ自分と無縁な事件なのに、つい気になって、学校の講義がない日にはまたぞろ木挽座の楽屋を覗いてしまった。

「ああ、先生。今日もご覧戴けましたか。初日にご注意を受けた箇所はしっかり直して演《や》っておりますでしょ？」

と霧波花仙がいささか緊張の面もちで振り向いたから、治郎は穏やかな微笑で報いた。

「大変結構でした。この調子でいい千穐楽をお迎えください。そういえば、例の人力車のほうはどうなりました？」

「人力車……ああ、先生は変なことをよく憶えてらっしゃいますねえ」

　化粧鏡の中で花仙の顔が笑っている。たしかに治郎は昔から記憶力がよくて、それが今日の学者稼業にも資するのだが、記憶は案外いい加減なもので、肝腎の部分がすっぽり抜けていたりもすれば、妙なことを変にいつまでも憶えていたり、あるいは何かのきっかけで過去の記憶がどっと洪水のように押し寄せたりもする。とはいえ、あれほど気にしていた花仙がわずか三日でもうけろっと忘れているほうがもっと変だった。

「小道具方は毛氈をちゃんと貼り替えてくれましたか？」

「ええ、百瀬はしっかり間に合わせてくれたんですが、初日が開いたら、こっちはもうそれどころじゃなくって」

とは主演俳優のいい分として当然なのかもしれない。

「ねぎらうのもうっかりしてました」

「ああ、そりゃいけませんねえ」

と治郎はやや大げさにいい、

「今さら呼ぶのも何なら、帰りに僕がよろしくいっておきましょうか？」

「ああ、そうしてくださると助かります。そしたら甘えついでに、ちょいとお待ちを」

花仙は鏡台の抽斗から小さな紙袋を取りだすと、指で輪っかを作ってにっこりした。

「ねぎらいにはマルが欠かせませんのでね。先生をお使い立てするようで誠に相済みませんが、これを託《ことづ》かってやってくださいまし」

たしかに言葉だけのねぎらいなど無意味だから、治郎は祝儀袋の金を預かって小道具

部屋に向かう途中で「あっ、先生」と声をかけた相手を見たら、

「君は衣裳方の……たしか三上君といったかねえ」

「よく憶えていてくださいました。扇屋付きの三上秀二《しゅうじ》です」

役者はだしの二枚目として印象に残った相手は、嬉しそうに目を細めた表情もそれなりの絵になった。

「どうだい、西の扇屋は？　勝手が違って、沢之丞よりもっと大変じゃないかね」

「わたくしにはとてもいい勉強になります。ご承知のように上方はまず演目《だしもの》からして異なりますし、衣裳の着方も相当に違ってますんで、西扇屋の大旦那からこっちが手取り足取り教わる塩梅《あんばい》でして」

「そりゃあいい。若手役者が色んな先輩から教わって役の幅を広げるのと同じで、着付けの幅を広げるのもやはり若いうちじゃないとね。それにしても、君の若さで沢之丞付きとはたいしたもんだよ」

「とんでもない。わたくしが大旦那の着付けをさせて戴くようになったのはつい最近でして。長年大旦那付きだった衣裳方が年を取って、もう丸帯なんかを上手に結ぶ力がなくなったということで引退を」

「それで君が抜擢《ばってき》されたんだから立派なもんさ」

「わたくしはもともと若旦那のお世話をしておりました関係で」

「ああ、そういうことだったのか……」

治郎はここで思わぬ味方を得た気がした。この男のいう若旦那、すなわち亡き四代目荻野宇源次の評伝を物するのに恰好の取材ができそうな相手である。沢蔵にはぐらかされた想い出話も、この男を通じて何かと聞けるかもしれない。

「それで黒衣のほうは何とかなりましたか？　早稲田の学生芝居にお入り用だとかいう」

と問われて治郎はようやく相手がここで声をかけた理由に思い当たった。あれは単なる嘘も方便だったのに、相手は真面目に心配してくれたようで、

「もし何でしたら、うちのほうから業者に頼んでみますが」

「ああ、ご親切にありがとう。あれは業者に注文さえすれば簡単に手に入るもんなんだね」

と治郎は改めて念を押す。

「はい、木挽座の名前を出せば簡単に。でも先生がお入り用なら、注文はわたくしのほうで」

「いや、すぐにというわけではないんで、また今度お願いするよ」

今日は先に確かめたい件で気もそぞろな治郎は、相手が妙な顔をするほどの早さでその場を離れた。

当初の目的地は前の廊下にまで駕籠や釣り鐘のハリボテがはみ出し、三方の壁に沿った吊り棚には人間の生首や髑髏《どくろ》を模した作り物がずらりと並んで化け物屋敷の様相を呈しているが、そのど真ん中で平然とあぐらをかいて、手持ちぶさたにサイコロを弄《いじ》るのは百瀬という男に間違いなかった。

「いいかね」

と声をかけたらハッと首を持ちあげ、鼻柱の太い傲岸な面魂《つらだましい》で不審そうにこちらを見た。半眼に閉じた眼を警戒心も露わに光らせている。

「さっき花仙に会ったら、これを渡すように頼まれてねえ」

祝儀袋をちらつかせたら、相手は弾《はじ》けたようにさっと腰を上げる。立ってもそう変わらない身長の小男はこちらを見あげるようにして、

「ああ、先生どうも。こりゃ一体……」

「いや、さっきたまたま僕が花仙に先日の件がどうなったか訊いたら、あの人力車の修繕をしてくれた君に、これをうっかり渡し忘れてたそうでねえ。それで僕が頼まれたんだよ」

「ああ、それは、それは。何とお礼を申しあげていいやら。先生にお使いをして戴くなんて申し訳なさ過ぎて」

と急に愛想がよくなったのはまさに現金としかいいようがない。

「お礼は後で君の口から直に花仙にいいたまえよ。それにしても肝腎の人力車が……」

と治郎はあたりに首を回して、

「ここには見えないねえ」

「あれはちょいとかさばりますもんで、大道具に預けてあります」

治郎はアッと出そうになる声を呑み込んだ。これで大道具方の杉田という男が殺害された事件にもつながる可能性が出て来たのだ。

「毛氈の貼り替えは無事に済んだようだねえ」

「へへへ、正直申しますと、何とか初日に間に合わせなくちゃいけねえってんで、ちゃんとした貼り替えはできず、上に重ね貼りをしてごまかしました。貼り替えは今月の芝居が終わってから業者に頼むつもりですが、旦那があれでいいようなら別に業者へ出す必要も」

と百瀬は小柄な体に似合わぬ図太い口をきいた。

「他の人力車にも変なシミが付いてた、なんてことはないんだろうね」

「花仙の旦那のような口やかましい方が他にはいらっしゃらないもんで、放ってありますが」

血痕とおぼしき怪しいシミに、百瀬は信じられないほど無頓着だった。

「だけど大道具置き場も満杯だろうに、よく人力車を預かってくれたもんだねえ」

「ああ、それは……」

といいさして百瀬の表情が一瞬にこわばった。

「ひょっとしたら最近亡くなった杉田という大道具方にでも頼んだのかね？」

百瀬はさらに顔をぎゅっとしかめて素直な返事に代えた。

治郎はこの男を前にもどこかで見かけたような気がしていたが、今やっとその時の光景がはっきり想い出された。あれは四月公演の千穐楽で、沢之丞の部屋から出たら廊下に杉田が通りかかって、百瀬が彼に話しかけたのだった。やたらでっかい男とえらく小柄な男という組み合わせの妙に、おやっと目を惹かれて、しっかり記憶に留まったらしい。

「まあ誰に頼もうが別に構わんが、重ね貼りのままで置いとくか、業者に貼り替えさせるかは決めなきゃならんのだろうし、なんなら僕が見て判断しよう。手が空いてたら今それを見せてくれんかね」

治郎は有無をいわせず押し切るつもりだったが、相手はむしろ助かったといわんばかりに、

「ああ、そんならお願い致します。さあ、どうぞこっちへ」

と喜んで案内してくれるのもかなり意外で、百瀬は人力車が事件に関係するとはつゆほども思っていない様子だ。それでいて杉田の名前にびくっとしたのは確かだから、彼

との間で何かひっかかりはあるのだろう。

案内される廊下はいつしか裸電球が吊された細い通路に変わり、薄暗い舞台裏をずんずん先へ進む男の背中に治郎は思いきって声をかけた。

「杉田という大道具方が殺されたと聞いて僕はびっくりしたんだが、君は彼と親しかったんじゃないのかい？」

小柄な男は振り向きもせずに野太い声でずっけりと応じた。

「結局、あいつには迷惑をかけられっぱなしで逝かれちゃいましたよ」

その迷惑とは何なのかを尋ねるほどの立場にはないのを治郎は自覚して、あとは黙々と足を運んだ。両側に切り出しを積んだ山を眺め、浅葱色《あさぎいろ》の布をまとめた川を横切ってさらにしばらく行くと、隅にひっそり駐《と》められた二台の人力車をようやく目近にできた。

ここなら裏木戸に近いから外に出やすいし、死体を運搬するにも便利だったはずだ。百瀬がここへ平気で案内したのは事件と全く無関係な証拠に思えるが、何しろ図太い神経の持ち主のようだから予断は禁物かもしれない。

「これなんですがね」

一台の人力車を覆った紅いブランケットがさっとめくられて座席の毛氈が露出した。治郎は一応それを掌で触ってみて、

「ああ、これじゃわからんねえ。巧く貼り替えたもんだ。このままで大丈夫かもしれん

よ」

といいながら、この話を警察にどう伝えるべきか悩んでいる。

日が延びたおかげで笹岡と顔を突き合わせる時間も長くなったのは薗部刑事の苦痛でしかなく、しかも捜査に何ら進展が見られないのは逃れがたい煉獄《れんごく》だった。

まず三十間堀事件は菖蒲《しょうぶ》の節句を迎えた今日もまだ殺害現場の特定すらできず、入船町事件のほうは界隈で不審者の問い合わせをする一方、杉田が三年前に別れた妻まで事情聴取したものの、めぼしい成果は全くなかった。こうして捜査に手詰まり感が漂うなかで、今日は遅がけに救いの神ともいうべき思わぬ来訪者があった。

桜木先生は部屋に入ってもソフト帽を脱がず、しばらくは椅子に腰かけようともせず沈黙のうちに何やら躊躇《ちゅうちょ》する様子だったが、いざ話しだしたらさすがに大学の先生で一連の経緯をみごとに講義してくれた。

「ほんのわずかな血ですから、事件に関係するかどうかはわかりませんが」という遠慮がちな口調でも、笹岡はやっと手がかりらしきものが摑めた笑顔で「なるほど。人力車とはねえ。完全にこっちの盲点でしたよ」と感心し、薗部は市内のタクシー会社を軒並み当たった無駄な時間に気落ちせざるを得なかった。とはいえ「その人力車は小道具方の百瀬という男が管理していて、話せばすぐに見せてくれます」と聞けば黙ってはいられない。

「小道具方の百瀬とは、百瀬繁二郎のことですか？」と強い調子で問えば、先生は茫然と呟いたものだ。

「あの男はやっぱり事件に関係してたんでしょうか……」

そこから笹岡が杉田と百瀬の関係をひとしきり物語って、先生も一応は納得した表情になったが、「あの男はどうも無関係だったように思えてならんのですよ。そうでないと件の人力車をあんなに無雑作に放りだしてはおきますまい」と反論も辞さなかった。

さらに「これは今まで話さなかったんですが」と前置きして述べた大室澪子の新たな証言は大変に重要かと思われ、先生はその証言をどうやら劇場関係者に配慮して長らく秘匿《ひとく》していたようである。なぜならそこには黒衣を着た人物の関与が疑われるため、先生はこの間独自に黒衣の調査までしたあげく「あんなものは業者に注文すれば誰でも簡単に手に入るんですよ」と頻《しき》りに強調したのだった。

要するに桜木治郎は断じて警察に協力的なのではなく、むしろ木挽座の劇場関係者を官憲の手から守りたい一心で越権行為に駆り立てられているふしがある。にもかかわらず笹岡は先生の推理に共鳴し、「木挽座のほうはもう先生にお任せしときますんで、今後とも引き続きよろしくお願い致します」と別辞を述べたのにはすっかり呆れてしまい、薗部はその顔をまじまじと見てしまったほどだ。

ところが先生が立ち去ると笹岡はたちまちにやにやして嘯《うそぶ》いたものである。

「あの先生の探偵ゴッコも、いよいよ堂に入って来たぜ」

「いいんですか？　任せておいて」

「当分ああやっておだてとくさ。それより百瀬をさっさと引っ張って締めあげろっ」

と上司に怒鳴られ薗部は即座に木挽座へすっ飛んで行ったが、残念ながら百瀬は既に帰ったあと。小道具方は上演中ずっと劇場に詰めっきりというわけではないようで、念のため新橋にある自宅を襲ってもまだ帰っておらず、今日のところは行方がつかめなかった。

初夏の長い日も既にとっぷりと暮れ、早朝からの疲れをどっと全身に感じつつ、薗部が署に戻ったらなんと笹岡は先にさっさと帰ってしまったという。

二階にはもはや人けがなく窓から外を眺めても何も見えない。頭上の電球一個だけを光らせた薄暗い大部屋で薗部は日誌を取りだして、桜木先生から今日初めて聞いた驚くような話の要点を逐次書きだした。死者となった男女の背後で闇が一段と濃くなるのを見たという大室澪子の証言は、まさに今度の事件を象徴するかのようでいて、事件の背後に右翼結社を取り巻く深い闇が見えて来そうな気もした。

先生の話が新たな光を当てたことで、薗部はまず事件の全容を一から把握し直す必要を感じた。三十間堀事件と入船町事件が関連する確証はまだなかったが、ひとまずは笹岡の見方に沿って関連づけた事実を時系列で帳面に列記している。

事件当日の四月二十三日、小見山正憲が芝区田村町の征西会本部を出たのは夕刻四時過ぎ。新橋駅近くの老舗旅館「中里」で同所に投宿していた大阪島之内の芸妓照世美こと木村《きむら》ヒロと落ち合い、木挽座の楽屋を訪れたのが午後五時半過ぎ。楽屋を出て客席に向かったのが午後六時過ぎ。この間およそ三、四十分。両人は荻野沢之丞と面会しているが、そこでどういうことが話し合われたかについては未確認。遺体発見の翌日に沢之丞の事情聴取をし損なったことが薗部は多少ひっかかっていたが、今さら聴取する理由は立たなかった。

客席に座った両人は六時半開演の演目を観ながら、大室澪子の証言によると、しだいに酩酊してついには昏睡《こんすい》に至った模様。しかしそれは飲酒による酩酊ではなく、薬物の使用によって意識が朦朧とした状態だったのではないか、と日根野警部は指摘した。もっとも遺体は既に荼毘《だび》に付され薬物の検出は不可能で、したがって薬物の特定もできず、むろん出所は不明だし、使用時間の推定も困難である。

大室澪子の証言によって黒衣を着た謎の人物が客席の両人に近づいた可能性が浮上したから、その人物が薬物を使用した疑いが持たれるも、両人の酩酊状態が黒衣の出現以後に始まったのか、それ以前かを大室に再確認する必要があった。

いずれにせよ、演目が終演する午後七時十五分より前には両人の姿が客席から消え、恐らくは昏睡したまま外に連れ出されて危害を加えられたものとみられる。絶命は同日の午後十時以降で、殺害現場が劇場である可能性も大いに出てきたが、今のところ場内に流血の痕跡は発見されていない。

昏睡状態の両人もしくは二体の死骸を搬送したのは舞台小道具として使用される人力車だった可能性が出てきた。その人力車を管理する小道具方の百瀬繁二郎は大道具置き場に保管するよう入船町事件の被害者杉田常雄に依頼したとおぼしい。

杉田はその人力車を使って死骸の運搬をしたのみならず、殺害に手を染めている可能性も否定できない。その場合でも杉田は殺害を請け負ったものとみられ、依頼者は征西会の内部にいると仮定して、杉田が協力した理由は賭博の負債によるものと推定された。百瀬がそこに一枚嚙んでいたはずだが、彼は事件をほとんど知らないようだとの桜木証言もある。

なお杉田の自宅から発見された紙幣は小見山らの財布から抜き取ったものと推測されるが、もし彼が負債の棒引きと引き換えに協力したのだとしたら、強いて金をくすねる理由はなかったはずだ。またこれも彼が三十間堀事件に関与したことで消されたと仮定して、事件の直後でなく一日おいた四月二十五日の深夜に始末された理由も知る必要があった。

薗部はひとまず万年筆のキャップを閉じて列記したメモを読み直し、両事件共まだ緒《ちょ》に就くところまでも行っていないのを自覚させられるばかりだった。

10　評伝の手がかり

「あっ、三上君だね」

と楽屋の廊下で呼び止めたら、相手は一瞬びっくりしたようにこちらを振り向いて、

「ああ、先生、どうも……」

ぼんやりした表情でも二枚目の顔立ちは揺るがず、ワイシャツに黒のズボンという単調な装いが却って爽やかな好男子ぶりを際立たせている。

「昨日の件なんだが」

「昨日の……」

「黒衣の業者の連絡先を、やっぱり教えてもらえんかね」

「ああ、そのことでしたか」

と三上はやっと合点したように喜ばしい表情を浮かべた。

「ご注文がお決まりでしたら、うちのほうから致しますが」

「余り面倒をかけるのは気が進まんのだがねえ……」

といいながら治郎は連日ここに立ち寄った甲斐があるように思えた。

黒衣の件は最近新規の注文が入らなかったかどうかを業者に問い合わせてみたいだけなのだけれど、いきなりそんなことを尋ねたら怪しまれるだろうから、ここは自分が無駄な出費をする覚悟でいた。一方で、この際に三上との縁を深めたい気持ちもあったのだ。

「まあ親切でいってくれるんだろうから、君に甘えてみようかなあ。納期や何かいろいろ訊いておきたいこともあるんだが、楽屋で立ち話は何だから、今夜もし予定がないようだったら、うちに来てもらえんかね。うちは築地だから目と鼻の先なんだよ」

「畏まりました。先生のご自宅は築地だったんですね」

「ああ、たぶん君が生まれるずっと前から築地に住んでるさ。燕寿郎の着替えが済んだら手が空くんだろ。七時過ぎなら大丈夫かい？」

「はい、それならまず」

と聞いて治郎はその場でさらさらと手描きした地図を渡した。

急ぎ自宅へ駆け戻って来客の旨を告げたら、なぜ朝のうちにいってくれなかったのかと妻になじられ、澪子も澪子で妻の肩を持った。曰《いわ》く「世の男性はいつも勝手なのよ。家事の都合なんか全く考えないんだから」

ところが当の客人が玄関に立つと、二人共えらくご機嫌な顔で挨拶した。あげく手料理の酒肴を次々と客間へ運び込んでは率先して三上にお酌をしたがるのだから、女性もまたみごとに勝手な生き物ではなかろうか。

「こんなにおいしいお料理をご馳走になるなんて、まさか夢にも思いませんで、誠に恐縮でございます」

と二枚目は顔に似つかわしい端正な礼を述べ、この上もない丁寧さで杯を受けるのだから、女達がまんざらでもない表情なのは当然だろう。

妻の敦子はいつの間にか熱心に話し込んでいて、

「てっきり若手の役者さんだと思ってたら衣裳部の方なのねえ。道理で着物のことにお詳しいはずよ。わたしも大変勉強になるわ」

そう聞いて今度は澪子が築地小劇場の衣裳のことを話し始めた。三上はそれにも親切に耳を傾け、相談に乗ってやっている様子だ。

澪子はいっそこの男と結ばれてくれないもんか、と治郎は唐突に思って自分でもびっくりした。あの見合い相手よりはましだろうにといってやったら、本人は一体どんな顔をするだろうか。

あれからも磯田の連絡を待ち続けているらしいと妻に聞かされた時は愕然《がくぜん》としたが、縁談がまとまるのは両親が大歓迎だろうし、遠縁のこちらが反対するいわれは毛頭なかった。

ただ大陸の戦線は拡大する一方のようで、陸海軍共に国外進出に傾き、国内ではちょうど一年前の五月に引き起こした事件のように、今日の軍人は政財界を頗《すこぶ》る混乱させて憚《はばか》らない。新聞で国内外のきな臭い記事を目にするつど、職業軍人にだけは嫁いでほしくないという気持ちが日々強まる治郎だった。

百歩譲って磯田が稀に見る好漢の軍人だとしても、殺害された右翼結社の男と面識があった事実は看過できない。おまけに『忠臣蔵』の七段目を口にしたのは、両者が共に何かを企てていた証拠のように受け取れた。見合い当日も磯田は自分たちと別れてからどこへ行ったかわかったものではなく、あの後もし小見山に会っていたとしたら、なぞとついつい考えてしまう。

それにしても「磯田さんと会うのは、どうやらあなたのためみたいなのよ」と妻が話したのは果たしてどういう意味なのか。まさか澪子も磯田と小見山の関係を怪しんで探ろうとしているのだろうか……。

ともあれ磯田という男の出現で、澪子の気持ちが多少ぐらついているのは確かだ。それは将来を誓い合ったはずの不実な恋人と会えない日々が長引いているからに違いなかった。だが彼を一概に不実な恋人と決めつけるわけにもいかない。何せ今は地方巡業が多くて澪子の側にずっとくっついているわけにはいかないのだから。旅先からまめに手紙をよこすだけでも、役者にしては誠実なほうだと認めてやるべきなのだろう。

それでも妙齢を越して薹が立ち始めた娘を待たせている責任は大きいといわなくては

ならない。おまけに社会主義に傾倒して官憲に目をつけられた男でもあるから、彼と一緒になったら澪子の将来までが案じられてしまう。

三上秀二という男を治郎が随分と買っているのは、むろん何も役者はだしの二枚目だからではなかった。本当は役者になりたかったがなれなかったという顔をした裏方はごまんといるが、三上はその手合いではなさそうで、根っから職人肌のようである。それでいてそうした連中にありがちの片意地なところは微塵《みじん》も感じられず、誰に対しても親切で丁寧に接しながら、決して人に媚《こ》びるような真似はしそうもない。職人の矜持《きょうじ》を保ちながらいつも平静で淡々と仕事をこなす居ずまいが、この世界では存外得がたいタイプと見えるのだ。だからこそあの厳しい沢之丞も三上を調法し、現役最長老の燕寿郎が手取り足取り教えてやったりするのではなかろうか。

そして治郎もまた、今宵はこの男と折り入って話がしてみたくなったのである。

女二人が後片づけに立ったあと男同士差し向かいで杯をかわしながら、治郎はまず注文する黒衣の着丈や何かの寸法をでっちあげて話した。三上がそれをきっちり帳面に書き取るのを内心申し訳なく思いながら。

「で、仕上がるのはいつ頃なんだろう？　それと値段のほうは」

「納期は取り敢えず注文する時に訊いてご連絡を致します。お値段のほうは、頭巾と手甲《てっこう》が込みで」

と帳面にさらさら書いた数字を見せられ、治郎はまあこれくらいの出費は致し方ないとしながら、妻にはとても話せない気がした。何だってこんな持ち出しまでして事件に深入りしようとするのか、自分でも理解に苦しんだ。

「一応業者の名前と連絡先を教えといてくれないか。今いった寸法がもし違ってたら、直にやりとりしても大丈夫だろうね」

「はい、それなら向こうでまた考えてくれますでしょう」

突然、治郎は変なことを想い出して一瞬ぼんやりした。

「先生、どうかなさいましたか？」

「いや、別に……」

瞼に浮かんだ光景を打ち消して、

「実は今夜はほかにも君に訊きたいことがあってねえ」

「はい、何でしょう。わたくしがお答えできるようなことでしたら」

改まったいい方に三上はちょっとたじろいだような顔だが、

「君はもともと亡くなった宇源次付きの衣裳方だったそうだが、宇源次は生前あれだけの人気を誇って、将来は父親にも劣らぬ大名人になること疑いなしだったのに、残念ながら早死にをしたもんで、今どきの学生どもは全く知らないのが多くてさあ。そこで彼の功績を顕彰する意味でも、僕が何かまとめて書いておきたいと考えてね。君からも何かと聞かせてほしいんだよ」

「ああ、そういうことでしたか……」と相手はたちまち表情を変え「先生に書いて戴いたら、若旦那もさぞかし……」と声に強い感情を滲《にじ》ませている。

「いわば君から故人の芸談を聞くわけだが、どうだい、承知してくれるかね？」

「わたくしふぜいが若旦那の芸談をお伝えするなんて、そんな大それた真似はとてもできそうにありませんが、先生が若旦那のことをお書きになる前に、周囲の想い出話をなるべく沢山集めておきたいとお考えでしたら、非力ながらお話をさせて戴きます」

「そうしてくれたまえ。僕は四世宇源次伝を書くに当たって、今は何かちょっとでも手がかりになるようなもんが欲しいんだよ」

「それはこっちから先生にお願いしたかったような素晴らしいお話なんで、ちょいと胸が熱くなりました」

色白の端整なマスクにほんのりと赧みが差し、そこには故人に対する思い入れが強く窺えた。

裏方の中でも衣裳方は昔から役者との縁が深いとされ、文字通り素っ裸になった役者と接する仕事だから親身にもなりやすいらしい。今月の燕寿郎は例外で、専属の着付け係は東西の往来はもちろんのこと地方巡業にも同行するので、旅先では私生活を共にする場合も多々あるのだろう。三上は宇源次とほぼ同年輩か少し年下のようだから、彼を兄貴分と慕ってよく一緒に遊んでいた口かもしれない。

「若旦那はああ見えて、とっても男らしい方だったんですよ。いつぞや九州の博多巡業に行った折でしたか、中洲《なかす》のとある飲み屋で変なやつらにからまれまして。わたしは相手にならず逃げたほうがいいと思ったんですが、若旦那は酒が入ってた勢いで『てめえらのような田吾作《たごさく》やくざに舐《な》められてたまるけえっ』とまあ、実に威勢のいい啖呵《たんか》を切りなすって。何せ舞台で鍛えた喉ですから向こうのほうがたじたじで、事無きを得たからいいようなもんの、こっちはもうひやひやし通しでした。わたしというお供がついていながら、大切《だいじ》なお顔に傷でもつけられた日にゃ、大旦那にも、会社にも、ごひいきの皆様にも申し訳が立ちませんから」

「なるほど。女形は見かけによらず気が強いと聞くが、宇源次は何しろ親父からしてあだからねえ」

と治郎は沢之丞が怒った時の剣幕を想い出して苦笑した。

沢之丞は鼻梁が高く、切れ長でくっきりと大きく張った眼が怒ると非常に恐ろしい顔になる。片や亡き宇源次はやや寸の短いモダンな顔立ちの分、やんちゃな仔猫《こねこ》のような癇癖《かんぺき》が強く出た。二人は舞台で嫋々《じようじよう》とした女の姿に扮しても男の本性は少しも喪われていなかったが、藤太郎になるとまた話は別かもしれない。あの子はまだ男の本性に目覚め足りないようなところが見受けられた。あるいはひょっとしたら元々それを持たずに生まれついたのか、江戸の昔に先祖返りしたような、平生から女らしい真女形の誕生といえそうである。

「この秋に宇源次襲名があるのはもちろん聞いてるよね？」

「ああ、はい、ちらっと小耳に挟んだ程度ですが」

「藤太郎をどう思う？　故人の名跡を立派に受け継ぐことができそうかね」

「そりゃァもう、扇屋一門の悲願ですから」

　と衣裳方がいうのも変だが、それだけ身内意識が強い証拠だろう。

「藤太郎坊ちゃんのことは、若旦那が目の中に入れても痛くない可愛がりようで、この子はきっと親父勝りになるとおっしゃってました」

「実際あの子は踊りのスジがいいように思うし、芸熱心でもあるようだしねえ。君はあの子を昔から知ってたの？」

「ああ、はい、まあ」

「そしたら、あの子のお袋さんにも会ってたんだよね」

　一瞬ほんの微妙な間を置いて、懐かしそうに目を細めた三上の顔はまたほんのり赧くなっている。

「はい、存じております。本当にお美しくて素敵な方でした」

　今ふいに藤太郎そっくりの美女と抱き合う宇源次の姿が目に浮かんで、治郎は内心頭をかいた。われながらどういう神経をしているのかと呆れる。

「父母共に早死にとは、あの子も気の毒だねえ」

「はい。それなんで、何とか早く一本立ちをなされるように、みんなが心から祈っております」

祈るみんなには沢之丞を筆頭に扇屋の一門のみならず、三上のような身内同然の裏方も入るのだろう。そしてきっとあの男も……。治郎の瞼には今なぜかおかしなほどくっきりと銀行員のような男の風貌が浮かんだ。

「宇源次の番頭をしてた、ええっと、たしか……」

「伊村さんですか？」

「そうそう。君は彼とも昔から面識があったのかい？」

「はい。若旦那を通じまして」

「今、彼は大変だろうねえ、ごひいきの挨拶回りや何かで」

「襲名披露には一体どんな準備が必要なのか、わたしらは一向に存じませんが、番頭さんはたしかに……」

伊村はきっと小見山の後援をあてにしていて、今は相当に応えているだろう。有力な後援者の急逝で応えているのは扇屋一門ばかりか、木挽座や亀鶴興行も同様の憂き目なのかもしれない。

「宇源次があんなに早く逝くなんて僕は思ってもみなかったから、正直いうと最後の舞台が何だったかも、今訊かれたらはっきり自信を持って答えられないくらいなんだよ。観てたとしても、絶対あれがそうだったと確信できるわけじゃなくてねえ。君ならその点しっかりした記憶があるだろう」

「ああ、はい。先生は『やまびこ会』もご覧になってらっしゃいましたか？」

「もちろんさ。宇源次の創作舞踊会だろ。あれでは『班女《はんじょ》』とかも面白く観たが、僕はやっぱり『半蔀《はじとみ》』の印象が忘れがたいなあ」

「あの『半蔀』が、若旦那の舞い納めだったんです」

「なるほど、あれがそうだったのか……」

治郎はしばし沈思黙考で四世宇源次の文字通り一世一代となった刮目《かつもく》すべき舞台を瞼に蘇らせた。

『半蔀』はもともと『源氏物語』に登場する夕顔の霊を主役《シテ》とした能楽の人気曲だ。半蔀とは上半分が開閉する仕組みの格子を取り付けた板戸を本来は意味して、それを模した簡素な囲いの中から美しい女人の霊が出現し、光源氏との想い出を懐かしんで舞い続け、明け方には姿を消すのが一夜の夢物語として描かれる。宇源次はその謡曲を元に原作の詞章も巧みに取り込んで自ら台本を拵《こしら》えた。役者がそうした文才にも恵まれたのはまるで余計なことだったように思えるくらい、彼の早世は周囲にその作品での鬼才ぶりを印象づけたのだ。自作自演はたいてい本人の趣味や得意な動作に偏りがちで、却って舞台の感興を削ぐことにもなりかねないが、宇源次はそうした過ちとは無縁だった。

同じ能に拠《よ》った作品でも、母親がわが子を喪って狂乱する『隅田川』や、愛する男と別れた哀《かな》しみを訴える『班女』なら、近代的な心理を反映したドラマチックな舞踊に仕立てるのは容易い。だが『半蔀』にはそうしたドラマチックな要素が皆無だから、果たして歌舞伎役者が演じる意味があるのかどうか、治郎は正直あまり期待をせずに観はじめたのである。

幕が開くと舞台中央は半透明の紗幕《しやまく》を張った格子状の巨大な装置が占め、そこに蔓《つる》をからませて白い大きな夕顔の造花が散らしてあった。それが天井部に吊り上げられると同時に宇源次がセリ上がりで舞台に登場。能装束の長絹《ちようけん》ではなく、白練《しろねり》絹に薄紫の小袿《うちき》を重ねた原作に近い衣裳で佇んだ姿は、まさに冥界から彷徨《さまよ》いだした女人らしき凄艶の美を湛え、檜扇《ひおうぎ》を手に舞い始めると徐々に期待がふくらんでいった。最初は伴奏の三味線が一挺、唄い手も一枚の緩やかな曲調で、フリがゆっくりとして細やかなだけに観る側も集中力を要した。

〽同じ命のー同じ命のー限りあるものになんあるー同じ命のー同じ命のー……

原作に拠った詞章が今も治郎の耳に残るのは、清元節の甲高い唄声で幾度となく繰り返されたからであろう。しかも曲の切れ目で三味線と唄い手は一挺一枚ずつ増えていき、だんだん音の厚みと迫力が加わった。その間に宇源次は檜扇を手に大きく旋回し、曲の切れ目でトンと足を踏み鳴らすだけの実に単調なフリだったのに、曲調が速まるに従って治郎は吸い込まれるように見入ってしまった。いつしか檜扇を取り落とし、小袿を脱ぎ捨て、取り憑《つ》かれたような手踊りをする宇源次に治郎は陶然と酔い痴れ、時の流れも空間も無視して自ら闇に溶け込んでいったような幕切れが今もって忘れ難いのである。

単調な舞いを披露するようでいて、宇源次は闇にふうわりと開いた夕顔の妖艶さと、それが朝には悄《しよう》然《ぜん》と萎《しぼ》んでしまう儚さを一身で体現した。一夜に花を咲かせ翌朝は見る影もない夕顔の存在に、この世の無常を悟らしめるといった抽象性の高い能楽を換骨《かんこつ》奪胎《だったい》。従来の歌舞伎舞踊とは全く違った新境地を開拓し、底が浅い近代性を超克した宇源次のただならぬ才気を感じさせる名舞台であった。

固唾《かたず》を呑んでその舞台に見入った治郎は、宇源次の取り憑かれたような表情にある種の狂気を認めていた。黒い巨大な格子の装置が再び舞台に下り始めて紗幕の向こうに宇源次の姿が消えて行くのは、まさしく背後の闇に操られて冥界に沈んでいくような不吉な感覚があったのを、今にはっきりと想い出す。あれが最後の舞台になったのは心底肯けるような気がした。

「あれを上演するのはさぞかし大変だったろうねえ」

「はい。若旦那もさすがに途中で投げ出して、俺は手に負えないもんに手ェ出しちまったと悔やまれまして。それで一度は演目の差し替えも検討されたようなんですが、公演日はどんどん近づいてくるし、チラシやポスターまで出来ちまったら今さら変更《へんがえ》は不可能だしで、一時は本当にひどく落ち込んでらっしゃいました」

三上の想い出話は期待以上だった。評伝の手がかりどころか、この話は晩年のクライマックスにもなりそうである。

「僕も観たから産みの苦しみは察せられるよ。結果的にあれは後世に残る名舞台だった。今はもう文字でしか伝えられないのが残念でならないよ」

「先生のお筆で後世にお伝えくだすったら、若旦那はご本望でございましょう。藤太郎坊ちゃんも、いずれはあれをお演《や》りになるんでしょうし」

「そうだねえ。清元の名曲は残ってるわけだし、振付のほうもきっと……」

「後見を務めてらした沢蔵さんが振付を書き留めてらっしゃったから、ご自身でフリ写しもなされるはずです」

なるほど役者の弟子は肉体芸術の記録装置といった役割を果たすのも、この世界では実に重要な使命に違いなかった。

「故人があれを披露したのはたしか二回目のやまびこ会だから、昭和二年の初夏だったかねえ。亡くなったと聞いたのは翌年の秋だったように思うから、一年以上も病気療養をしてたのか……で、その病気は何だったんだい？　やっぱり肺結核の類かね」

出ても当然の質問に三上の顔がこわばった。沢蔵にも同じ質問をぶつけて口を濁されたことから、つい悪い想像が生じてしまう。

「まさか、口に出せないような病気だったのかね？」

「いや、別にそういうわけでは」

と三上は慌てて打ち消し、少しいい澱んだが、

「若旦那はお酒が相当にお強くて、ふだんいくら飲んでも平気なお顔だったんで、それが却っていけなかったんですねえ。ある晩、口からどっと血を噴きだしてお倒れなすったと聞いております」

同じ血を吐くのでも肺病の喀血《かっけつ》ではなかったようだが、そういわれてみると、いつぞや晩年に楽屋ですれ違った宇源次の顔色が異様に悪かったのを想い出す。

「沢之丞も、そこまで深酒をしてるとは思ってなかったんだろうなあ」

「そりゃもう、大旦那は何もご存じなかったから……」

といいさして三上は瞼を閉じた。

「本当にお気の毒でした」

「君も飲み仲間だったんだろうが、そんなにひどくなるまで、誰も注意しなかったのか

ね」

「はい、自分が付いていながら、とは存じますが……」

三上がしょんぼりとうなだれてしまったので、治郎は急いで言葉を補わなくてはならない。

「衣裳方の君がそう責任を感じることじゃないが、番頭の伊村君なんかがもっと気を付けてなくちゃ」

三上はハッと頭をもち上げ、

「あの人は関西で……」

といいさしてまた口ごもった。

「関西……ひょっとして宇源次は関西で倒れたのかい？」

「いや、そういうわけでは……」

相手がうっかり口を滑らせたようだから、治郎はここぞとばかりに畳みかけた。

「君はさっき藤太郎のお袋さんを知ってるといったが、彼女はたしか大阪で、梅香とかいう名妓だったそうじゃないか。宇源次はきっと彼女のとこで倒れたんだね」

「わたくしは全く存じません」

と強く否定して三上が頑なな表情を崩さないので、治郎はわざとからんでみた。

「そうか、宇源次を酒浸りにしたのは彼女だったんだな」

「違いますっ」

　と思わぬ激しい口調で三上は言下に否定した。

「宇源次を酒浸りにしたのが梅香さんじゃないとしたら、責められるべき誰かは外《ほか》にいたということか。君はやはり何らかの事情を知って、それを僕に隠してるんだね」

　この男も沢蔵と同じく宇源次の死因や最期の様子を詳しく語りたがらないのは何かよほどの理由があるのだろうか。とはいえ故人を死に至らしめた飲酒による不祥事を、周囲が隠したがるのは当然なのかもしれない。

　考えてみれば治郎自身、養父の沢之丞とそこそこ親しくしながら全く事情を聞かされていなかったのだから、亡くなって五年が経過した今もなるべくそのことには触れないほうが無難なのだろう。けれど評伝を書く以上、やはりそこは避けて通れないはずだ。宇源次が死に至った詳しい経緯を世間に公表するかどうかは別として、書き手がそれを全く知らないままでは評伝は成り立たない。

「わたくしは本当に何も存じません。ただ梅香さんは」

　といいながら三上はまるで自分の恋人を語るように熱っぽい眼をした。

「とても若旦那思いでしたし、気性も慎ましく、おやさしい方でしたんで、若旦那を酒浸りにするなんてことは」

「君も宇源次の彼女に、惚れてたんだね……」

と治郎が思わず口にしたら、

「滅相《めっそう》もない。バカをおっしゃっちゃいけませんよ」

相手はたちまち色をなして嚙みついた。

「それに先生、かりにわたくしが何か存じていたとしても、今さら故人のあらさがしになるような話はしたくありません」

きっぱりと撥《は》ねつけたのはいっそ痛快なくらいで、治郎はこの男のこうした態度を一面では好もしくも思うのだが、「すっかり長居を致しました。明日も仕事がございますんで」と逃げを打たれるとさすがにむっとせざるを得ない。「じゃあ宇源次のことは今後もまたいろいろと聞かせてもらうよ」との捨てゼリフでもいささか意地悪な声が響いた。

見送りに出て来た妻は「またぜひお越しくださいましねえ。今度は夏物の手入れについていろいろ伺いたいし」なぞと実にちゃっかりしたいい方で面喰いぶりを遺憾なく発揮した。澪子までわざわざ見送りに出て来たのは珍しいので、玄関の格子戸が外から閉じられた途端に、

「どうだい、澪ちゃん。彼、なかなかの好男子だろ?」

「治郎にいさん、それって一体どういう意味なのかしら」

単なる軽口でまともに突っかかって来られると返事に困る。

「いや、役者ばりの美青年だと僕は思うんだが、若い女の目から見たらどうなんだろうと思ってね」

「あたしは美青年なんか興味ないわ」

と、ふだん男優や男優志望の若者を間近で見ている女優の卵はにべもなかった。

「美青年は大概うぬぼれ屋さんで、不誠実なのよ」

「おやおや、たいしたいわれようだねえ。そしたら、あの三上君も意外と信用できないところがあるのかなあ」

「あの人はふしぎと不誠実な匂いが全くしなかったわ。むしろ、きちんとし過ぎてるくらいの人じゃないのかしら」

「ああ、たしかに。仕事は随分きちんとしてるんだろう。何せあの気難しい沢之丞が着付けを任せてるんだからね」

娘の勘は侮れないというより、若い女はほんのわずかの時間でも男の見るべきところをしっかり見ていたようだ。

11　齟齬《そご》の連続

けさ芝愛宕署の渡辺刑事から入った一報は案に相違して、笹岡警部に電話口で聞こえた名前を連呼させた。

「ナニ、モモセ、百瀬繁二郎が自殺した？」

これを聞いて大いに狼狽《うろた》えたのは薗部刑事だ。一昨日の夕方は木挽座で百瀬をつかまえられず、昨日再度訪ねて無断欠勤と知らされた時点でなぜ緊急事態に気づかなかったのか。まさに大失態としかいいようがなく、笹岡に怒鳴られるよりも強く自らを痛罵して新橋に急行した。

新橋駅周辺は震災で壊滅に瀕したが、十年経った今は新たなコンクリートビルやモルタル造りの家屋がごちゃごちゃと犇《ひし》めき合って以前に勝る盛況だ。百瀬の住まいは駅にほど近い新橋二丁目、去年までは烏森町《からすもりちょう》とされた街区に蝟集《いしゅう》する小料理屋の二階を間借りする形だった。

死体発見者は小料理屋「みよし」の女将で、木挽座から出勤催促の電話があったのを取り次ごうとして部屋に入り、腰を抜かして階段を転げ落ちたらしい。渡辺刑事が派出所の通報で駆けつけた際は、腕に繃帯《ほうたい》を巻いて痛々しい中年女の姿があったという。ともあれ女将の口から木挽座の名前が出たおかげで、築地署にいち早く通報がもたらされたのである。

渡辺の先導で笹岡と薗部はモルタル二階屋の狭い外階段に足を運んだ。二階は六畳間と押入付きの四畳間にタイル張りの流しと水洗便所を備えた簡便な住まいである。煮炊きするコンロが見えないのは階下の小料理屋で何かと融通が利いたせいらしい。

遺体は奥の四畳間に横たえられてかすかな屍臭が鼻をついた。渡辺に確認を求められた顔は薗部が入船町事件の直後に事情聴取して、一昨日再尋問しそびれた男に間違いなかった。

「そこにぶら下がってたんですよ」

と渡辺が指したのは間仕切りの鴨居だが、次に「見え見えでしてね」と示されたのは遺体の頸部《けいぶ》で、そこには通常の索条痕以外にも引っ掻き傷、近頃は吉川線《よしかわせん》と呼ばれだした防御創が見受けられて自殺を偽装した他殺であることが歴然としていた。鴨居からぶら下がっていたのも黒革のベルトながら、検屍の結果は柔らかい紐のようなものとされた。

殺害は死体発見のおよそ一日半から二日前、すなわち五月五日夜から六日の朝方にかけてと推定されている。不審な物音が階下で気づかれなかったのは菖蒲の節句にかこつけた宴のどんちゃん騒ぎのためか、はたまた宴の疲れで女将と板前の亭主ともども熟睡していたせいらしい。

笹岡は屍臭から遠ざかるかのように窓辺へ身を寄せて、磨《す》り硝子の向こうに目を向けた。

「ここは征西会の本部とも近いしなあ」

「自殺を偽装したあたりは手馴れたもんですよ」

と渡辺もこれが素人の犯行でないのを匂わせた。

「例の杉田常雄の件と併せて捜査したいんですが、三十間堀事件と結びつく事情をもうちっと詳しくお聞かせ願えませんか」

渡辺から情報提供を求められた笹岡は「まだ築地署《うち》でも大っぴらにしてはいないんだがね」と勿体をつけるように前置きし、ざっとこれまでの経緯を物語った。

「なるほど、それでこの件も征西会がらみと見られるんですな」

「芝愛宕《おたく》署じゃ下の連中を賭博容疑で片っ端から挙げるというわけにはいかんのかね？」

「たまにガサ入れで大量検挙もしますが、微罪だと署長の手加減が入るんですよ。何しろ連中は労組潰しに使い勝手がいいもんで、特高さんと大の仲良しですから」

と渡辺はいわゆるアカ狩りで右翼結社を利用する警察側の事情にも触れつつ、

「しかし殺しとなれば、話はまた別ですから何とかしますよ」

「渡辺君どうか頼むよ」と笹岡は下駄を預けた恰好で新橋をあとにし、帰りの車中で急に想い出したように鋭い声を放った。

「おい、人力車のほうはどうなってる」

「たぶんそのまま木挽座に……」

「早速押収だ。いや、その前にまずあの先生を呼んでこいっ」

薗部はもはや桜木治郎を呼びだすのを気の毒とは思わなかった。あの先生も、今度ばかりは自ら事件に深入りしているふしが見受けられたからである。

裏方二人が立て続けに横死するという事態に直面した木挽座では、寄ると触るとその話題になって皆が不安がるのは当然といえよう。今日も治郎が楽屋口の扉を開けると、ふだん必ず「ジロちゃん」と声をかける老人が黙って縋《すが》るような眼でこちらを見た。治郎の背後には笹岡警部と薗部刑事が雁首《がんくび》を揃え、有無をいわせぬ姿勢でずかずかと押し入った。頭取部屋に座った禿げちゃびんは恐慌を来した態《てい》で今にも逃げだしそうな顔だから、

「おはよう、七五郎さん。またちょっとお邪魔をするよ」

治郎はなだめるような調子で挨拶し、大道具方の長谷部棟梁を呼びにやるよう頼んだ。やがてピタピタという雪駄《せった》の足音で廊下の奥から坊主頭の老人がゆっくり姿を現すと、治郎も正直ほっとしていた。それくらいこの間の緊張感は並々ならぬものがあった。

百瀬の訃報はけさ警察の電話でもたらされた。菖蒲の節句の夜に自殺したといわれたら、何しろ自分が会った直後だから、妙な自責の念を覚えてあの男とのやりとりを何度も反芻《はんすう》しなくてはならなかった。自分が死んだ杉田の話を持ちだして、百瀬は彼と親し

かったのではないかと追及したことが、まさか自殺の引き金になったのだろうか……。そう思うと気が動転して、ここは裏方の最長老を頼りたい心境になったのである。

長谷部棟梁は先頭に立って舞台裏を案内しながら振り向かずに「先生、やっぱり杉田は百瀬に殺られたんですかい？」と囁《ささや》くような声で問いかける。治郎はそんな噂が幕内で広まっているのを知って「さあ、どうなんだろうなあ」と口では応じつつ、肚では同意するしかなかった。

百瀬の話になるのはなるべく避けたいから、治郎は自分のほうから何か話しかけようと周囲にネタを漁った。「ねえねえ、棟梁、あそこに置いてあるものは何なんだい？」というふうに。

通路はだんだん暗くなって行くが、こちらも暗がりに目が馴れるのか意外に遠くのほうまで何かとネタは拾えて「ああ、あそこは花道の真下だね。おや、あんな奥にも段梯《だんばし》子《ご》が……あれを昇ったらどこに出るんだろうなあ……」という何げない呟きにも長谷部は親切に即答してくれる。

「ああ、あれを上がったら西桟敷の裏に出ますのさ。たまに怪談の早変わりなんかで使う時があるんですよ」

「なるほど、怪談ねえ……」

と呟きながら、治郎は現実に怪談より恐ろしい事件が起きているのを考えないわけにはいかなかった。急に口をつぐんで黙々と足を運んでいたらいつしか通路が狭まって人ひとりがやっと通れるほどの狭隘部《きょうあいぶ》となり、そこを通り抜けると再び開けた場所に出て、

「ここでようがんすか？」

と長谷部棟梁が立ち止まった先には例の人力車が二台、あの時と同じ位置に駐めてあった。まだ公演の最中だから勝手に押収させるわけにもいかず、治郎はまた長谷部に訊かなくてはならない。

「代わりの小道具方はもう来てるのかい？」

「ああ、来てますよ。呼んで来ましょうか」

気のいい返事をされて治郎は申し訳なく思った。楽屋口で最初から代わりの小道具方を呼びだせばいいのに、これでは長谷部にすっかり甘えた恰好である。

百瀬とは対照的にひょろっとした体型の篠崎《しのざき》という小道具方は、事情を全く知らないのだから、座席の点検に難色を示すのは無理もなかった。

「どうしても毛氈を剝がさなくちゃいけないんですかい？　貼り直しが間に合わないと旦那に怒られちまうんですが」

「そこを何とかお願いするよ。僕があとで必ず花仙に事情を説明するから、どうか剝がしてくれたまえ」

と治郎は説得しつつ、殺人事件の捜査でこうした悠長なやりとりを許しておく笹岡警部の態度にある意味で感心せざるを得なかった。ああ見えて芝居の内情に明るく、笹岡は他の警察官だと考えられないような厚遇を木挽座に与えている。それもこれも亀鶴興行との長年の縁によるものだろうし、あるいは会社側から何らかの見返りのようなものがあるのかもしれなかった。

篠崎は相変わらずの渋い表情だが、それでもさすがに現職の警察官が乗り込んで来た雰囲気には呑まれたようで、黙って座席に手を置くと、小刀をまず奥の隙間に突っ込んで縫合の糸をプツプツと切り始めた。

「随分ザツな仕事をしてやがる」

とぼやくのは当然で、何しろ百瀬はほんの間に合わせの貼り替えをしたに過ぎない。ザツに縫い付けて重ね貼りした毛氈を剝ぎ取れば、下から血痕の付着した布が現れるはずなのである。ところが、

「さあ、剝がしましたよ」

と示された座席を見て治郎は愕然とした。なんとそこには剝きだしの木地があるばかりだ。二台の人力車はあの時と同じ場所に同じ向きで並んでいたが、完全に同じ位置に置いてあったわけではなかったらしい。

「誠に相済まんが、もう一台もやってみてくれんかね」

「やれとおっしゃるなら、やりますがね」

篠崎は露骨に不機嫌な顔をして取りかかり、

「こっちはしぶといや。ちゃんと縫い付けてある」

とぼやいたあたりで治郎はさすがに嫌な予感がしてきた。途中でよほど止めさせようと思ったが、篠崎は声がかけられないほど集中して作業を進め、あげくこちらに恐ろしいほどぶっきらぼうな声を放った。

「さあ、どうぞ、ご覧なすって」

案の定そこにもまた木地が剝きだしの座席が見えるばかりだから治郎の顔面は硬直する。まさに万策尽きた状態で皆の視線が肌に痛かった。

「僕が見た時はたしかに……たしかに黒いシミがあったんですよ」

「まあまあ先生、わたしらは何も先生を疑ってるわけじゃありませんので」

と笹岡がにやけたような表情でいうのも辛い。

「こうは考えられませんか？　百瀬があとでまた貼り替えたとか」

治郎はとてもそうとは考えられない。あの男ならただのシミ抜きでごまかしていたのを、祝儀を届けたせいで手間暇をかけたふうに偽ったというほうがまだありそうだった。それに治郎はあの時たしかに自分も座席に掌でさわってみて、重ね貼りらしいごわごわした感触をはっきり憶えているのだ。

「ああ、これをまたどう直しますかねえ」という篠崎のぼやきには祝儀で報いるしかなく、「先生には改めてもう一度じっくりとお話を伺いたいもんですなあ」と笹岡にいわれるのにはほとほと参ったが、今はそれも拒否する権利がなかった。

さりとて築地署に連行されるのはまっぴらだから、治郎は楽屋口を急いで飛びだすと大通りを突っ切ってまっすぐ西に向かっている。「先生、先生」と呼び戻す声を全く無視して黙々と歩き続けるが、背後にぴったり付いてくる二人の足音は避けられなかった。

この間のさまざまな出来事で頭の中は非常に混乱している。論文の執筆で行き詰まった際と同様、治郎はとにかく気分を落ち着かせて想を練るために歩き続けた。

そもそも百瀬が自殺したのは杉田を殺したせいだとしても、殺害理由は何だったのだろうか。治郎は四月公演の楽屋でたまたま二人が立ち話するのを目撃し、その日は千穐楽だったから早くも次の公演の打ち合わせをしているものと思い込んだ。たしか「丸物の寸法」がどうとかいって、石灯籠や鳥居のような立体的な大道具の件を話していたのかと思いきや、本当は金銭を意味する「マル」だったのではなかろうか。

つまり百瀬は杉田に金の催促をし、それが叶わなかったから「迷惑をかけられっぱなしで逝かれちゃいましたよ」といったのではないか。

殺された男女を杉田があの人力車を使って三十間堀まで運んで行ったとして、百瀬がそれを知って強請《ゆす》っていたようにも考えにくい。なぜなら百瀬はあの人力車に非常に無頓着で、およそ事件に関係すると思っていなかったようだからだ。今となっては治郎自身も藤太郎少年の発言に過剰反応しただけで、血痕に見えたのはたまたま水が垂れて浸みていただけなのかもしれない、とさえ思えてくる。

黙々と歩き続けていつしか銀座の中央通りに出ていた。取り敢えず新橋方面に向かってしばらく行くと、舗道に張りだして小さな円卓と椅子を並べた店が目に留まる。店名はテラスコロンバン。銀座で流行りの喫茶店だが、今日は珍しく空席があった。

一見ここは密談に恐ろしく不向きなようだが、市電や自動車の騒音で他人の話し声はかき消され、オープンな場所だから却って変な注目を浴びずに済み、盗聴される気遣いもなかった。それに何より話が長引かずに済むと判断し、治郎は決然と目の前の椅子に腰を下ろす。二人の警察官は極めて意外そうな面もちで倣って、すぐに珈琲を三つ注文した。

「まず謝らなくてはいけません」

開口一番、治郎は正直に自らの非を認めた。

「人力車の件はまだ言い分がないわけでもないが、百瀬という男が自殺したのは僕の責任です」

「それは何も……先生が責任をお感じになるようなことでは」

と若い刑事が慌てたように上司の顔を見る。

「ほう。どうして先生が責任をお感じになるんでしょうか?」

と笹岡はあくまでもとぼけた調子だ。

「百瀬が大道具置き場に人力車を預ける際に頼んだ相手は杉田だと僕は睨んで、彼と親しかったんじゃないかと訊いたんですよ。あきらかに調子に乗り過ぎました」

「ほう。それで百瀬は何て答えたんです?」

「結局、あいつには迷惑をかけられっぱなしで逝かれた、と」

「どんな迷惑ですか」

「そこまではさすがに訊けませんでしたが、恐らく金銭がらみではないかと」

「博奕の借金で迷惑をかけられた、という意味ではありませんか」

「博奕の借金……あるいはそうだったのかもしれませんが、本人にはもう確かめようがない……」

治郎は悄然と俯いた。

「百瀬という男は先生が詰問したくらいで自殺するようなやつに見えましたか?」

「いや、とてもそんなふうには……だからこっちもつい……」

「そうでしょうとも。やつは自殺なんかしてませんからねえ」

にたっと笑ったしゃくれ顔が性悪の羅刹《らせつ》とも奸智《かんち》に長《た》けたルシフェルとも見え、治郎は絶句した。

「実は殺されたんですよ。自殺したように吊《つる》されてね」

笹岡もさすがに声をひそめているが、とてもこんな場所でするような話ではないから治郎は思わずあたりを見まわす。

「一体どういうことなんでしょうか……」

「われわれはこう見ております」

と笹岡は密《ひそ》やかな声でもきっぱりしたいい方で、意外なほど手の内を明かすのだった。もともとは征西会本部の近くに居住する百瀬が下部組織の組員と関係を持ち、彼らのする玄人賭博に杉田を引きずり込んだ。杉田はそれでまともには支払えない多額の借金を背負うはめになり、その借金の棒引きと引き替えに小見山の殺害に協力した。むろん百瀬もそれを承知の上で人力車を提供した。と語られたところで治郎は笹岡の話を遮った。

「僕はやっぱりどうしても、彼が事情を知ってたようには思えないんですが」

百瀬が人力車の血痕に恐ろしく無頓着だったことを治郎は改めて強調した。いくら図太い神経の持ち主でも、事情を知ってああまで平然としていられるとは思えなかった。

「そうなると、百瀬の殺られた理由が見つからんのですがね」

笹岡は渋い表情で腕組みをする。百瀬も何らかの形で事件に関与していたからこそ、杉田ともども闇に葬られたというのがたしかに理屈に合った見方だろう。しかしながら治郎が百瀬から直に受け取った感触とは甚だ相違している。それに人力車の座席はあきらかに百瀬が見せてくれた後に弄《いじ》られていた……。

今ふいに記憶の洪水がどっと押し寄せて、治郎は目眩《めまい》のようなものに襲われた。舗道も柳の街路樹も電信柱も路面電車の架線も何もかもがぐるっと一転したような奇妙な感覚。腋《わき》の下がじっとりと汗ばんで顔面は硬化し、一刻も早くここを立ち去りたい気分で、

「すまんが、今日はもうこれで失礼する」

ふらふらと立ち上がって舗道に足を踏みだしたところで、ぴたりと立ち止まる人影があった。すぼめた日傘《パラソル》はすらりとした脚の長さを強調し、白地に濃紺の水玉を散らしたワンピースが実に清楚に見える。

「まあ、治郎にいさん。こんなところで会うなんて」

先に声をかけたのは澪子のほうだ。その後ろには上背のある顔の浅黒い地味な背広姿の青年が佇んでいた。ふだん澪子の周囲に群がる演劇青年とはおよそ雰囲気が違い、自身でもここが場違いなことを承知しているようだった。承知の上で澪子に振りまわされているのだとしたら、ある意味で見上げた軍人というべきなのか。

もっとも澪子もいわゆる軍人然とした男子なら最初《はな》から相手にしなかったはずだから、却ってそのほうが良かったようにすら治郎は思うくらいだ。

「ああ、お嬢さん、いつぞやは本当にありがとうございました」

笹岡が立ち上がって嫌みなくらい丁重な挨拶をすると、澪子も能天気に微笑んで一礼したが、

「ほう。こちらは未来の旦那様ですかな」

じろりと一瞥《いちべつ》したのは余計で、途端に相手が嚙みついた。

「貴様、失敬なことをいうなっ」

「ほう。どうやら今度は軍人さんですか。お嬢さんもまた随分とお好みがお変わりになったようだ」

とまでいうのは本当に失敬だったが、私服の磯田遼一をひと目見るなり髪型や陽灼けの仕方で軍人と見抜いたのは警察官なら当然としても、澪子の新たな恋人と見たのは治郎が改めて気を揉む種となった。好みが変わりすぎではないかと自分もいいたいくらいだが、今日はもうそんなことに取り合う気持ちの余裕もなくて、

「僕はお先に失礼するよ」

口早にいって治郎はそそくさとその場を離れ、笹岡らも黙ってあとに従っている。

12　偶然の出会い

「本当に失礼な人たちだわ」

その失礼な人たちが座っていた席に、澪子はさっさと腰を下ろしている。治郎が磯田にちゃんと挨拶せずに立ち去ったのは妙にひっかかるものの、磯田のきつい視線を浴びるのはむしろ後ろを行く二人のほうだった。

「何ですか、あの連中は」

こちらも憤然としているが、

「彼ら、警官なんです」の即答ですぐに了解したらしい。

「ああ、例の……」

「そう。磯田さんがやっぱり話したほうがいいとおっしゃったんで」

「しかしいくら私服にしても、警官には見えなかったなあ」

「一人は警部さんなんだけど、フフ、あの人ちょっとおかしいのよ」

澪子は自分でもふしぎなくらい親しみが込もった笑い声になる。

「でも、磯田さんだって……わたしが思ってたような軍人さんじゃなかったわ」

「それはどういう意味ですか」

まともに問い返されて、澪子はいっそ開き直ったふうに応じた。

「軍人も警官も、ずっと同類のように見てました。さっきの二人は警官でも強圧的でない分まだましなほうだと思ってます」

磯田はさすがに驚いた表情で、

「軍人は強圧的だといいたいんですね」

「正直、警官よりもっと恐ろしい人たちだと思ってました」

澪子はここで憧れの女優を真似て艶然と微笑んだ。こうした話題はもう終わりにしましょうよという、女らしい休戦の合図である。

「それより早く磯田さんの話をお伺いしたいわ。こんな場所でとお思いかもしれないけど、わたしたちの仲間は大事な話によくここを使うらしいの」

と、つい口が滑って澪子は慌てた。大事な話とはたいがい官憲の耳を恐れる内容だったし、またここだといつ何時その仲間とバッタリ鉢合わせするかもしれない危険を恐れた。この男と話している姿なぞ断じて見られたくない劇団の仲間に。

「さあ、どうぞお聞かせくださいな」

急かすようにいうと、

「残念ながら、澪子さんのご期待に沿うほどの話はできそうにありません。僕も僕の仲間にちょっと訊いてみただけなんで」

磯田はそう慎ましやかに述べて取り敢えず珈琲を注文し、澪子はショートケーキを追加した。今から大事な話を聞くにしても、ここに来てそれを食べない手はなかった。

磯田は珈琲をひと啜《すす》りしておもむろに話しだす。

「僕は小見山先生とは会合で二、三度ちらっとお目にかかっただけで、ほとんど存じあげない方だったんですよ。木挽座で偶然お会いした時は、こっちが至って不案内で心細かったもんでつい声をかけましたが、向こうはきっと驚かれたはずです。会合でも僕はいつも末席におりましたから、先生は僕の顔を見てもすぐにはおわかりにならなかったんじゃないのかなあ」

そう聞いて澪子はむしろ救われた気分だった。磯田が殺害されたような人物と親しい間柄ではなかっただけでも幸いとしている。

「会合って、どんな場所でなさってたの？」

「たいてい新橋か赤坂の料亭です」

「どんなお話し合いをなさってたのかは、お伺いしてもいいのかしら？」

澪子は恐る恐る踏み込んでいた。木挽座の大間で磯田に会った小見山が「お互いとんだ七段目」といったのを、右翼の民間人と軍人が共にまた何かを企てたように治郎は解釈していた。澪子も去年の五月に新聞の号外を飾った犬養首相の写真と「壮漢隊伍を組み襲撃　首相遂に兇手に倒る」という見出しを忘れてはいなかった。「話せばわかる」とした首相を「問答無用」と射殺した軍人の理不尽な暴力も世間でいまだに恐ろしい話とされている。

「話し合いというより、あれはもっぱら、われらが尊敬する先生のお話を拝聴する会でした」

と磯田は存外あっさり打ち明けた。

「小見山先生は、お話がお上手だったのかしら」

澪子は自分が見た人物の評価を変えなくてはいけない気が一瞬したくらいだが、

「いや、小見山先生ではなく、東冀《あずまき》一《いち》先生のお話です」

磯田が当然のごとくにいった東冀一なる人物も何者なのかを全く知らない澪子は、

「東先生という方は、そんなに面白いお話をなさるんですの？」

あっけらかんとしたいい方で相手を苦笑させた。

「ええ、どうせ聞いたって、わたしなんかには理解できないようなお話なんでしょうけど。それでも少しは伺いたいわ。磯田さんが尊敬なさってる先生のお話なんですもの」

澪子は無意識のうちに磯田がここでどう答えるかを試していた。てんで取り合おうとしないのなら磯田もふつうの男だ。ところが真顔で首を捻《ひね》っているから、やはり相当な変わり者のようである。

「女の人にこういう話をするのは初めてなので、上手に伝えられる自信はありませんが」

と磯田は当惑の表情を隠さずに語りはじめた。

「ヨーロッパとアジアの東洋には、もともと考え方に大きな隔たりがあるのだと東先生はよくおっしゃいます。ヨーロッパは古代ギリシャより現代に至るまで、人間の理想をこの社会に実現すべく人類の進歩にこれ努めて来た。片や東洋においては、個々の人格が立派になれば自ずと理想的な社会は築けるとして、人格を鍛錬するための道徳を先祖からずっと持ち伝えてきました。われわれはそれが万代《ばんだい》不易《ふえき》であることを固く信じております」

ファゴットの音色にも似た穏やかな男の声が耳に心地よく、磯田は懸命にわかりやすく話をしようとしているのが伝わった。澪子はおよそ無縁な話を真面目くさって聞く自分がちょっとおかしくなるけれど、磯田のひたむきな誠意を感じて何とか理解しようと努めている。

「こうした東洋の保守的精神は必ずしも否定すべきものではない。そうはいっても今日の世界は西洋の急激な流れに乗せられて、今や東洋も哀しいかな加速した潮流の圏外に立つことが許されんのです」

世界の急激な流れは澪子も肌で実感できるところだ。この店の前の通りでもここ数年で米国製の乗用車が急増し、百貨店に行けばダイヤモンド・カットだのナチュラル・ウエスト・ラインだのと毎年のように流行服が変化して、ただただ目移りするばかりでどれもこれも欲しくなるけれど、澪子の小遣いでは一着だってままならない。敦子が月ぎめで購読している婦人雑誌には電気ストーブや電気アイロン、電気冷蔵機に自動電気洗濯機などの写真がずらりと並んで、甚だ便利そうな欧米モダンライフの夢を見せてくれる。とはいえ夢は夢でしかなく、却って自分たちの暮らしはまだまだ貧しいことを思い知らされるのだ。先月田舎から出て来た両親などは東京の暮らしですら何もかもが急すぎて、家の中でも外でも気持ちが落ち着かないとこぼしていた。

「今の世界は西洋の物質主義に席巻され、進歩的科学的精神とやらに振りまわされています。しかしそんなもんで人間ひとりひとりが果たして本当に幸せになれるんだろうか」

といわれたら澪子は絶対になれっこない気がしてきた。

「物質主義は人間の精神を冒し、冒された人間はどこまでも貪欲になるでしょう。貪欲な人間は自分の豊かな生活を追求することしか念頭になく、そうした恩恵に与れない人たちのことはきれいさっぱり忘れてしまうんですよ」

「本当に、耳が痛いわ……」

澪子は素直にそういって眉をひそめた。

「いや、僕は何もあなたを……」

責めるつもりはないというふうに、磯田はやさしい眼でこちらを見ていた。だがその視線の先はこちらを飛び越して、不幸な誰かさんの姿を見ているように思えた。愛しい恋人とよく似た女に偶然出会ってしまった男は、あくまでも真摯に喪われた女と向き合うようだった。

「物質では決して心の空隙《くうげき》は埋まらない。だから都会の人ほど公徳心を喪ってゆく。自分さえ良ければいいとして、田舎で泣いてる人たちのことは目に入らなくなる。この僕だって、正直こっちに来て随分と変わりましたよ。東先生のお話で、僕はそれを改めて指摘された気がしました」

磯田は急に力強い声を伸びやかに聞かせはじめた。

「これからの人間は、西洋の物質主義に毒されてちゃいかんのだ。今の世界には自らの内面を鍛えて自らを充実させる、東洋的精神こそが必要とされてるんです」

磯田が自らの痛みを以て説く東洋的精神主義は、耳が痛い話だからこそ澪子も肯けるところがあった。しかしながら、

「世界は今や西洋の物質主義と東洋の精神主義を融合させて一段と高みを目指す段階に突入した。こうした文明の衝突を経た統一は、古来ほとんど例外なしに戦争によってのみ達成された。むろん今後もそれは避けられない。かくして日本人は来るべき世界戦争にアジアの代表戦士として戦うのだと先生はおっしゃいます」

話がここまで飛躍すると、澪子もさすがについて行けないものを感じている。西洋と東洋を融合させるのに、なぜ世界戦争が必要なのか。果たしてその世界戦争とやらに日本は必ず勝利するといえるのだろうか。

去年の上海事変で日本は多数の犠牲を出して、戦死者の中には『肉弾三勇士』という

美名で木挽座の舞台に登場させられた人物もある一方で、大勢の遺族が今も痛ましい思いをしているに違いなかった。それなのに軍人たちはこの上にまだ西洋諸国と戦争を始めようというのだろうか。高揚感に包まれた磯田の顔を、澪子は今やふしぎなものを見るような眼で見ている。

「日本人は、なぜアジアの代表戦士として戦わなくてはならないんでしょう?」

この不協和音で、ファゴットの音色はいっそうの熱を帯び始めた。

「アジアで最古の歴史を誇るインドは今や英国の植民地。清朝滅亡後の支那も、頼りない南京政府に地方の軍閥や共産党が入り乱れて、いまだ確固たる政権が誕生しておりません。しかるに大日本帝国は明治に立憲君主国家を立派に築きあげて今日に至る。古代の氏族制度から平安朝の貴族文化、武士の封建制度を経て、社会の発展段階を順序よく踏まえた点もみごとに西洋諸国と合致し、さらに一方で万代不易の皇室が常に歴史の中心に置かれている点は極めてアジア的であります。すなわち東西双方の歴史的美点を備えた国は、世界広しといえどわが国のみで、他国の追随を許しません。従ってアジア諸国が西洋の植民地からの独立を勝ち得るためにも、大日本帝国が先頭に立って世界戦争に勝利するしかないのであります」

磯田は誇らしくいいきって珈琲をひと息に飲み干した。なぜそれほど日本の国ばかりが立派なように思えるのか、澪子はちょっとふしぎな気もするけれど、自らの存在を確信した男の顔は決して嫌ではなかった。こんな話題でなければ、もっともっとその顔を見ていたいほど磯田は今いい顔をしている。

「東先生の大切なお話を、わたくしにまでお聞かせ戴いて、本当に嬉しゅうございました」

というのも正直な気持ちだが、今日ここでこの相手と会った肝腎の目的を忘れるわけにはいかない。

「もうそろそろ、小見山先生のお話も伺いとう存じますわ」

「ああ、その件でしたら、一応、同僚にも上官にも少し訊いてみたんですが、征西会の大番頭という以外には、だれもよく存じあげないようなんですよ」

「大番頭？」

「要するに会の運営に辣腕《らつわん》を振るってらしたんです」

「会の運営って、どういうこと？」

「そりゃ資金の調達や何か……」

磯田はうっかり口が滑ったというような表情で口をつぐんでいる。

「その資金はどんなことに使うんですの？　まさか世界戦争にでも」

と澪子はわざとおかしそうに笑った。

「世界戦争の前に、われわれはなすべきことがまだあります」

磯田は存外まっすぐな眼をして答えた。

「それはどんなことかしら？」

澪子も今度はまっすぐな眼をして問うた。

「堕落して亡国に瀕した現在のわが国をまず正すことです。日本はこれから世界で戦うためにも、本来の国体に適《かな》った再建を図らねばなりません」

「本来の国体ってどういう意味なんでしょうか？」

「歴史を繙《ひもと》けば何処もその国に応じた国体が見えてきます。日本は太古の昔から君民一体、民はなべて天皇《みかど》の赤子《せきし》も同然。従って本来は日本国民の間に甚だしい上下関係や貧富の差による不平等があってはいかんのであります」

人びとの間に不平等があってはならないとする考え方は、澪子も大いに共鳴できた。澪子の恋人も劇団の仲間たちも、今は皆そのために闘っているのだ。

「でも昔の日本は貴族や武士がいて、大変な身分社会だったんじゃありませんこと？」

「だからこそ徳川に簒奪《さんだつ》された国体を取り戻すべく明治維新が起きました」

と磯田は力んでいう。

「天皇が国を治め、大臣が補弼《ほひつ》する形は日本古来の正当な国体であります。ところが今日の大臣は概ね民撰《みんせん》議員の中から誕生し、その民撰議員が概ね下劣な卑しい人間であるがゆえに、彼らが担いだ政府は腐りきって国体を危うくする。腐りきった政府はまた財閥と結託して貧富の差をますます広げようとするから、日本はこのまま行けば」

「いずれロシアのような革命も、起きかねませんわよね」

思いきって澪子が口を挟むと、磯田はハッと息を呑んだようにこちらを見つめた。

「そう。それが一番恐ろしいことなんです」

正直に、なぜですかと澪子は問うてみたかった。ロシア革命は貧しい民衆が立ち上がって皆を平等に暮らせるようにした、われわれが見習うべきお手本だという気持ちが築地小劇場に所属する澪子にはあるのだ。

「ロシア革命は皇帝を血祭りにあげた。そうした共産主義の過激な思想が今や欧州を席巻し、支那をも赤化しつつあります。赤化した支那とロシアがわが国に攻め込んで来れば、国体の要である天皇陛下のお命が危うくなる。陛下を共産主義の魔手から守ること、すなわち防共もまたわれわれ軍人の大きな使命なのであります」

貧富の差を憤る姿勢においては合致しながらも、澪子の仲間たちが磯田と根本的に相容《い》れないことは歴然としていた。澪子は一瞬それがふしぎなことのようにも思えたが、今ここで互いが正直に腹を割れば和解できるほどに単純な問題でないのもわかっている。

「そもそも民撰議員が今日のように堕落したのは、彼らの存在が日本の国体に合致しない証拠なんです。腐りきった現今の政府はもはや国家の藩屏《はんぺい》に非《あら》ず、君側《くんそく》の奸《かん》にも等しい。陛下の大《おお》御心《みこころ》を煩わせ、日本を亡国へと導く彼らを成敗することが、われわれの進むべき道なのであります」

　磯田の口から迸った熱き声に澪子はしばし陶然となるも、すぐに酔いから醒めて大変なことを聞いてしまった気がした。やはり治郎が話したように、磯田は征西会と何らかの目的を共有し、時には理不尽な暴力をも辞さない恐ろしい軍人なのではないか。そしてあの日の木挽座で小見山と会ったのも、果たして単なる偶然の出会いだったのかどうか……。

　この男とはもう会うべきではない、と澪子の理性は警鐘を鳴らしている。にもかかわらず、別れ際の唇は自らの意に反してこんなふうに動いた。

「もし小見山さんのことでまた何かわかったら、どうぞご連絡をお願いします」


　書斎の襖がかすかに開いて、か細い声が忍び込んだ。

「治郎にいさん、いいかしら」

　今宵はやり過ごしたい気持ちだが、澪子の声が何やら切迫して聞こえたせいか、妙に堅苦しい返事になった。

「ああ、入り給え」

　よそ行きのワンピースを着替えもせずに入って来ると、澪子はぺたりと畳に座り込んでふうわりとスカートの裾を広げている。壁際には本棚がびっしりと並んで、畳の上も

書類が散乱し、居場所はほんのわずかだから、

「茶の間で話さんかね」

と促しても相手は立ち上がろうとしなかった。

「今日はどうかなさったの？」

こっちがそう訊いてやりたいくらいの思いつめた表情だが、

「コロンバンの前でバッタリ治郎にいさんとお会いした時、お顔の色が少し変だったから、ずっと気になってたのよ。またあの警部さんに、嫌なことを頼まれたんじゃないかって」

「ああ、心配かけてすまなかったが、別にそういう話じゃなかったんだよ」

「なら良かったわ。まるで逃げだすみたいだったから、どうしたのかと思って」

娘の勘はやはり侮れない。たしかにあの時は一刻も早く立ち去って、気持ちの整理をつけたかったのだ。もし自分の勘も外れていないのなら、治郎は次になすべきことを考えなくてはならない。

だが、こうして書斎に閉じこもっていても打つ手をすぐには思いつけず、何もかもが単なる妄想のような気がして来て自らの神経を疑いたくなった。

「それよりも澪ちゃんは、結局あの男と結婚する気になったのかね」

ずっけりと訊いたら娘はみるみる顔を赧らめ、

「毛頭そんなつもりはありません」

きっぱりした声を聞かせた。

「そういえば敦子が、澪ちゃんは僕のためにあの男と会うような話をしてたが、それは一体どういうことなんだね？」

澪子はようやく少し落ち着いたような表情を見せた。

「小見山正憲という人のことを、ちょっと調べてもらったんです。何かのお役に立つんじゃないかと思って。磯田さんご自身はよくご存じないようだったから、周りの方に訊いてもらって」

その言葉は本当だとしても、治郎のためというよりは自らの好奇心に従っただけではないのか。あるいは無意識に磯田と会う口実にしたのだろう。治郎はあの男が澪子を惹きつけた理由のほうがむしろ知りたいくらいだった。

「で、何かわかったのかね？」

「そんなにはわからなかったんだけど……彼は征西会を経営面で支えて、資金の調達をしてたんだそうよ」

「資金の調達？　何のための」

澪子はいくらか動揺したような顔だが、予想された質問のせいか声は意外と落ち着いたものだ。

「何のための資金かまでは訊かなかったわ。訊いてもいわないでしょうしね。ただ磯田さんたちも、あの男がどんなふうにして資金を調達してたかまでは、知らなかったんじゃないのかしら」

澪子は磯田と小見山の関わりをある程度見抜いていそうだった。さっき部屋に入って来た時の思いつめた表情がそれを物語っているような気もした。

「まあ、どんなことであれ、資金集めはきれい事じゃ済まんからねえ」

と治郎はいいつつ、ふいにまた瞼を横切ったのは銀縁眼鏡をかけたあの男だ。扇屋の番頭伊村は目下襲名披露の資金調達に大わらわだろう。何しろ小見山という後援者を急に喪ったのだから。

「あたしも木挽座でちらっと見かけただけの人を悪くいうのは何なんだけど、あんまりまともなことをしてる人のようには見えなかったわ。だからお金の面倒をみてたんだと聞いて、妙に納得したのよ。同じ征西会でも東冀一先生のほうはもっとまともな人相の方なんじゃないのかしら」

「ほう。澪ちゃんは、東冀一という人物を知ってたんだね」

驚きを隠せない治郎の声で、澪子は面映ゆげな顔をしている。

「今日たまたま磯田さんから少し伺っただけよ」

知る人ぞ知る卓越した思想家としての東冀一が実際どんな考え方をしているのか治郎

も詳しくは知らなかった。ただ右翼結社征西会の総師と知られる人物を、澪子がわりあい好意的にいうのでいささかびっくりしたのである。

「で、どんな話を聞いたんだね？」

「ちょっと耳が痛いお話だったわ」

「耳が痛い話？」

「あたしなんて、何だかんだいっても親のおかげでこうして東京に出て来られたんだし。治郎にいさんたちのお世話で好き勝手をさせてもらって。本当にいい気なもんだと思うわ。今の日本でこんな贅沢《ぜいたく》な生き方ができるのはほんのひと握り。まだまだ恵まれない人たちのほうが断然多いのよ。そしてそういう人たちのことを真剣に考えている軍人さんたちもいるんだわ……」

治郎は今ようやく澪子が磯田遼一という男に惹かれた理由にある程度の見当がついた。澪子の恋人は、木挽座で下積みの役者たちの待遇改善を図って労働組合を結成しようとし、沢之丞から「アカにかぶれた」と非難され、破門までされた。

だが沢之丞は一方で「若い者は皆あいつのようでなくちゃいけないよ」と評しもしたのだ。「若いうちから自分さえよけりゃいいなんて考えるやつは、ろくな死に方をしやしないさ」といいながら。

要するに澪子は若者らしい正義感の持ち主に惚れっぽい、今なら恋しやすい性格とでもいうのだろうか。社会の理想を実現させせんとする心意気のようなものがまず娘心を昂《たか》ぶらせて、好意につながるようだった。それは二十歳を超してもふらふらしている自分にどこか引け目があるせいなのかもしれない。

ただ身分や貧富の差はもとより、絶対君主の存在をも断固否定する社会主義思想と、帝国陸軍軍人の思考が相容れるわけはなかった。磯田ら青年将校は天皇陛下を神輿に担いで国家組織の上下関係を崩そうとしているに過ぎない、と治郎は臆断する。同じく平等を唱えるように見えて両者は根本的に百八十度違う思想であるにもかかわらず、いつの間にか澪子のような娘が軍人に共鳴する時代になっていたとは……。

治郎は十六歳で日露戦争を知り、当時は軍人に対する憧れがあったものの、

「僕が澪ちゃんくらいの年頃にはもう、軍人が電車の中で腰のサーベルをガチャつかせたりしたら乗客が露骨に顔をしかめたもんさ。みんな職業軍人をどこか小バカにしてるような雰囲気だったんだがねえ」

「今はみんな本気で恐れ入ってるんじゃないかしら。何しろ彼らは命を張って日本の国を守ろうとしてくれてるんだから……そんなことより、さあ、あたしのほうはちゃんと話したわ。今度は治郎にいさんの番よ。あの警部さんと何のお話だったのかしら」

「澪ちゃんには、聞かせたくなかったんだが……」

「そうでしょうとも。知らぬが仏っていうもんね。けど、あそこで会ったが百年目とも

いいたいわ」

わりあい軽い調子でからんだ相手に、治郎は重く沈んだ声を聞かせた。

「また人がひとり死んだんだよ」

澪子は一瞬にして息を呑んだように顔をこわばらせる。

「やっぱり、また、あの事件に関係するのよね」

「ああ、警察はそう見てる」

「木挽座の人なの？」

「そう。今度は小道具方だ」

「何だって裏方ばかりが……」

その声はひどく感傷的だった。澪子は自身も一応は舞台女優のつもりだから、裏方の犠牲が相次ぐ事態の衝撃も大きいようである。治郎もまた今度ばかりは生半可なショックでなかったが、今そのことを口にして、娘をますます動揺させるわけにはいかなかった。ただし、

「一体どういう理由でなの？」

と問い詰められたら何も答えないでは済まされない。

「二人ともあの事件を手伝って始末されたように、警察は見てるんだ」

「芝居の裏方をしてる人たちが人殺しの手伝いをするなんて本当かしら。あたしには到

底考えられないんだけど」

「ああ、それは僕も同感さ。だから解けないんだよ、この事件の謎がね」

これは治郎の正直な気持ちだった。

13 化かし合い

治郎は今いくつもの、どうしても確かめておきたいことを抱えていた。一方では四世宇源次の評伝を書こうとしてさまざまな疑問が生まれ、一方では三十間堀で死骸が見つかった男女の事件に妙にひっかかってしまったせいである。それゆえに今日もまた木挽座を訪れて、

「あら、やだ、先生、こんな恰好でどうしましょう」

と相手が大げさに慌てふためくものだから、

「いや、済まない。沢蔵さん。どうやら驚かせたみたいだねえ」

「そりゃ桜木先生が、まさかこんなとこにまで押しかけて来られるなんて思いませんもの」

ここは楽屋の三階になる大部屋で、漆喰《しっくい》で塗られた壁に沿わせるようにして小ぶりの鏡台がずらずらと並んでいた。震災後に新装改築した木挽座でも、ここは以前と同様、

天井から裸電球をいくつか垂らしただけの薄暗い空間だ。澱んだ空気は脂粉や衣裳の汗、洗濯物や飲食の残り香が混じり合って饐《す》えた臭いと化していた。衣紋《えもん》掛けにぶら下がった長襦袢や床にとぐろを巻いた腰紐はいずれも古びてくすんだ色をしている。

浴衣を寛《くつろ》げて鏡台の前に座った男たちの顔も衣裳と同様に冴えない色をしていた。ただこちらを見て愛想よく会釈する顔もあり、わざと見ないようにしている顔も自意識だけは強く窺えて、もしこちらから声をかけたらきっと愛嬌たっぷりの人懐っこい笑顔を見せるに違いない、という気にさせるところはやっぱり役者以外の何ものでもなかった。

「今月は旦那がお休みでも、沢蔵さんは出てたんだね」

「そりゃ旦那はあのお歳ですから、舞台にお立ちになるのはせいぜい年の半分ほど。それに付き合ってたんじゃ、あたしらはおまんまの喰いあげですよ」

「ごもっとも。それで今日はもう千穐楽だけど、このあと何か予定があるかい？」

「いいえ。楽日の予定なんて立派なもんが土台あたしらなんぞに……」

「じゃ、今晩うちで一緒に打ち上げをしようじゃないか」

沢蔵は一瞬ぽかんとして、あとは目を白黒させっぱなしのようだから、治郎は耳もとでそっと付け加えるのを忘れずに手描きの地図を手渡した。

「実は宇源次襲名の件で、お守役の君にちょっと話したいことがあるんだよ」

築地の自宅は何しろ木挽座と近いので役者や劇場関係者を招きやすいのは確かである。

妻も有名な役者が現れるといそいそ出迎えたりもするが、今宵の客人は愛想よく出迎えまではしても、客間にずっと居座り続けようとはしなかった。客人のほうもまた妻を無視して自ら治郎にお酌するくらいだから、あとはお任せとばかりに引っ込んでしまった。

いくら女形でも素顔は厳ついご面相の中年男に嬌態《しな》を作って酌されるのは余り気分のいいものでもないが、治郎はまず最初にこの相手から何かと訊いておきたかったのだ。

ところが「藤太郎坊ちゃんの襲名の件でお話って、一体どういうことざんしょ？」と改まって問われたら、しばし返答に窮せざるを得ない。

「いや、なに……襲名披露の演目《だしもん》はもう決まったのかい？」

「はい。これはまだ内緒なんですが、うちの旦那は『太十《たいじゅう》』の初菊《はつぎく》を演《や》らせたらどうかって、会社にご相談を」

「ああ、なるほど。そりゃいいねえ」

治郎も素直に肯ける話であった。「太十」こと『絵本太功記《えほんたいこうき》』十段目は明智光秀をモデルにした一族の芝居で、初菊は光秀の息子の許嫁。藤太郎の実年齢とほぼ同じ年頃の役だし、周りには光秀をはじめ主要人物が一堂に会する場面だけに、襲名披露らしい豪華な配役が期待される。

「これは何も襲名披露でというわけじゃないんだがねえ。藤太郎が宇源次になったら僕は是非ともやってほしい作品があるんだよ」

「はい、そりゃ何でござんしょう？」

「亡くなった宇源次が、やまびこ会で上演した『半蔀』さ」

あきらかに驚いた表情の相手には言葉を補う必要があった。

「むろんすぐに上演してくれというんじゃない。まだまだ先の話だろうが、藤太郎が二十五を過ぎたら、何とかあれを蘇らせてほしいんだよ。故人が上演した舞踊で、僕はあれが一番気に入ってたんでねえ」

といいつつ治郎はじっと相手の顔色を窺った。そこには虚を衝かれたような戸惑いの一方で、満足げな表情も浮かんでいる。

「先生からそんなふうにおっしゃって戴くと、草葉の陰で若旦那もどんなにか。何せ若旦那はあれが……」

最後の舞台となった話は既に三上から聞いている。

「沢蔵さんは、あの舞台で後見を務めてたそうじゃないか。振付も書き留めてたと聞いたんで、藤太郎にしっかりとフリ写しをお願いしたいと思ってね」

「先生は、そんな話を一体どっから……」

眼を大きく見開いた相手に向かって治郎はあっさりと告げた。

「衣裳方の三上秀二君だよ」

「まあ、秀ちゃんたら余計なことを、何だって先生にまで」

といいながらも相手はまんざらでもなさそうな顔つきだ。

「秀ちゃん秀ちゃんと呼んで、沢蔵さんはえらくごひいきのようだが、彼も君のことを随分と信頼してるようだったねえ。こりゃ二人ともお安くないなあ」

と軽く冷やかしたところ、

「とんでもない。あの子はあたしなんかにゃとても手が届く子じゃありませんよ」

存外まじめな重い口調で退けるのは少し妙な感じがした。手が届かないとはどういう意味なのかちょっと気にはなるが、治郎は今そんなことに取り合っている場合ではなかった。

「三上君からは他にもいろいろと聞いてるよ。あなたが僕に隠してたこともね」

沢蔵は思った以上に動揺した表情でおずおずという。

「先生は、秀ちゃんから、ほかに何をお聞きになったんですの……」

「藤太郎の母親のことや何かさ。その話は前に燕寿郎さんからも少し聞いてたんだがね」

「西扇屋さんからは、一体どんなお話を」

恐る恐る探りを入れてくるのは沢蔵自身、ある程度事情を知っているからに相違ない。

「藤太郎の母親は梅香さんという、島之内の名妓だったそうじゃないか。当然あなたも知ってたんでしょ？」

「ええ、まあ、少しは」

と相手はうつむいて目が合うのを避けようとしている。

「梅香さんは照世美という芸妓の妹分だったらしいね」

「はあ、そうなんですか。そこまではちょっと……」

と首をかしげてこちらを訝《いぶか》しげに見た沢蔵の眼には、まるで嘘がなかった。

だれが何を知って何を知らないのかは事件を読み解く重要な鍵だ。治郎は自力で今その鍵を見つけようとしていた。そのためには時に相手を化かす必要もあるが、今まで相手にさんざん化かされてもいたのだから、これはおあいこといったところか。

「宇源次が亡くなった時の話も聞いたよ。大量の血を吐いたんだって」

「血……ああ、そうなんですよ。あたしはその場にいなかったんですが、あとから知ってびっくり致しました。本当にお気の毒でした」

その声は少しわざとらしい調子に聞こえないでもなかった。

「きっと深酒が祟《たた》ったんだろうなあ」

「そういうことで……」

「荻野沢之丞の跡継ぎともなれば、精神的な重圧は相当なもんだったろうしねえ」

「ええ、何しろ旦那があああですから、若旦那もそりゃ負けてはおられませんでしたよ」

「しかし若手から中堅にかけての女形では、人気にしろ実力にしろ断然トップを切ってただろうに」

「そりゃ国内ではもう大旦那以外は無敵だとご本人も思ってらしたんでしょうねえ。支那から梅蘭芳《メイランファン》が来て大騒ぎになった時は、大和《やまと》男児があんな野郎に負けてたまるもんかと、珍しくはっきり口に出して修羅を燃やしてらっしゃいましたよ」

梅蘭芳は京劇の名女形として来日し、沢之丞の昔を彷彿させる絶世の美女を演じて大評判になった。要は国内における宇源次のライバルは父親しかいなかったということらしい。三上からも聞いた負けずぎらいの性格は、むろん芸道でより強烈鮮明に顕《あらわ》れたことだろう。いつぞや治郎は故人が楽屋で珍しく独り佇んでいた姿を見かけたが、その時の何かに取り憑かれたような眼の輝きが尋常でなく怖いくらいだった気がして、ああ、それで生前は余りこっちから接近しようとしなかったわけだと今にして思い当たる。

「考えたらやまびこ会も、何とか親父さんに一矢を報いたい気持ちで始めたのかもしれんなあ。あれで上演した新作舞踊は、たしかに親父さんの芸を凌駕《りょうが》する域に達した作品もあったことを僕は認めるよ。『半蔀』なんか本当に凄かった。しかし年に一度は必ず新たな創作舞踊を手がけるとなれば、精神的に大変だったろうからねえ。ついつい酒に逃げることにもなったんだろう」

「はい。毎度産みの苦しみとでもいうんでしょうか、まず演目《だしもの》を決めるところから始まって、振付にも何かと悩んでお苦しみでした」

この声には痛々しいほどの真実味がこもっていた。

「沢之丞もさぞかし心配してたんだろうねえ」

「いえ、旦那は、実はずっと何もご存じなくて……それだけに一番お気の毒でした。大暴れなさる若旦那を羽交い締めになさったはずみで、頭を思いっきり強く床柱にぶつけて卒倒なすったようなこともございましたし……」

　その話が真実だとしたら、かなりひどい酒乱状態だったのだろう。亡くなる直前の宇源次が精神的に相当参っていたことは想像がついた。

「どこかに入院させなかったのかい？」

「当時の若旦那の人気を考えますと、やっぱり外聞を憚らねばなりませんで。大磯《おおいそ》の別荘へお医者様にお越しを願って」

「どこの医者だね？」

「それは……もう忘れました」

　相手は即座に突っぱねて、いかにも情が深そうな厚みのある唇をきゅっと引き結んでみせる。

「まあ、哀しい過去はお互い想い出すのも辛いもんさ」

「若旦那が生きてらっしゃれば、今年はもう三十五、いえ、まだ三十五歳なんですよ。この世界じゃまだまだこれからって時に。ああ、親が偉すぎると子は早死にだっていうのは、本当なんですねえ……」

と初老に足がかかった女形は感慨深い声を洩らした。治郎はふと以前に沢之丞から「ああ見えて沢蔵も一時は小芝居で売れてた口なんだよ」と聞かされたのを想い出す。今は達者な脇役でも小芝居でスタア扱いされた過去を持つだけに、芸の世界の無常と儚さを熟知し、絶えずこの世界に対して悲喜交々《こもごも》の感慨が湧きあがるのだろう。

治郎自身もまた幼い頃からこの世界を見ていて、主役であれ端役であれ一人一人の役者にそれなりの短いようで長い人生があり、ふだんのちょっとした言葉やしぐさにもさまざまな感情が渦巻くのを知らないわけではなかった。芸の世界は人間社会の縮図で、優勝劣敗の掟《おきて》が顕著に現れる一方、運不運の偶然性も強く作用するのだった。

「昔話はこれくらいにして将来の話をしようじゃないか。秋の襲名ではご本人より周りがもっと大変だろうねえ」

「あたしなんかは別にこれといってたいしたお手伝いもできませんが、お盆が過ぎたら藤太郎坊ちゃんとご一緒に、ごひいき筋へのご挨拶回りは欠かせませんので」

襲名披露に先立ち、定紋入りの手拭いや扇子などの記念品を配り物にして関係者やごひいき筋に挨拶して回る慣習もまた、当事者には重い出費となろう。

「襲名は何かと物入りだからねえ。番頭の、たしか伊村君とかいったっけ、彼も今頃はきっと頭を抱えてるんだろうなあ」

「まあ、あの人なら何とかなさるでしょうよ。旦那もそれを見込んで呼び戻しなすったんだから」

「そういえば、宇源次が亡くなってから、彼は一体どこで何をしてたんだね？」

「さあ、亀鶴興行の大阪本社にいたとか聞きましたけど。あの人なら別にどこだって仕事が務まるだろうに、すんなりと扇屋に舞い戻ってくれたのは有り難い限りですよ。全くもって奇特な人としかいいようがありませんねえ」

いささか皮肉めいた声には、伊村の存在が沢蔵の目にも謎めいて映るらしいのを物語っていた。果たして亡き宇源次とはどのような関係だったのか、それは直に本人の口から聞くことであろう。

「彼は今どこで仕事をしてるんだね？」

「襲名の準備事務所は旦那のご自宅に置いたようですよ。あそこは空いた部屋が沢山あるもんで」

沢之丞は昔でいう千両役者の名に恥じない豪華な大邸宅を代々木に構えていた。敷地三千坪というそこは関係者の間で代々木御殿と呼ばれ、むろん事務所をいくつも置けるだけの十分な広さがあるし、公演のない時期は主《あるじ》が伊香保や大磯の別荘で過ごして留守がちのため、気楽に使える利点もあった。

「僕は伊村君と……そうだ、先月の楽日間近に初めて口をきいたんだ。ちょうど小見山某《なにがし》が楽屋を訪ねてきた時で、考えてみたら僕はあのあと殺された男とすれ違ったんだよな」

治郎はさりげなくそういいながら再び相手の顔色をじいっと窺った。

「ああ、縁起でもない。つるかめ、つるかめ」

と沢蔵は大げさに頭を振り立てた。

「そういえば木挽座はこのところ御難続きのようだねえ。たしか杉田とかいう大道具方が殺されて、小道具方のだれだかも自殺したんじゃなかったっけ?」

「ああ、もう、先生、やめてくださいよ。想い出したくもないんだから。杉田は博奕の借金がもとで、小道具の百瀬に殺されたって話じゃありませんか。百瀬は昔っから妙に偉そうで虫の好かないやつだったけど、さすがに人殺しまでするような男とは思いませんでしたねえ。まあ自殺したんだから、自分でもまさかと思うようなことをやっちゃったんでしょうけど」

今の沢蔵にはわざとらしい口調が微塵《みじん》もなかった。しかし、

「杉田は以前うちとも親しかったんで、何だか本当に可哀想でしてねえ」

との発言にはひっかかった。

「杉田は扇屋と何か関係があったのかい?」

「嫌ですねえ、先生。先生がさっきおっしゃってた『半蔀』でツケを打ってたじゃあり

ませんか」

といわれて治郎はやっと想い出す始末だ。たしかに『半蔀』のクライマックスで「同じ命の——」のフシが繰り返されて宇源次が手踊りで旋回した際、トンと踏み鳴らす足音とツケの音の強弱が微妙な間を生んで素晴らしい効果音となっていたのである。どうやら杉田は大柄な見かけに似合わず意外と繊細な神経の持ち主だったので、宇源次が自主公演で専属のツケ打ちに指名したということのようである。

「話は戻るが、死んだ小見山氏は昔から沢之丞のごひいきだったのかね？」

「いいえ、先生。旦那はあれまでほとんどご存じなかった方なんですよ」

「それにしては、たいそうな出迎えようだったじゃないか」

部屋の前にずらりと並んだ門弟が治郎の存在を全く無視して、背後にいた男女の姿に熱い視線を注いでいたのが忘れられない。

「若旦那が何かとお世話になってた方だもんで、あたしらは懇《ねんご》ろにお出迎えをしたばかりでして」

「あの日に彼が来ることは最初からわかってたのかい？」

またさりげない調子で訊いて、治郎は円いレンズの奥の眼を注意深く光らせている。

「ええ、あの日にいらっしゃるのは何となくわかってましたねえ。誰かに聞いてとかいう、はっきりした記憶はないんですけど、楽屋口から使いが来ても別にそんなに慌てませんでしたしねえ」

沢蔵は空とぼけている様子は全然なく、

「あれはちょうど沢之丞が化粧に取りかかる時間だった。つまり楽屋を訪ねるには絶好の時間を、日にちも指定して誰かが先方に伝えたんだろう」

と治郎が決めつけたら、がぜん反論に打って出た。

「先生、いくら何でも役者がごひいき様を日時を決めて楽屋へ呼びつけるなんて真似は、とても畏れ多くて出来るこっちゃございませんよ。大概は演目の順番や何かで適当に見計らってお越しになるもんなんです」

治郎は返す言葉がなかった。だが被害者は少なくとも木挽座にあの日現れることだけは知られている必要があったのだ。あの日に来ることが、みんなに何となく知られていた人物は、みんなに何となく殺される可能性があった、というような話は警察に通るはずもなかった。


省線の代々木駅、千駄ヶ谷駅、原宿駅に囲まれた一画は古くからのお屋敷町であり、十年前の大震災でも無傷であった。この界隈でひときわ目を惹くのは三角屋根と数ある仏蘭西《フランス》窓で知られた、意外にも洋風建築の徳川公爵邸だろうか。敷地一万坪を超すそれとはさすがに比較にならないまでも、六代目荻野沢之丞の代々木御殿も庶民の目には宏壮な邸宅であることに変わりなく、治郎は何しろ敷地がわが家の十倍以上だという事実で既に気持ちが負けていた。

鳩森八幡《はとのもりはちまん》に向かう緩やかな坂道の途中にその瓦屋根付きの門を見て、これまた腰が引けたように立ち止まる。鎖《とざ》された門扉《もんぴ》がちょうど巧い具合に開き始めた。中から大型のシボレーがゆるゆると出て来たのですぐ右手に回り込んだら、後部座席の車窓から身を乗りだして、

「先生、桜木先生」

と呼びかけるのは外車に似合わぬ瀟洒《しようしや》な和服姿の少年だ。まさかこんな形で鉢合わせをするとは予想しなかったが、この少年がここから出てくるのはごく当然なことなのだった。

「藤太郎君はこれからお出かけかい？」

「はい、先生。赤坂のお師匠《しよ》さんとこへ長唄のお稽古に。ちょっと遅れちまいそうなんで運転手に頼んだんですけど、お祖父さんの留守に車を使ったのがバレたら後で大目玉だから、きっと内緒にしてくださいましね」

はにかんだ笑顔には、逆に叱られるのを待っているのではないかと思えるような妖しさが感じられた。幼い少年の無邪気さと臈長《ろうた》けた美女の媚態を兼ね備えたような表情に、治郎はまたしてもつい見とれてしまい、その間に車は再び走りだして車窓から伸びた白

い手がひらひらと舞いながら遠ざかるのを見送ることになった。

門扉が閉じられる寸前に治郎は我に返って中へ滑り込み、まず竹箒《たけぼうき》を手にした老人に用件を告げて、常緑の木立と芝生が広がる庭園に足を運んだ。

次々と目に飛び込む黒松、白樫、羅漢槙《らかんまき》はいずれもきれいに剪定《せんてい》がなされ、新緑が入り混じって若返ったように見えるのは扇屋一門がこの秋に控える宇源次襲名を想起させた。常磐木《ときわぎ》の合間を縫って今は縮れた青葉を茂らす梅の古木も、来春にはまた一段と美しく咲き誇って人目を惹きつけるに違いなかった。下の芝生はどこもかも手入れがきちんと行き届いており、泉水や飛石の廻《めぐ》らし方、四阿《あずまや》の向き、春日灯籠や蹲《つくばい》の配置に至るまで微塵も隙がない庭の設えは、主の厳しい采配を彷彿させた。

庭の奥のほうにはこけら葺《ぶ》きにした数寄屋《すきや》のほかに、茅葺《かやぶ》きの民家風離れも見えて、三千坪の敷地には一体どれだけの家屋があるのかも見通せない。が、民家風の離れを通り過ぎると、ようやく大きな入母屋屋根が姿を現した。片側で十二、三間はありそうな書院造りの平屋建てが四つ目垣に囲まれて、その向こうに別棟となる二階屋の切妻屋根が聳え立つ。

母屋の玄関は開け放たれて、碁石のような黒石を浮き立たせた洗い出しの三和土がきれいに水打ちをされていた。式台の隅に置かれた銅鑼《どら》を打ち鳴らすと、すぐに女中が現れて中へと案内した。前にこの家の主を訪ねた際は、長い廊下を延々と歩かされた覚えがあるが、今日訪ねる相手は玄関にほど近い応接間の横にある、たしか前は電話室だったはずの小部屋から飛んで出て来て、尋常な挨拶をした。

「桜木先生、お迎えもせずにどうも失礼を致しました」

「迎えも何も、急に思い立って突然押しかけた僕のほうこそ、君に謝らなくちゃならん」

「正直驚きました。一体どういう風の吹き回しかと」

伊村は意外にも洋服でなく打ち寛いだ久留米絣《くるめがすり》の着流しで、七三分けした頭髪にも油をつけておらず、こうして見ると銀行員のような計算高い仕事人という印象は薄い。むしろ骨董《こつとう》道楽をしていそうな遊び人の若旦那といった風情である。

「いや、実は僕なりに藤太郎君を応援してやりたくなった、といったらいいのかなあ。いくら父親でも、あれだけの人気で、おまけに夭折して世間に惜しまれた役者の名跡を襲《つ》ぐのは、実に大変だろうと思ってね」

「先生からそうおっしゃって戴くなんて、坊ちゃんは本当に幸せもんですねえ」

と相手は素直にいうようだった。

「ただ応援するといっても、しがない私学教員の身では、残念ながら金を貢いでやるわけにはいかん。君には済まないが」

治郎がそういうと相手はたちまち気色ばんで鼻孔をふくらませた。

「先生、何をおっしゃいます。わたくしはたしかに扇屋の番頭で、今は襲名費用の計算ばかりしておるような男でございますが、何も先生にまで」

「いや、悪かった。君ならわかってくれそうだからいうが、僕ができるようなことで何か手伝えるとしたら、やっぱり書くことしかなさそうなんでねえ。この際に亡くなった宇源次の功績を頌《たた》えるような一文をまとめたいと思ったんだよ」

「ああ、それは……」

この声にもまた意外なほど素直な歓びが溢れていた。

「秋の襲名までに上梓《じょうし》するのは無理としても、藤太郎が宇源次になった暁に、その名跡がいかに値打ちのあるものか、改めて世間に知らせる役には立つんじゃないかと思うんだ。藤太郎君にも読んでほしいしね」

「先生、全くその通りです。早死にした父親がいかに大変な役者で、優れた芸術家でもあったかは、坊ちゃん自身が一番よく知ってなくちゃならんのですよ」

細面で怜悧な印象の風貌とはかけ離れた熱っぽい声が、治郎を少なからず驚かせていた。

「そんなわけで、君からも四代目宇源次の話を聞かせてもらいたくてねえ。君は襲名でこれからますます忙しくなるだろうから、今のうちに訊いておこうと思い立ったんだよ」

「ああ、そういうことでしたら、たいしたお話はできませんが……ここで立ち話というわけにも参りませんので」

伊村は治郎を応接間に招じ入れて、女中にお茶を頼んだ。ソファーの前に低い長卓を置き、壁際に寄せた黒檀棚《こくたんだな》にある青白磁の大皿は宋《そう》代の景徳鎮《けいとくちん》といったところか。その横には暗い色調の花瓶が見える。洋風のモダンな形なのに水墨画のような趣きのある花瓶は、たしか前にもどこかで見たガレの作品とおぼしい。和式住居に設けられたこの洋室にしっくり溶け込んでいる。窓を大きめにして意外と開放感もあるこの部屋は伊村も実に居心地が良さそうで、ソファーにゆっくり腰をおろしてこちらに会釈した。

「まずは、君が宇源次の番頭になった経緯《いきさつ》を聞かせてほしいんだがね」

これは治郎が以前からずっと気にかかっていたことでもあった。

「はい。僕が彼の舞台を初めて観たのは慶應の予科の頃で……」

と伊村は懐かしむように目を細めて話しだした。

「当時は劇場《こや》に日参したくらいでして」

「ほう……なるほどねえ」

要は才能ある若手役者の魅力に参って、人生を棒に振ったインテリ青年のなれの果て、といったところだろうか。伊村は顔色がよくないものの、涼しげに目鼻立ちの整った上品な人相をしている。ただ年齢のわりに頰の肉が頽《くず》れ皮膚もたるんで見えるのは、いわば芝居の毒に中《あた》ったせいとおぼしい。実際にはこの世界特有の不規則且つふしだらな生活の余波でもあろう。

「役者びいきの大学生は別に珍しくもないが、君のように役者の番頭にまでなろうってのは……」

「たしかに当時はそこそこ裕福な学生の身分でしたが、欧州大戦後の不景気やら震災不況が重なって、ほどなく父の会社は倒産し、僕も苦学はできずにさっさと大学をやめた口でして。一時は世を拗《す》ねたように流れ歩いて、命の捨て所を探しあぐねていた折も折、たまたま飛び込んだ丸ノ内の邦楽座で彼の『娘道成寺《むすめどうじょうじ》』を観たんですよ。

ああ、俺はもうすっかり堕落しちまったが、この間に彼はこれだけの精進を重ねてたんだと思ったら、矢も盾もたまらず楽屋に押しかけてました」

お茶を一口すすって伊村は瞼を閉じた。治郎はその顔に刻まれた年輪を読み取ろうとしている。

「その時楽屋で何を話したか、もうはっきりした記憶はありませんが、何だか妙に悔しかったせいか、やたらとケチをつけたような気がします。手踊りの件《くだり》はもっとテンポよく弾んだほうがいいとか、『恋の手習い』のクドキはむしろ半間《はんま》遅らし気味にしたほうがよかろうとか、生意気な学生気分に戻ったように、利いたふうな口をきいて、いいたい放題をやらかしました。行きずりの客からいきなりそんな文句をつけられた彼は、果たしてどんな心境になったものやら、ふしぎに黙って最後まで聞いてくれました。あげく明日は自分が招待するから、また必ず観に来てくれといったのにはびっくりしました。おまけに今日の注文通りに舞って見せるといったんで、こっちはもうわなわな慄《ふる》えっぱなしですよ」

これにはさすがに治郎も驚いた。宇源次の負けん気が手に取るようにわかる話だが、たぶん伊村の指摘も的確だったのだろう。

「で、次の日も観たのかい？」

「拝見して、ぞくぞくしました。たしかに彼はこっちの注文通りを実践していて、観客冥利に尽きるとはまさにこのことでした。お礼をいうつもりで再び楽屋に行ったら、いつの間にか、もう何でもいいからあなたのお手伝いをさせてくれと頼み込んでたんですよ。

幸い当時の番頭は大旦那とのかけ持ちで、若旦那も独立するにはちょうどいい時期だったから、僕が番頭を務めるようになったという次第です」

伊村はインテリめいた風貌がこの世界では奇異に感じさせるが、話を聞けば宇源次の番頭になるべくしてなったような男ともいえそうだ。役者の番頭は、こんなふうに主人にぞっこん惚れ込むような気質でなければ、なかなか務まらない職業だろう。

世の中にはさまざまな人生があるものだった。人生は概ね平凡な悲劇で終わり、時には悪い冗談になる、といったのは誰だったか。案外と治郎がこの世界で自ら見つけた格言だったりするのかもしれないが、役者に増して数奇な彩りで人生を染め分けているのは、芝居にぞっこん惚れ込んで、あるいは優れた役者に眩惑《げんわく》されたようにして、この世界に迷い込んだ人びとであろう。

思えば無惨に殺された大道具方の杉田や小道具方の百瀬にも、この世界に入り込んだきっかけやそれなりの過去があったのだろうか……。

「君がそんなに惚れ込んで番頭になったんなら、宇源次が早く亡くなって、さぞかし応えただろうねえ」

治郎が湿っぽい声を聞かせると、相手は瞼を閉じたまま黙して首肯するのみだ。

「臨終には、立ち会ったのかい？」

伊村はぱっと目を見開いて大きく頭《かぶり》を振った。

「間に合いませんでした。何せ急でしたんで」

「なら彼が血を吐いた姿は見てないんだね」

と念を押したら、一瞬ふしぎな表情を浮かべて、それから静かに付け加えた。

「はい。駆けつけた時はもうきれいな死顔でして。安らかな永眠の姿を見たら、何だか少しほっとしたというか……」

「ほっとした」はいい過ぎのような気もするが、闘病生活の苦しみを目の当たりにしていたからこそのセリフだろう。それでいて伊村はどうやら宇源次の吐血を見たことがなかったようなのである。

「僕は宇源次の舞台こそよく観てたが、生前それほど親しかったわけではないし、親父さんにも聞いてなかったから、最期の様子を知ったのはつい最近のことなんだがね」

と治郎はいいながら相手の表情を見守った。

「そういえば君のことも当時から見かけてはいたんだろうが、君のほうから声をかけられた時はちょっとびっくりしてねえ。あれはたしか先月の楽屋でだったかなあ。君は廊下でだれかを出迎えていて……」

「小見山先生のことですね」

と伊村は全く表情を変えずに意外なほど静謐《せいひつ》な声でいった。

「そうそう。あの人があれから殺されたと聞いて、僕は本当にびっくりしたんだよ。何せ楽屋ですれ違った人なんだからねえ」

「わたくしも楽屋の噂で知って、最初はまさかと思い、ほうぼうに問い合わせて愕然と致しました」

「あの日、彼が楽屋見舞いに来るのは、最初からわかってたのかい？」

「はい。わたくしがお願いしましたことなんで」

それはあっけにとられるほど大胆かつ率直な発言だった。

「小見山先生は若旦那の後援者でしたから、今度の襲名にもご後援をお願いしたいと存じまして」

概ね想像通りとはいえ、治郎は伊村本人からこうもあけすけに話されるとは思いも寄らなかったのである。

「君は小見山氏に連絡を取り、あの日を指定して楽屋に招いたのかね？」

「日取りは先生がなさいましたが、時間のほうはこちらが見計らってお伝え申しておきました」

「彼が訪れる日は、君以外にも知ってたのがいるんだね」

「もちろん大旦那にはお伝えしてありましたし、楽屋でその話を聞いてた連中は大勢おりました」

「小見山氏とは今回どうやって話をつけたんだい？　いくら宇源次の後援者でも、とっくに縁が切れてただろうに」

「実は先生には、こちらのほうから先に藤太郎坊ちゃんと一緒にご挨拶に伺っておりまして。大変有り難いお話が戴けたんで、あの日は大旦那からもひと言お礼をおっしゃってもらいたくって楽屋にお招きしてたんですよ。当然お礼なら大旦那のほうから出向かれるのが筋なんですが、先生が久々に大旦那の舞台をご覧になりたいとおっしゃったんで、こちらにお越し戴いたんです」

「先に君のほうから挨拶に伺ったというのは、征西会の本部にでも乗り込んだのかね？」

「はい。あそこは……昔ぶらぶらしてた時代の付き合いなんかもありますんで」

血色の悪い顔をにやっとさせた相手に、治郎は唖然《あぜん》とした視線を送っている。さっきの話でも、伊村は一時世を拗ねたように流れ歩いて命の捨て所さえ探したという、決して一筋縄では行かない人生を歩んできたのだ。

「ところで、そもそも小見山氏が宇源次を後援するようになったきっかけは何だったんだい？」

「あれはたしか七年前でしたか、最初のやまびこ会を催した年に、先生が突然楽屋をお訪ねになりまして」

ここでもまた「やまびこ会」の話が出てきた。

「その時に小見山氏を楽屋へ案内したのは誰だったんだい？」

「それは……」と口ごもられて、治郎はついに自ら矢を放った。

「大阪の照世美という芸妓で、小見山氏と一緒に死んでた女じゃないのかね」

伊村は虚を衝かれた表情で押し黙った。

「彼女のことは、君も以前から知ってたんだね」

「はあ……ちらちらお見かけしたことがあったくらいですが」

「彼女は梅香という芸妓の姉貴分だった。梅香は藤太郎の実の母親だったことを、君は宇源次の番頭として当然知ってるよね」

「……先生は一体なぜそんなことまで……」

あからさまな不審の眼差しにも治郎は怯む必要がなかった。

「そりゃ故人の評伝をまとめようというんだから、他にもいろいろと聞いてるさ」

伊村は黙って静かに肯いた。

「藤太郎の母親はとても美しい女《ひと》だったらしいねえ」

「はい、それはもう」

「宇源次より先に亡くなってたのかい？　それとも」

「さあ……はっきりしたことは申せません。何分あちらは大阪だったんで」

これは決してとぼけているようないい方ではなかった。

「どんな病気で亡くなったかくらいは聞いてるだろ」

「いや、それがどうも……」

今度はあきらかにとぼけた返事で、宇源次伝の重要な鍵がまだ開かないもどかしさを募らせた。

「それにしても襲名披露の軍資金をあてにしてた相手に早々と逝かれたら、君としても辛いとこだねえ」

「小見山先生にはひとかたならぬご恩義に与りましたので、正直、参りました」

と伊村は神妙な声を聞かせつつ、

「しかし扇屋のごひいきは他にも沢山おいでになりますんで、襲名のご披露には万全を期しております」

至って冷静な顔と声は何を物語るのか、あらゆる想像があやふやでしかなかったが、事件当日に小見山を木挽座に呼び寄せたのは、紛れもなくこの男なのである。

14　闇の魔群

芝愛宕署の渡辺刑事から待ちに待った一報が築地署に入っておよそ二十時間が経過。笹岡警部と薗部刑事は南佐久間町《みなみさくまちよう》にあるアパートの一室で今朝から張り込みを続けていた。

新橋駅にすぐ出られて外堀通りにも近いわりに、このあたりは車両の噪音《そうおん》がそれほど届かない裏町で、ここと同じモルタルのアパートやこぢんまりしたビルが雑然と並んでいる。場所柄のせいか、いずれも堅気な勤め人の住居ではなさそうで、屋上の物干場に巡らしたフェンスの色、凝った形の窓枠、中に吊したカーテンの模様、ベランダに置いた鉢植え等々でそれぞれの個性を主張し、殷賑《いんしん》を極めた大都市の一角らしい景観を呈していた。

薗部の眼は真向かいの小さな変哲もない、だがよく見れば窓はすべて内側から、あるいは外の雨戸で閉じられた目隠し状態の二階屋にずっと釘《くぎ》づけで、陽が落ち始めてから急に人が中へ入りだしたのも見届けている。消え残った薄暮の明かりが照らしだすのは一口でいって柄が悪い人相や風体の男たちだった。

「ここは小見山の息がかかった峰岸《みねぎし》という男の根城です」と渡辺は十時間前に話してくれたものだ。

本庁が示唆する征西会の内紛なるものを、芝愛宕署は被害者の立場から推して資金争いと早くに見当をつけていた。ところが関係者は何せ軍人あがりや命知らずの大陸浪人ぞろいだし、彼らの背後には軍の上層部や高級官吏も控えているから、供述やアリバイを取るだけでもいまだ大変な時間と労力を要している。

一方で殺人の実行には右翼結社にありがちな魔群の存在が関与した可能性が高いため、小見山配下の資金源とみられた峰岸組には以前から目をつけていた。そこへ築地署の笹岡が同事件に入船町事件を関連づけて渡辺刑事に示唆したことからさっそく新たな調査がなされ、木挽座の小道具方百瀬繁二郎と峰岸組との深いつながりが昨夜ようやく判明し、今宵ついに家宅捜索に踏み切るというわけである。

小見山の資金源だった峰岸組と木挽座の小道具方の深いつながりとは何かといえば、

「これがやっぱり細工でしてねえ」

と渡辺が当たり前のように話すのに薗部は当初ぽかんとしたものだ。

細工とはいかさま賭博の仕掛けのようで、

「もともと百瀬がここの賭場で負けが込んで支払いが滞ったところ、自分から借金の棒引きと引き替えにいかさまの手伝いを申し出て、賽子《さいころ》や賽筒《つっ》に仕掛けをしてたそうなんですよ。まあ細工物が得意なのは職業柄だったんでしょうなあ」

そう聞いて薗部はたった一度会っただけなのに、百瀬のふてぶてしい人相がはっきりと瞼に蘇った。

峰岸は賭場を開帳する以外にも何かと稼ぎがあるようで、毎日ここへは来ないが今日のような月末には必ず顔を出すはずだという。ただし時間はまちまちだと聞けば、薗部は身を隠しながら出窓に張りついて目を凝らし、緊張感を保つのにも相当骨が折れる。笹岡はだれきった姿勢で先ほどからぶつぶつぼやいていたが、「今そこに、ほら、あの男」という渡辺の声で急ぎ窓から下を見おろした。

いつしか薄暮の闇も濃くなり渡辺の指が示す男の姿はおぼろげで、角刈りの頭と恰幅のいい羽織姿が知れるのみかと思いきや、戸口で振り返った刹那、電信柱の街灯でくっきりと顔が映しだされた。背中いっぱいに彫物をしてそうな無頼の顔は鋭くあたりに目配りし、戸口の中へさっと消えた。

「乗り込みますか」

勇んだ薗部の声を「まあ、そう急くな」と軽くいなした笹岡は、小半時も経たずに自ら御輿をあげている。下には芝愛宕署の巡査が多数待機しており、彼らが先導して戸口に押し入ると、そこから続く狭い階段をどやどやと駆け昇る。その足音がたちまち中の喧騒を引き起こした。

外観に似ず建物内部は結構複雑な構造のようで、階段を昇りきった場所の扉を開けるとだだっ広い板の間が現れて、賭場に使用されていそうなそこには誰もいなかったが、壁の向こうにかすかなざわめきが聞こえる。壁の反対側にはもう一つの階段が見え、薗部は裏口からの脱出を防ぐつもりでいっきにそこを駆け降りた。

階下は非常に暗くて闇に目が馴れるまで身動きもままならない。耳を澄ませど、人の話し声はまるで聞こえなかった。が、どこかに人がいる気配は濃厚に感じられた。

細長いコの字形の光の筋がうっすらと現れ、外へ通じる裏口の扉と知れたが、まだ錠がしっかりおろされている。同じような光の筋が反対側にも見え、そこも扉のようで、すぐ把手《とつて》に触れた。把手を思いきって引っ張ったら意外にもすんなりと開き、途端に酸っぱいような異臭が鼻をついた。

切れる寸前らしい明滅を繰り返すたった一個の裸電球に照らしだされたのは十畳ほどの四角い部屋で、ところどころに人影らしきものがぼんやりと見える。いずれも壁際に寄せて不規則に敷き並べた布団の上に、大方は仰向けか横になって寝そべり、あるいは蹲《うずくま》るかしていて、ふしぎとこちらの侵入に誰も気づかない様子だ。

どうやら徹夜続きで精も根も尽き果てた賭博常習者が寝泊まりするのか、それとも摘発を恐れてここに潜んでいるということなのだろうか……。

扉口に近い場所に腰をおろした男がふいにこちらに首を向けた。薗部はその男の顔に目を凝らした。髪は黒いがぎょっとするほどの痩せ方で、髑髏《しゃりこうべ》に渋紙を貼りつけ、そこに青い筋を描いたように血管が浮き出ている。青い隈取《くまどり》をした眼が大きく見開かれ、妙にぎらぎらとしてまっすぐこちらを向いているのに、何も見ていないに等しい全く思考力を欠いた表情だ。これはもう立派な病人で、見れば枕元に注射器らしきものも転がっているが、こんな不衛生な場所にいたら治る病も治るまいと思っていたら、

「おい、薗部、薗部はどこへ行った！」

上のほうで笹岡の怒鳴り声が聞こえ、さっき降りて来た階段を慌ただしく駆け昇るはめになった。

二階の奥は大きな両袖机を置いた事務所の造りで、正面の壁に据えられた神棚の下に追いつめられた邪鬼の群れがいた。薗部は駆け上がると同時に峰岸が手錠を嵌《は》められる姿を見て、この段階ではまだいささか乱暴な気がしないでもなかったが、この手の男に同情が不要なことは腰縄を付けられても傲然としている態度で知れた。

芝愛宕署の取調室は四方が漆喰壁の窓一つない小部屋で、そこに四人も入ると次第に息苦しさが募った。小机を挟んで向こう側の椅子に腰をおろした男は生成《きな》りの上布《じょうふ》に絽羽織《ろばおり》といった涼しげな装いで、底光りのする三白眼でこちらを見据えながら、まず年齢、職業、前科等々の型通りな質問には素直に応じた。が、征西会との関係について訊かれると何も答えず、深海に潜む大魚にも似てむっと前に突き出した口吻《こうふん》は堅く閉じられている。

天下国家を論じる表の顔には傷を付けまいとするのが裏の仁義なのかもしれない。だが今は仁義よりも生臭い欲望が問われており、渡辺刑事は正面からまずは「百瀬を殺らせたのは貴様だな」と決めつけた。薗部は峰岸の顔を注視したが、

「誰なんでえ、そいつは……」

訝《いぶか》しげな瞬きはとぼけるというよりも、ただただ心外の表情である。いかさま細工の件を持ちだされても、よく想い出せない様子はあながち嘘とも見えなかった。

今度は渡辺に代わって笹岡が真っ向から本丸に攻め込んだ。

「小見山正憲という大黒柱がポキンと折れたんで、お前さんもそうだが、征西会もこれから大変なんじゃねえのかなあ」

わざとらしく情を込めたいい方に相手は少し気が弛《ゆる》んだようで、

「やっぱり先生がおいでにならないと、あそこは長く保《も》ちませんよ」

と思わぬ本音の呟きが洩れる。

「けど小見山が死んでも、片腕のお前さんが手を貸したら安泰だろうよ」

「ご冗談を。あっしごときが先生の代わりなんざ務まるわけもねえ。先生は何せ立派な国事にご奔走してらした方だ。あっしらは所詮ケチな渡世でござんすよ」

「ほう。立派な国事とは一体どういうもんなんだ？」

「さあ、無学なあっしらには、チンプンカンプンでして」

「小見山はそのチンプンカンプンにごっそりと金を貢いでた。お前らがケチな渡世でせっせと稼いだ金をなあ」

笹岡が皮肉な調子になると、峰岸の顔は不安げに歪《ゆが》んで瞬きも激しい。開いた口には黄色い乱杭歯《らんぐいば》が覗き、その隙間から荒々しい息が洩れる。

「ところで木挽座にお前の知り合いはおらんか？　死んだ百瀬とは別にだ」

さりげなく質問を散らして相手に揺さぶりをかけるのは笹岡の常套《じょうとう》だが、峰岸が目を伏せがちに思案する様はいささか意外だったし、

「名前を出せば相手に迷惑をかけますんで」

と突っぱねたのは意外に過ぎて、笹岡はまさに思わぬ獲物にありついてにんまり顔だ。

「つまりお前は、そいつに小見山を殺らせたから、名前がいえんわけだな」

唖然とした峰岸の顔はみるみる赤黒く変色し、この男らしい凄味《どす》のきいた濁声が狭い

室内に響き渡った。

「バカもほどほどにしろっ。誰がそんな与太話を」

笹岡も負けじと分厚い帳面をビシャッと机に叩きつけた。

「俺の前で白を切って通ると思うなっ」

警官が取調室で相手に立場を思い知らせる手だてはいくらもあるが、この勝負はしばし双方のだんまりに持ち込まれた。机に置いた峰岸の両手はいつしか拳を作り、それが小刻みに震えだす。

「小見山先生を殺った野郎は木挽座にいるんだなっ」

突然の噴火にも似た激しい怒声で、笹岡もさすがにこれはまずいといった表情になり
「誰もそんなことは言っとらんぞ」と軽くいなすが、

「あっしが木挽座の知り合いに殺らせたように、さっき、あんたいったじゃねえかっ」

突っ込まれて当然の言質《げんち》を取られ、これでは木挽座が大変なことになりそうだと薗部は気が気じゃなかったが、笹岡は存外に落ち着いてこう切り返した。

「小見山を殺ったやつらに、木挽座は巻き込まれちまったんだ。あそこは気の毒に、犠牲者が二人も出たんだぞ」

これで峰岸はあっさりと煙に巻かれてしまい、

「そうですか、木挽座では二人も犠牲者がねえ……」

この男はどうやら頗《すこぶ》る単純な頭脳の持ち主で、手の込んだ小見山殺しを画策したようにはとても見えなかった。笹岡の考えも同様らしく、声の調子が先ほどとはだいぶ変わってきた。

「小見山の片腕だったお前さんなら、犯人の見当は大体つきそうなもんだがなあ」

「ついたらとっくに仇討ちをしてますよ。それに片腕とはおこがましい。あっしらの渡世は実にシケたもんで、先生には他にいくらも……」

「ほう。それを聞かせてもらおうか」

口を滑らせた相手に笹岡はすかさず詰め寄るも、

「所詮あっしらは先生の手足に過ぎませんで。頭は手や足がどこに何本はえてるのか承知してても、手足のほうは互いをちっとも知らずに、ただ動いてるだけなんでして」

「まあ、小見山の本拠は関西だっていうしなあ」

「あちら様とは、そりゃ比べもんになりませんよ。あっしらはほんの微々たる稼ぎでして」

本音が洩れたところで笹岡は再び攻勢をかける。

「関西の手足は、稼いでも稼いでも満足しない頭があんまり重いんで、いっそ頭を切りたくなった、てなことはあり得んか」

「まさか、そんな……」

峰岸は絶句して白眼を剝いている。笹岡はあくまで小見山の資金源にこだわり、もはや木挽座は二の次といった感じのようだが、薗部のほうは峰岸の知り合いが木挽座にいるらしいのを知って強くそれを意識せずにはいられなかった。

さらに気になるのは峰岸組の潜窟で見たまさに闇の魔群というべき異様な光景である。中の一人は明らかに病人だったが、果たしてあれは単なる賭博常習者だったのだろうか。もしかすると彼らは事件に関係して、あそこに匿《かくま》われているのではないか。薗部の疑惑は膨らむ一方なのに、そのことを笹岡に話すきっかけがまだ摑めないでいた。

15 ゴーかストップか

日根野警部の再上京は甚だしく遅れて、その間に築地署管内ではまた新たな事件が発生していた。三月の天賞堂金塊盗難事件の解決もまだめどがつかないままに三十間堀事件、入船町事件と重なって、今度は憲兵隊当局指揮下の大捕り物だった。

昨年の兇変を記念してか、今年の五月十五日には東京全市で右傾団のデモや不穏な活動が多く見られ、当日は築地署も三越の五階の窓からビラを撒《ま》いた愛国社党員らの検束に至っている。一方であの事件以来、青年将校名義の秘密文書や政財界人の醜聞記事が多方面に出まわっていたが、それらの怪文書を蒐《しゅう》集《しゅう》して一冊の本にまとめた秘密出版がひと月後には銀座の國文社ビルで摘発されたのである。

「一冊なんと百円もする本で大量の予約注文を取りつけてたというから驚くぜ」との同僚の話で、薗部はその半分くらいでしかない自分の給料の安さに驚いていた。

購入を予約した大半は大会社の重役や個人実業家だといい、「なぜそんなもんに高い金を出すんでしょうか？　自社が標的にならない用心なんですかねえ」と笹岡に問えば「そりゃ株の売り買いで参考になるからだろうよ」とあっさり答えられた。

国内外共に何か大事件が起きればたちまち株価の値動きが激しくなるので、一方にそれを儲けの好機とみなす人種がいることは、前に日根野が話していた照世美という女で例証済みだ。

「しかしこうなってくると軍人さんは、アカよりたちが悪いかもしれんなあ」

と笹岡は去年からいい続けているが、クーデター事件を起こした青年将校らと年齢が近い薗部としては、彼らの感情を全く理解できないわけでもなかった。数々の国難を前にしながら、贈収賄の瀆職《とくしょく》が次々と明るみに出て、今や腐敗堕落しきった政財界の現実に憤りを覚えるのは薗部も同様である。だが一方でそうした青年将校らを取り巻く周囲にも、金儲け目当ての連中が群がる現実の皮肉には暗然とさせられた。

ともあれ國文社秘密出版事件の騒ぎがようやく収まりかけた頃に顔を出した日根野警部が、築地署を再び喧騒のるつぼにしたのも皮肉な話であろう。

日根野は上京が遅くなった理由を署員全員にわからせるような大声で聞かせたものだ。

「事の発端は六月十七日の土曜日、まず天六《てんろく》の交差点で起きたんや」

そこにたまたま休暇で通りかかった陸軍歩兵第八連隊の中村一等兵がゴーストップ信号を無視して市電の線路を横断。曽根崎《そねざき》署交通係の戸田巡査がメガホンで再三注意したにもかかわらず聞かなかったので、戸田巡査は背後から襟首をつかんで中村を派出所に連行。両人はつかみ合いの乱闘になり、見かねた一般市民が憲兵隊に通報したことで騒ぎは大きくなった。

双方のいい分は真っ向から喰い違ったが、共に相応の軽傷で済んだから、ふつうなら喧嘩両成敗であっさり片が付きそうなものである。

「ところが軍がえらい騒ぎ立てよって、司法の場で府警を訴えるといいだしたんや。そもそも軍服を着てる人間が、公衆の面前で晒《さら》しもんになったんはけしからんとかいうて、大阪府警は皇軍を侮辱したと来たから堪らんわ」

と日根野は昂奮《こうふん》気味にまくし立て、

「これにはさすがにうちも黙ってられんで、軍隊が陛下の軍隊なら、警察も陛下の警察や。暴行傷害侮辱罪で向こうが告訴するんなら、こっちは公務執行妨害傷害罪で告訴し返したれ、と、まあ、上から下まで物凄い剣幕やさかい、わしもなかなか東京へゴーするわけにはいかなんだんですわ」

大阪毎日新聞で「ゴー・ストップ事件」と報じられたこの騒動は、延々とこじれたあげく荒木陸相と山本内相の対立にまで発展し、さらには事件の目撃者となった一般市民が厳しい事情聴取を受けて自殺するという悲劇を生んだあげく、ついには天皇の上聞《じょうぶん》に達し、叡慮《えいりょ》によって事態の収拾が図られたのはなんと事件発生から五ヶ月後のことだ。

従って六月下旬に上京した日根野はむろんそうした顛末《てんまつ》を知る由もなく、また笹岡も軍部暴走の端緒となったこの事件よりも、むろん関心が高いのは例の事件だからして、

「で、神戸の小見山商会のほうはどうでした？」

と珍しく改まった口調で日根野に催促すれば、

「そら急に親分が吹っ飛んだんやさかい、大変な騒ぎやったようですわ。当初は仇討ちに東京へ乗り込んで来るつもりやったらしいが、すぐに東京の峰岸いう男から、自分が付いていながら面目ないことをしたとお詫びの電話が入った。こっちで殺られたからには、仇は必ずこっちが取るからといわれてなあ」

「ほう。それを鵜呑《うの》みにしたわけか？」

「鵜呑みにはせんまでも、まさか峰岸が殺ったとは思わんかったんやろ。東京の勝手もわからんさかい、当分は峰岸に任せることにしとるようで」

「それで親分が吹っ飛んでも、商売のほうは何とか回ってるってわけか。そりゃちいと怪しいなあ」

と笹岡はがぜん眼を光らせている。神戸の小見山商会で謀反が起きた可能性は薗部にも想像し得たが、

「兵庫県警は、まあ、鶏の首を刎《は》ねても、しばらくバタバタ羽ばたきしよるようなもんやろと見てますわ」

と日根野はあっさり水を浴びせた。

「小見山商会は上海の虹口《ホンキユウ》に支店があって、そこはもっぱら現地の支那人に任せとるらしい。日本製の物《ブツ》を神戸の本店に集めて支店へ送り、それを大陸全土で売りさばかせとるそうな。昔大陸に渡った経験から小見山は支那語が話せるし、向こうに知り合いが大勢いたからそういう商売が成り立ったんやろ。しかし今の小見山商会には彼に成り代わって現地の支那人を仕切れるほど支那語に堪能な者《もん》はいてへん。それに大陸と取引してる連中はほかにもごまんといて、今や物を現地で生産する会社まで出来たそうやから、小見山商会もだんだん所場《ショバ》を荒らされて、そのうち瓦解するんは目に見えてる、いう話ですわ」

「それでもまだ今は、物を集めてんだろ?」

「要はもうルートが出来あがってて、勝手に集まってくるんやろなあ。大陸の売り先を喪うたら、それを国内でばら撒かれる恐れも出てくるさかい、今は府警も兵庫県警と一丸になって小見山商会をしっかり見張ることになってるんや」

日根野と笹岡のこうしたやりとりも、ひと月前の薗部ならさっぱり理解できなかったかもしれない。しかし今は違う。先月末の峰岸逮捕の際、個人的に目撃した事実を報告して、その後の再捜査で日根野のいう「物」が意味するところをはっきり理解していた。あの潜窟で目にした異様な光景は麻薬常習者の溜まり場だったのである。

麻薬とはそもそも麻酔薬の謂《い》いであり、外科手術に欠かせない麻酔薬モルヒネを日本は当初もっぱらドイツをはじめとする海外から輸入していたが、欧州大戦で供給難に見舞われた時期に星製薬が独自製造に着手して成功。その後は大日本製薬や三共製薬、内国製薬も追随して国内生産に乗りだし、大戦後はこうした国内生産がモルヒネの供給過多につながっていた。

いっぽう大陸ではモルヒネが純粋な医療目的以外にも使用されていた。「英国が酷《ひで》えことをしやがったんだ」と笹岡のいう阿片《アヘン》戦争の敗北により、癮者《いんじゃ》と呼ばれる阿片中毒者が激増したため、阿片の吸煙を防ぐ代用品名目で阿片から製造されるモルヒネが流通していたのである。

「兵庫県警の麻薬に詳しい警部によると、モルヒネから作るヘロインも、ドイツで発売された当初は依存性が少ない画期的な肺疾患の妙薬やといわれてたらしい。小見山商会はモルヒネとヘロインに加えて、これも星製薬が最初に作ったコカインまで扱《あつこ》うて大陸に送り込んでるいう話やった」

と日根野が小見山商会の実態を明かしたところで、笹岡は相変わらず皮肉な調子だ。

「気の毒に支那は昔っから阿片漬けだからなあ。女房子供を叩き売ってでも物を手に入れようとするやつがいるんだろうぜ」

あげく自らが廃人になるのは、南佐久間町の潜窟で見た光景が証明済みだから、

「何故それを誰も止めようとしないんですかねえ。向こうにもまともな日本人がいるだろうに、みんな見て見ぬふりなんですかねえ」

と薗部が口を挟んだ途端に笹岡は鼻で嗤《わら》った。

「ナニ寝ぼけたことをいってやがる。支那人が薬漬けになって一番歓ぶのは日本人じゃねえか、なあ、直さん」

と日根野に同調を求めた。

「そうやとも。日本と支那は今や一触即発。去年はとうとう上海で激突して日本人の戦死者も大勢出た。あれは何とか収まったが、ソヴィエトロシアと結託した支那の共産党が満州国に押し寄せたら、それこそ本格的なアジア戦争が勃発する。その前に支那人が薬漬けで戦意を喪失してくれたら、日本は大助かりや。そやさかい小見山は関東軍のお墨付きで商売がしてられたんやないか」

薗部は急に口の中がいがらっぽくなったようで巧く声が出てこなかった。南佐久間町の潜窟で見た光景が再び瞼に蘇る。

髑髏に渋紙を貼りつけたような顔も、かつては自分と同じ人間の顔をしていたはずだ。常人を廃人にする薬物が敵地で蔓延《まんえん》するのを歓ぶのは、敵をまず人間と思わないところから戦争は始まる、ということだろう。相手が人間だと思わないからこそ、平気で殺せる神経にもなるのだ。

「ともかく神戸の小見山商会も今はおとなしゅうしとるけど、いつ何時どう転ぶやわからん。連中が東京へ乗り込んで来る前にきっちり片つけな、えらい騒ぎになるで」

「果たして、殺ったのは東京《こっち》のやつと決めつけていいもんかなあ。小見山は東西を往《い》き来して双方に敵がいただろうし。だがまあ関西の人間なら、何も勝手のわからん東京で殺る必要もねえんだろうが……」

東京の勝手どころか木挽座周辺の土地勘がないと、三十間堀事件は起こせなかったはずだと薗部は思うが、

「東京と関西双方の土地に通じた者は、別に小見山のほかに全くおらんちゅうわけでもないさかいなあ」

日根野がいかにも意味ありげに微笑った。

「だれか心当たりがあるようだなあ、直さん」

と笹岡が親しげに応じたら、待ってましたとばかりに、

「真ちゃん、わしはそれが話しとうて、電話では埒《らち》あかんさかい、わざわざこっちへ来

たんやないか」

　そういいながらも日根野はまるで焦らすかのように首を左右にかしげて、

「さて、どこから話したらええもんか。何しろ事は十年前の大震災まで遡るんやけどなあ」

　大正十二年九月一日に起きた関東大震災で、九月半ばには関西にも避難民がどっと押し寄せていた。当時まだ小見山は東京との縁がほとんどなかったものの、生来の義侠《ぎきょう》心《しん》にかられたらしく、炊き出しや毛布の貸与、住居の世話などを熱心にして、それが関西で彼の名を売りだす大きなきっかけとなった。それと同時に、

「世話を受けた中に征西会の同人がいて、そいつがきつう恩義を感じたばかりか、小見山の俠気にぞっこん惚れ込んだらしい。それが縁で今度はやつが東京に招かれて、自分も同人になれたちゅうわけや。正憲というごたいそうな名乗りも征西会入りしてからの話で、本名は正二郎とかいうたらしい」

「なるほど、征西会の仲間入りしたおかげで軍部に知り合いが出来て、関東軍とも良好な関係が築けた。かくしてそのお墨付きで稼いだ金を、征西会を通じて若手将校にせっせと貢いでたというわけか。そこから今度は……」

　と笹岡は何やら考え込んだふうに黙り込んで両切りの煙草に火を点ける。

「まあ、とにかく小見山と東京のご縁は震災まで遡るんやが、道頓堀《どうとんぼり》の地回りで、当時

小見山の世話になった東京人と顔見知りのやつがいてなあ」

「ほう、道頓堀ねえ」

煙を吹かしながらのまるで気のない相づちにもめげず、日根野はやけに熱っぽい声で話を続けた。

「それで、その東京人は長らく道頓堀にいたんやが、今年の春から急に姿を消したらしいねん」

薗部には日根野の話のどこがどう事件とつながるのか一向にわからなかったが、笹岡のほうは急いで煙草を揉み消して日根野の顔をまともに見た。

「俺が大阪に行ったのは五年前で、赤い灯ー、青い灯ーと歌われた道頓堀のカフェーも覗いてみたが、そういえばあそこはこっちの浅草同様、カフェーばかりか沢山の劇場《こや》があったなあ」

この弾んだ声で、日根野は腫れぼったい目を糸のように細めて小鼻をふくらました。

「先月こっちへ出張した際、小見山は殺られる前に木挽座で芝居を観てて、劇場の誰かの手で外に連れ出されたらしいとかいう話を聞いたもんで、わしなりに調べたんやで」

道頓堀の地回りはその東京人と通りすがりに挨拶くらいはしても、本名を知らずに「マサ」の通称で呼んでいた。ただ顔は相手が十年前の震災で小見山の世話になっていた頃に知って、三、四年前から道頓堀で急によく見かけるようになったのだという。

「それもそのはず、道頓堀にある亀鶴興行の大阪本社に出入りしてたそうなんや」

とまで聞いたら薗部も黙ってはいられない。

「さっそく亀鶴興行に問い合わせてみましょう。今年の春に大阪本社から東京の木挽座に転勤した者がいないかどうか。もしかしたら、あの峰岸が名前を明かさなかった知り合いと同一人物かもしれません。すぐにも当たってみます」

百瀬を死なせた時のように出遅れが禍《わざわ》いを招くことは二度と繰り返したくない思いの薗部である。

「そやそや、さっさとゴーせえ。何しろ相手は関東と関西を股にかけとるやっちゃ。ぐずぐずしてたら、また関西へ逃げてしまいよるで」

と日根野はめっぽう焚《た》きつけてくれるが、

「まあ、そう慌てるな」

日頃せっかちな笹岡が意外にもここでストップをかけて、例のセリフをいった。

「その前に、まずはあの先生を呼んでこい」

16 梅雨じめり

昨日は梅雨の晴れ間で、治郎はまるで蒸し風呂のような築地署の小部屋に閉口した。

今朝はまた雲が低く垂れ込めて、降りだすのは時間の問題に思えた。

荻野沢之丞が今ちょうど代々木御殿に戻っているのは、昨夜の電話で確認済みだ。ただし昔から顔馴染みの女中はいささか困惑したように「旦那様は伊香保から昨日お戻りになったばかりでえらくお疲れでして。それにまたすぐ今度は大磯へお発《た》ちかと」というのだった。

休暇の途中で立ち寄った自宅を襲うのは、われながら無遠慮に過ぎる。けれど治郎は笹岡警部の話を聞いて、もはや事は一刻の猶予もならない気がしたのである。

案のじょう午後から降りだし、却って出かけにくいのが幸いとみて代々木御殿を訪《おとな》うも、門を潜った途端に降りが強くなってコウモリ傘の重みを腕に感じる。緑を縫う小径《こみち》の敷石は濡れて滑りやすく、自ずと足の運びは緩慢となり、みごとに剪定された松葉や丹念に刈り込まれた芝生、四阿《あずまや》の陶榻《とうとう》に至るまで、間然するところなき造園の妙が無言の圧力を加えるように行く手を阻んだ。次第に意気阻喪して玄関に立ち、厳かな銅鑼の音で現れた女中が驚いた表情を見せると、さらに気が重くなった。

「旦那様はご在宅だね？」

「……はい……少々お待ちを」

取り敢えず応接間で待つようにいわれ、沓脱《くつぬぎ》の石を濡《ぬ》らしたところで、

「ああ、先生、どうも」

と声をかけた男が、今日は麻の背広を着ていた。袖口が少し濡れているから、どうやら出先から戻ったばかりなのだろう。こちらも困惑がありありとわかる表情で、

「今日は旦那に御用でございますか？」

といいながら銀縁眼鏡の奥を光らせている。

「ああ、伊村君にはこないだ伝えた例の本の件でねえ。考えたらいノ一番に故人の話を聞かせてもらわなくちゃならんご父君に、まだ伝えてもないのが気になって、今日はご迷惑を顧みずに突然押しかけたというわけさ」

「あのお話は大旦那もきっとお歓びと存じてお取り次ぎは致しますが、何しろ一昨日こちらへ戻られたばかりで、明日あさってにもまた大磯へお発ちになられますから、どうかくれぐれもお疲れが出ませぬようにお願いを致します」

そう釘を刺すと慌ただしく奥へ向かう男の後ろ姿を見て、治郎は築地署で聞かされた話を反芻する。笹岡が捜しているのは伊村に間違いなかった。彼は宇源次亡き後たしか亀鶴興行の大阪本社に勤めていたと沢蔵から聞いた覚えがある。また本人からも征西会本部に自ら乗り込んだ話を聞かされ、「昔ぶらぶらしてた時代の付き合いなんかもありますんで」といわれたのが今も忘れられない。

しかし警察には何も教えなかった。すべてを明かすには、まだ確かめておきたいことがいくらか残っていて、治郎は誰よりもまず沢之丞と会って話をしておきたかったので

ある。

　窓を大きく取った応接間は明るくて居心地がいいとはいえ、今日はどうも気分が落ち着かず、ともすれば治郎はソファーから腰を浮かせてしまう。この邸にいたらまたふいに藤太郎が現れないかと心配にもなり、あの眩しいまでの美少年が今日ばかりは留守であってほしいと念じた。

　青銅の窓枠に切り取られた庭はそれぞれ趣きの異なる五十号くらいの絵画を三枚横に並べたようである。雨で葉の光沢が増したヤツデの油彩画。地衣に覆われた松の膚に蔦《つた》のからまる狩野派流。雨に煙る青楓《あおかえで》が幾重にもぶれたように映る印象派風。それらは窓の位置や高さや面積が計算し尽くされて成立している。室内も壁の色や調度の隅々に至るまで採光を計算に入れた人の目が光っていて、それらがまた今日は何やら強い圧迫感を与えるのであった。

　三十分ばかりも待たされて、心が静まるというより程よく気が削《そ》がれた頃合いに女中が奥へ案内し、広縁にゆるゆると足を運んで硝子戸越しに庭巡りをさせられる恰好だ。ふだんはもっと遠くまで見通せるのだろうが、今日はあいにくの雨で庭卉《ていき》も泉石も半透明の紗幕をかぶった舞台装置のごとくおぼろげだった。通気のためか硝子戸が少しずつ開けてあるため、縁板はひどくしけっている。

　水の浸みた靴下が多少気になってきたところで、ようやく主の姿が見えた。障子を取り払った書院造りの座敷で沢之丞は床脇棚の前に座し、縁側のほうへ顔を向けていた。色の薄い結城縮《ゆうきちぢみ》をさらりと着流し、青みのある博多帯をゆったりと締め、脇息《きようそく》にもたれかかるような姿勢で横座りをしている。

紫檀《したん》の座卓を挟んで真向かいに生成りの座布団が敷いてあるから、治郎は軽く会釈してそこに腰を下ろした。まず口にしたのは、ありがちな時候の挨拶だ。

「よく降りますねえ」

「梅雨だからね」

いささか諧謔味《かいぎやくみ》すら感じる無愛想な返事だが、沢之丞は本当にくたびれているのだろう、いつになく老けこんだ顔で目尻や口もとの小皺が目立つ。つい二、三ヶ月前の舞台で見せた妖艶な面影は微塵もなかった。

疲れさせたのは一昨日の移動のみならず、秋の襲名を控えた気疲れが大きいに違いない。

だがそれだけでもなさそうで、治郎はよほど挨拶だけして引き揚げようかと思ったくらいである。けれど今日を逃すともう二度とチャンスは巡ってこない気がした。

「お休みのところ突然お邪魔いたしまして申し訳ございませんが、実は秋の襲名の話を伺いましてより、わたくしはこの際に亡きご子息を追善する意味で、一冊の本をまとめて上梓したい気持ちになりまして」

単刀直入にいうと相手の硬い表情も少しはほぐれた。

「それで、あたしからも伜《せがれ》の話が聞きたいと？」

「はい、お差し支えのない範囲で結構ですが」

「差し支えのない話なんか本にしても、別にたいして面白くないじゃないか」

急に砕けた調子は明らかに興が乗ったふうでもあり、沢之丞の顔は心なしか少し若返って見える。

「それにしても桜木先生が死んだ伜のことを書いてくださるなんて、どういう風の吹き回しなんでしょうかねえ。そもそも先生は袖崎蘭五郎が大のごひいきだったんですから、本を書いて追善なさるんなら、あちらのほうが先なんじゃありませんか」

沢之丞は不審の表情も露わに実に役者らしい言い条を述べ、そうした文句は治郎もほぼ想定通りなので答えは用意していた。

「亡くなったのはご子息のほうが先ですし、それに今度の襲名がいいきっかけになると思ったんですよ。おっしゃる通り僕は蘭五郎と特別親しかったし、ご子息とは生前さほどのご縁がなかったんですが、それでも自主公演のやまびこ会は高く評価をしておったつもりで、二人の早世を惜しむ気持ちに甲乙はつけられません」

「ああ、今そういわれて想い出した。先生がやまびこ会を新聞でたいそう賞めてくださったんだといって、伜はめっぽう歓んでたこともありましたっけねえ……」

懐かしむように目を細めた表情は、まさしく老いた父親の淋しい素顔であった。

「やまびこ会か……やつはあれで寿命を縮めたようなもんだけどねえ……」

意外なほど淡々とした声の調子が、逆に諦念の深さを物語るようでもあった。

「ああいう踊りを観せられて、あいつがどういうことをしたいのか、あたしにはさっぱりわからなかったもんでねえ。先生がお賞めになったのは本当にふしぎなくらいでしたよ。いやしくも木挽座の檜《ひのき》舞台で見せるようなもんとは、とても、とても」

その言葉は何も亡き息子を謙遜しているのではなく、むしろ自分よりも息子を高く評価したことの不満を表明したふうにすら聞こえた。たとえ実の親子であっても、役者は自分以外の者が賞められるのを決して歓迎しない。子供が賞められて歓ぶのは、その子がいつまでも親の七光りに依存する大根役者の場合だけだ。そうした点が役者は人間として妙に正直だと治郎は常づね思うのである。虚構を演じるのが商売なのに、世間の常識やふつうこうあるべきだとかいう現実の虚構には却って縛られないのが役者特有の心理でもあろうか。

「たとえば第一回で試演された『班女』について申し上げますとですねえ……」

治郎はとにかく一つ一つの作品を熱心に弁じようとした。相手の不審を解くためには、こちらが本気の熱意を示さなくてはならないのである。

「心底感服したのは『半蔀』でしたが……まさかあれが最後の舞台になるとは思いませ

んでした」

「ああ、あれはあたしも観てて何がなんだかさっぱりわからんなりに、だんだん体が火照ってくるような気がしたのを想い出しますよ」

と名人の沢之丞がいうくらいだから、自分が強い印象を受けたのも当然だと治郎は思う。あれぞまさしく夭折の天才がこの世に残した文字通り命がけの名舞台、いわば奇跡の舞いぶりだったのだ。

「あの作品を手がけた時は、彼も相当に悩んでたようですねえ」

「ああ、そうらしいねえ。あの会にはいっさい口出しをしないようにしてたんで、あとから周りに聞いただけなんだけどねえ」

「やまびこ会には、助言も何もなさらなかったんですか？」

「いくら親子でも、やる前にあれこれいわれたら、余りいい気がするもんじゃないからねえ。ましてや、あいつの手打ちだろ」

と、自らも若い頃に数多くの新作舞踊を手がけ、手打ちすなわち自主公演にも盛んに取り組んだ養父は当然のごとくにいうのだった。一方で沢之丞は宇源次の「やまびこ会」を、若い者がついつい余計な考えでする「無駄な動き」と見ていたところもあったに違いない。

「二十代で手打ちの公演をするとは、随分と生意気なようにも見てたんだが、思えばあの子は大人になるのが早かった分、逝くのも早かったというわけだろうねえ。寿命が短ければ短いなりに、人の一生はそれでちゃんと辻褄《つじつま》が合うようにできてるんだろうよ。だから変に長生きをしたら、幼稚なガキに戻ったりもするのさ」

　やや自嘲ぎみの笑い声を交えながらそういうと、

「子供の頃は、そりゃ甘えん坊の可愛い子でねえ。あたしが出かけるたびに、おとうちゃん、おとうちゃんと後追いをするんだよ。母親よりあたしのほうに懐いてたくらいでねえ。それがいつの間にかあんなに大きく育っちまって、先生に賞められるような役者になってくれたんだから、それだけでも神様に感謝申し上げなくちゃいけないんだろうねえ。そりゃ本当に色んなことがあって……賞められた話ばかりじゃないんだけどねえ……」

　沢之丞が珍しく喉を詰まらせたように、しばし沈黙した。

「親に先立ったのは玉に瑕《きず》だが、今となっては何もかもでき過ぎの子だったようにさえ思えるんだよ。人は早死にをしたら誰もがこんなふうに惜しまれるんだろうけど。あの子だけは特別だったように思いたいのが親バカの人情なのさ」

　縁側のほうに顔を向けた老人の眸《め》は戸外に降りしきる雨を映しだしていた。雨音だけがしめやかに響く静寂《しじま》のなかで、治郎の瞼にはさまざまな光景が浮かんでは消えた。

　行きずりの他人が被害者となった事件に治郎は思わぬ深入りをして、今はかなり後悔もしている。にもかかわらず、ここまで来ればもはや真相を究明するのが使命にすら思えるのは研究者の本能のようなものかもしれない。

宇源次の早世を心より惜しみながらも、一方でそれを口実にして事件に関する何かを訊きだそうとする行為が果たして故人の追善になるかどうかはわからなかった。ともあれ今は相手の心が赴くままの想い出話に耳を傾けている余裕がなかった。

「またやまびこ会の話になりますが、さっき手打ちの公演とおっしゃったのは、ご子息が亀鶴興行の力を借りずに、いわゆるポケットマネーで賄われてたってことですよね。あの若さでなさってたんだから、それも大した話ですねえ」

「さすがに自分のお給金を注ぎ込むだけじゃどうにもならんので、ごひいきから大変なご後援に与ってたんだろうけどね」

「その後援者も、あなたのごひいきを頼らず自力で見つけてらしたんですか？」

「ああ、幸いあいつもごひいきには恵まれてたようだからねえ」

その声は一点の曇りも翳りもなく聞こえたのが、むしろ奇異に感じられた。

「ひょっとしたら、あの伊村君がせっせと後援者を募ってたんじゃないんですか？　だから今度の襲名にも彼の腕が頼りになると見込んで」

「ああ、先生は何でもお見通しですねえ」

「それでこの春、彼を大阪から呼び戻したというわけですね」

「ほう。先生がそこまでご存じとは」

沢之丞の眼には多少の驚きが浮かんでいるが、まだ警戒の色は薄かった。

「実は本を書くに当たって、彼にもいろいろと訊いたんですよ。ご子息との馴れ初めなんかもね」

「ハハハ、馴れ初めねえ……あれは本当にふしぎな男ですよ。倅にぞっこん惚れ込んで、倅のためなら何だってやりますと売り込んで来た時は、正直あたしも驚きました。世が世なら学士様で通ったお方が、役者ふぜいの番頭になってくれるというんだからねえ」

宇源次のためなら「何だってやります」という心意気を、彼の死後も伊村はずっと持ち続けていたに違いない。それで今度の襲名にも尽力する気になったのだろうが……。

「あてにしてた後援者の一人が急逝して、彼も今は大変でしょうねえ」

「急逝……ああ、そういえば小見山さんが亡くなったんだってねえ」

全く関心がないようないい方が却って不自然に聞こえた。治郎はかすかな溜息と共に天井を見あげる。棹縁《さおぶち》天井の杉板は極めて上質で、節目は全くないといっても不可解な木目模様が見て取れた。治郎はやはりここぞと突っ込まざるを得ない。

「彼は殺されたんですよね。あなたの楽屋を訪れた、その日の夜に」

沢之丞はこちらと目を合わさず縁先のほうをじっと見ている。雨音は先ほどから強まりも弱まりもしなかった。間断なくしたたり落ちる雨滴にすっかり降り籠められて、紗幕越しに見るような朦朧とした庭の景観はさほど目を和ませるわけもないのに。

「あたしも聞いて最初びっくりしたんだよ。こともあろうに人に殺されるだなんて。ただ、ああいう渡世の人には何があってもおかしくないんだろうからねえ」

小見山に対して余りいい感情を持っていなかったことがあきらかにわかるいい方だが、さりとてそこに強烈な悪意は汲み取れない淡泊な声音だった。

「小見山氏とお会いになったのは、あの日が初めてだったんですか？」

「前に、それこそやまびこ会で、ちらっとお目にかかったような気はするけど、改まってちゃんとご挨拶を申し上げたのは、あの日が初めてだったかねえ」

「亡くなったご子息は、随分と懇意だったようですがねえ」

「ああ、えらくお世話になってたらしいねえ」

沢之丞はどこまでも他人事のようないい方をする。こうなると空とぼけているのは明白で、警戒心が強くなってきたようだから、治郎もここはなるべくさりげない調子を心がけた。

「小見山氏と一緒に楽屋を訪れた女性とも、初対面だったんですか？」

「いや、あの女とは前に何度か会ってたよ」

存外正直な返事がこちらを勢いづかせた。

「大阪でお会いになってたんですね」

沢之丞は黙って大げさに眼を見開いて、何でもお見通しですねえという言葉に代えた。

「藤太郎君の母君である梅香さんの、姉貴分になる芸妓だったと伺いましたが、梅香さんとは、もちろんお会いになってらっしゃいますよね」

「ああ、何度も会ってますよ」

開き直ったふうにいうと、相手はこちらをじろっと見据えた。きれいな扁桃実型に張った眼が不審の色を濃くしている。治郎はいつもなら相手のこうした目つきで及び腰になるが、今日は退《ひ》くわけにいかなかった。

「僕はまず藤太郎君が上方で修業してたという話に、どうもひっかかりましてねえ。いろいろと聞き合わせて、梅香さんのことを知ったんですよ。いわば母親ゆかりの地で修業をさせたわけですね」

「ああ、梅香は地唄もそこそこ行けたが、上方舞いでは指折りの名手だった。早くに亡くなった母親の芸も少しは引き継がせたいという気持ちがあって、藤太郎を向こうにやったのは確かですよ」

幸い相手は思いのほか穏やかに応じてくれた。

「倅が梅香をあたしに引き合わせたのは、藤太郎を胎《はら》に宿したのがわかった時さ。それ以来あたしが関西の劇場《こや》に出たら、必ず向こうから挨拶にやって来たよ」

「二人が結婚することは、お認めにならなかったんですか？」

「認めるも何も、本人たちがしたがらないんじゃ、こっちはどうしようもないじゃないか」

いささか憤然とした調子は存外正直なところを語っているといると証明していそうだ。どうやら燕寿郎が想像したように、沢之丞が二人の仲を妨げていたわけではなかったらしいのである。

「役者は若いうちは独り身のほうが人気が出るとか、妻子持ちで所帯じみた役者はろくなもんじゃないとかいう昔の考え方が、倅の頭には妙に染みついてたようで、梅香もそれを承知してたんだろうねえ。そのくせ藤太郎が生まれたら途端にあいつはえらい子煩悩になっちまって、梅香を嫁にも迎えずに藤太郎だけ引き取って、父親づらをしようとしたんだから随分と身勝手な話さ」

「梅香さんは、よくそこまで我慢しましたねえ」

「あの妓も倅と同じで、妙に昔気質なところがあったんだろうねえ。花街の女はなまじ表に出るより日陰の身で終わるのが潔い、なんていうからね」

二人が共に古風な考えの持ち主だったという当人が故人たちよりはるかに年上で長命なのは、何とも皮肉な話に思えた。

「考えてみたら、あの当時だったから、ああいう成りゆきになったのかもしれないよ。震災で東京の劇場はことごとく壊滅して、こっちの役者もしばらくは向こうの舞台によく出てただろ。ちょうどその頃が、藤太郎は芸の仕込み時だったのさ。ちょっと仕込んでみたら思ったより才能があったんで、倅はあの子を手放せなくなったんだろうよ。あの子もまたお父っつぁんによく懐いたそうだ。

要するに当時は倅も関西に長逗留《ながとうりゆう》してたもんで、梅香から藤太郎をむりやり引き離すこともなく、ずるずるべったりで父親に成《な》り果《お》せたというわけさ。おかげであたしには立派な孫ができたんだから、これで文句をいったら罰が当たるねえ」

芸道に殊のほか厳しい祖父も、外で生まれた孫に天賦の才を認めたらしい。それは扇屋一門にとっても歓迎すべきことだったろうが、産みの母親にしてみればわが子が奪われる哀しみにつながったのではなかろうか。しかしながら、沢之丞はあくまでそちらのほうは認める気がなさそうだ。

「女の子はともかく、男の子が芸者屋で育つと軟弱で将来の見込みが立たなくなるというからねえ。藤太郎をうちで引き取ることに、梅香は全く異存がなかったんだよ。どうせ本人も子育てはほとんど人任せで、芸者稼業に精を出してたわけだからねえ。そこらは素人と違って、吹っ切れ方が早いもんさ」

そうなると梅香の心を揺らして精神的に追い詰め、燕寿郎が目撃した「ちょっとおかしい」振る舞いに走らせた原因は何だったのか。治郎は今やその答えもある程度見当がついてはいたが……。

「ところで小見山氏と一緒に楽屋を訪れた女と前に大阪で何度かお会いになってたというのは、梅香さんのご紹介だったんですか？」

「いや、あの女とは、向こうでどなたかの宴会にお呼ばれした時が初対面じゃなかったかねえ。何せ島之内でも有名な妓《おんな》らしいからねえ。悪名も交えてさ」

実に淡々としたいい方で、そこに諧謔味はあっても悪意らしきものは感じられなかった。

「ただ倅の前でやたらと威張ってるのが参ったねえ。倅もまた、あんな女にぺこぺこしてるのが見苦しいったらありゃしなかったよ」

「ほう、それは、それは。なぜそんな具合だったんでしょう？」

「そりゃ、あの女が小見山さんを紹介したからなんだろうよ」

治郎の声には自ずと力が入った。

「小見山氏は、伊村君が見つけた後援者じゃなかったんですか？」

「ああ、やつも昔からよく知ってた人物らしいが、小見山さんがあの女に連れられて倅の楽屋に入って来た時は、心底びっくりしたといってたよ」

「なるほど。やっぱり、そうなんですね……」

思わず呟けば、

「何がやっぱりなんだい？」

ますます不審を買うのを何とかごまかさなくてはならない。

「実は僕も四月公演であなたの楽屋をお訪ねしようとしたら、たまたま廊下で小見山氏と鉢合わせして、それでそのまま失礼したんですが」

「へええ、そうだったんですか」

「いやどうも、あの二人が何だかごたいそうな雰囲気でしてねえ。遠慮しないわけにはいかなかったもんですから。伊村君も最初はきっとびっくりしたんだろうと思って」

「なるほどねえ……」

沢之丞はまだ腑に落ちない顔つきだが、それに構っている暇はなかった。

「偶然は重なるもんでして。僕と楽屋ですれ違ったあの二人は、そのあと澪子とも……憶えておいでてでしょうか？　妻の親類で、女優の真似事をしてる娘なんですが」

「ああ、よおく憶えてますよ。きれいな顔をしてるくせに、滅法お転婆なアカのお嬢さんだろ。忘れるわけがないじゃないか。こっちは大切な弟子を取られたんだから」

と沢之丞は皮肉っぽく笑っている。

澪子の恋人はもともと沢之丞の弟子であり、彼が木挽座で新たな組合を結成して下級俳優の待遇改善を図ろうとしたことも、沢之丞は築地小劇場に所属する澪子の感化によるものとみていたらしい。だが、まんざらそれを頭から否定するばかりでもなさそうで、人間若いうちは世の中を変えようとする正義感というか、義侠心のようなものがあってしかるべきだと、この老人は考えてもいるのだった。

「それで澪子なんですが、あの二人とたまたま木挽座の大間ですれ違って、目立つ連中なんで姿かたちをよく憶えてたらしいんですがね。これまた偶然にも桟敷で真向かいの席に座ったというんですなあ」

「ほう。あのお嬢さんが木挽座の芝居を、それも桟敷でご覧になってたとは、いやはや、アカも随分と変わったもんだねえ」

「いや、それにはちょっとした事情がありまして……」

大切な弟子を澪子に取られたと思い込んでいる相手に、見合いの話はさすがにいい出しかねた。

「とにかく澪子はあなたの『深見草』にすっかり感心して、歌舞伎舞踊の面白さが初めて理解できたと申してたんですが」

「そりゃまあ嬉しい話じゃないか。あのお嬢さんも先生のお仕込みがよろしくて、ようやっと芸に目覚めたってとこかねえ」

「いや、本当に優れた芸は、ど素人が観てもわかるということなんですよ」

賞められて嬉しくならない役者はいないということを、治郎は存分に利用していた。

「ところが、あの二人には、わからなかったんですなあ、これが」

思わせぶりにいうと相手は怪訝《けげん》そうな表情をした。

「あの二人って、小見山さんと連れの芸妓かい？」

「はい。澪子は『深見草』で自分が心底感動してしまったもんだから、周りの反応も気になったようです。衣裳替えの折に、真向かいに座った二人をちらっと見たんだそうですよ」

「そりゃご苦労なこった」

「そしたら二人は……」

と治郎はここでちょっと間を置き、相手の眼をじっと見つめた。

「二人はどうだったんだい？」

沢之丞は想像以上に真剣な面もちで、その眸は何かを恐れるような色をしている。

「いや、これは、まあ、いわないでおきましょう」

「何を隠すことがあるんだい。さっさといやあいいじゃないか」

治郎は焦らすように薄く笑いながら、相手の表情にじっと目を凝らした。

「澪子はいたく憤慨しておりましてねえ。わたしみたいな門外漢でも、あんなに昂奮した踊りだったのに、その踊りの真っ最中に寝てしまった二人は許せんというんですよ」

沢之丞の顔は眼を開けたまま石膏をかぶせたデスマスクのように無表情である。けれど治郎がそこから読み取れるものは決して少なくなかった。

「日本民族の伝統芸能を守るだの何だのと偉そうな御託を並べても、あなたの踊りを満足に観てられないようでは大した人物じゃありません。あんな男は別に惜しむことありませんよ」

治郎は若干おもねるようにいいながら相手の眼の裡《うち》を窺っている。その眸《め》は冷え冷えとした色で、乾いた唇は憤然たる声を吐きだした。

「ああ、そんなやつらは殺されて死んだって構やしないよ」

もうこれだけ聞けば十分なようだが、治郎はまだ一つどうしても確かめなくてはならないことがあった。しかしながら口ではこういうのである。

「今日はもうお疲れでしょうから、話はこれくらいにしておきましょう。あとは大磯からお戻りになられて、ゆっくりとお伺いするか、その頃だとお忙しいのなら、わたくしが大磯へ参るなり何なり致しますんで」

「ああ、そうしてもらえると助かるねえ」

最初からそうしてくれたら良かったのに、といいたげな顔で沢之丞はくるりと横を向いた。

「いや、実は今日はこの近所に用事があったんですよ。それで帰りに、もしご在宅ならお目にかかって、ご子息の本のことで先にご挨拶だけしておこうかと存じまして」

「ああ、そうだったのかい」

相手はぶすっとした表情のまま再びこちらを向いている。

「この近所に用事って、何だったんだい？」

「友人が信濃町《しなのまち》の病院に入院したもんで、そのお見舞いに。これからあなたのお宅に伺うつもりだと話してたら、ちょうど回診で森山先生がいらして、扇屋さんにくれぐれもよろしくとのことでした」

「森山……なんて人は知らないねえ。小林先生だったら……」

「ああ、そうだ、小林先生だ。森山は僕の友人のほうでして。いや、全く近頃はこれだから困りますよ」

「ハハハ、先生は今でそれなら、本当に先が思いやられますねえ」

沢之丞に嗤われて治郎は決まりが悪そうに手を頭にやりつつ、会心の笑みを浮かべている。

17 最期の真相

見上げた時計台の針は一時十分前を指す。約束の時間には何とか間に合いそうだ。それでも治郎は歩調をゆるめなかった。わが家の近所には東洋一を誇る聖路加《せいるか》国際病院のできたばかりの新館もあるが、ここ信濃町の病院も相当に広くて勝手が違うからついつい気が焦る。

雨上がりで急に蒸し暑さが増し、玄関に入るやたちまち消毒臭がつんと鼻腔《びこう》を刺して閉口させた。長蛇をなす患者の群れに揉まれて腋の下がぐっしょりし、脱ぎたい背広を我慢して受付で名前を告げたら、幸いすぐに本部棟の二階へ案内された。

分厚い樫扉《かしど》に貼られた名札を確認し、強くノックして扉を開けると、白衣の男がまっすぐこちらを見ている。眼鏡をかけ口髭を生やした大学病院の教授然とした風貌だが、歳はさほど行っておらず、尊大で厳《いか》めしい雰囲気もない。にこやかな円顔《まるがお》は親切で気さくな人柄を窺わせ、なるほど、いかにも役者が頼りにしそうな医師だと見えた。

「いらっしゃい。まあ、そこへおかけになって」

と示されたのは大きな窓の横に置かれた腰かけだ。明るい陽射しの中で素直に腕を伸ばした松の枝葉がすぐ近くまで来ている。相手は壁際に置いた両袖机を背にダマスク柄の肘かけ椅子にゆったりと腰をかけ、患者を診るような姿勢でいた。治郎はひとまず名刺を差し出して、

「お忙しいところを恐縮です。実は荻野沢之丞さんから、小林先生のことを伺いまして」

「扇屋さんはお元気なんでしょうなあ。ここへいらっしゃらないのはその証拠なんで、まあ、よろしいんですがね。僕のほうは仕事に追われ通しで、最近は木挽座にすっかりご無沙汰でして。それでも桜木先生が新聞にお書きになった劇評や何かはときどき拝見

しておりますよ」

「ああ、それは、それは。畏れ入ります」

相手はさすがに役者の主治医らしい如才ない人柄だが、無駄話をしている時間は余りなさそうで、

「早速ですが、ご用件をどうぞ。今日は二時から回診なもんで」

「はい。実は先年亡くなった荻野宇源次の最期のことで、是非とも先生にお話をお伺いしたく存じます」

途端に相手の円顔がやや四角張ったように見えたが、治郎は構わず話を続けた。この相手には改めて評伝のことを話さなくてはならないし、沢之丞には話さなかったことも告げなくてはならないのである。

沢之丞が主治医を選ぶなら市内でも有数の病院に違いなく、代々木御殿の近くでは信濃町のここしかあるまいと見当をつけ、医師名簿だけはひと通り見ておいたのである。沢之丞との別れ際に相手の口から出たのは内科の小林医師だった。

この小林医師が大磯の別荘で荻野宇源次を診察し、彼の最期を看取ったかどうかはともかくも、死亡診断書を作成した人物であるのは間違いなかった。

「申し訳ないが、僕の口から一切そういう話はできんのですよ。医師が濫《みだ》りに患者の容態や何かを他人へ洩らすようなことがあっては、皆さんがお困りになりますでしょう」

「重々承知の上で、お願いをしております。先生にお話し戴くことは、故人のためばかりでなく、ご父君のためでもあるんです」

「僕が話すのを、扇屋さんはご承知なんですか？」

治郎は黙って深く肯いた。

「断じて先生にご迷惑はおかけ致しません」

「困ったなあ。そういわれましてもねえ……」

人柄の好さそうな医師は頗る困惑している。いくら名刺にものをいわせても、こちらは突然現れた赤の他人に過ぎないのだから話すにも限度があろう。それをも重々承知の上で、治郎はさらなる矢を放った。

「薬の話も、ある程度は伺っております」

このハッタリに著しい効果があったのは相手の表情に見て取れた。どうやらそれが全くの見当違いでなかったことは、治郎と小林医師双方の深い嘆息となって現れた。

治郎は秋の襲名話を聞いた当初から宇源次の最期が気になっていた。沢之丞からも周りからも聞かされた憶えがないばかりか、死因を全く知らないことがふしぎに思えた。つまりは赤新聞の類でさえ当時それについて言及せず、噂で流れもしなかったということになる。

五年経った今改めて沢蔵に訊いても口を濁されたのでますます不可解になり、何かよほど隠さなくてはならない事情が想像されたのだった。

それゆえ故人と親しかった衣裳方の三上にまで尋ねるはめになり、飲酒が過ぎて吐血に至った事情を聞かされ、その話を沢蔵と伊村に確かめてみたら、二人とも異議は唱えなかったが口裏を合わせているのがありありと見てとれたので、死因に対する疑惑はさらに強まったといえる。

一方で、治郎は先日笹岡から呼びだされ、その際に小見山正憲の裏の顔を知らされた。彼は征西会の資金集めを名目に、大陸へ麻薬を密輸していたのだという。それを聞いてハッと思い当たったのが宇源次の内妻、梅香のことだ。梅香が晩年に「神経病み」のようになったと燕寿郎が語った症状の原因は、もしかすると薬物だったのではないか、という気がしたのである。麻薬の常習が神経に多大な中毒症状を引き起こすことは治郎でもさすがに知っていた。

梅香は照世美という小見山の愛人の妹分だったから麻薬に手を染めやすかったのではないか。そこから薬禍が宇源次に及んだのは想像に難くなかった。

薬物の濫用《らんよう》が心身を損なうのは世に広く知られているのに常習者があとを絶たないのは、それによって得られる一時的な多幸感と失われた苦痛の落差が甚大なせいらしい。使用中は幻覚や幻想に酔い痴れるばかりか、薬によっては一時的にせよ常人を超えた能力を発揮する場合もあるのだという。

宇源次が晩年に見せた奇跡の舞いぶりを、治郎は苦い気持ちで想い出すはめになった。芝居や踊りに限らずあらゆる芸術芸能は、一瞬の奇跡のために、全人生を抛《なげう》つ覚悟を強いるようなところがある。そこには常人ならざる精神の発露が必要だ。しかし、それはあくまで内なる魂で醸成されなくてはならない。宇源次が薬物という外部の力に頼ったのだとしたら、自らを恃《たの》む心の弱さが自らを滅ぼしたともいえる。あの名舞台が薬物に穢《けが》されたものだとしたら余りにも残念だし、治郎は断じてそうは思いたくなかった。

けれど宇源次の死因がひょっとしたら今度の事件にからんでいそうな感じもして、主治医から直に死因を訊くところまで気持ちが駆り立てられたのである。

「僕が診た時はもうかなり深刻な中毒症状で、本来ならすぐにここへ入院させるべきだったんですが、人目があるといわれたら辛いとこでして……逆にあそこだと、目が行き届いていたとは、とてもいえませんのでねえ……」

人気稼業は常にそれなりの不都合や不本意が付きまとうにしても、取り返しのつかない事態を招いてしまえば誰しも弁解の余地はなかった。故に自責の念のようなものが少しは働いて、小林医師の口を開かせたのかもしれない。俗に話せば少しは気が楽になる、とでもいうふうに。

「先生ご自身が大磯まで治療に通ってらっしゃったんでしょうか？」

「治療といっても、禁断症状が余りひどく出ないよう、薬の量を徐々に加減していく程度のことしかできないんでしてね。最初のほうは僕も診てたけど、あとはほとんど看護婦か向こうの方に任せっきりでした。結局のところ、薬物中毒を治すのは本人の心構え一つなんですよ。それで一時はすっかり持ち直したようだったんで」

と聞いて治郎は思わず声が大きくなった。

「彼はやっぱり、一度は立ち直ったんですね」

そうであろう、いや、そうでなくてはならない。誰の話を聞いても負けず嫌いだった四代目荻野宇源次は、自ら立ち直るだけの強靭《きょうじん》さを秘めていたはずだ。

「ああ、この分ならもう大丈夫だと思って、外出を許可したんですよ。外出といっても海岸の散歩程度のつもりだったんですが、こっちも油断したのがいけなかったんでしょうなあ。まさか出かけてしまうとはねえ……」

「出かけた？　療養中に彼が独りでどこかへ行ったということなんでしょうか？」

「いや、出かけたというより、連れて行かれたんでしょうなあ」

「それで容態がもっと悪くなったというような？」

小林医師は黙って肯いている。

「先生がご存じの事情を、どうかもっと詳しくお聞かせ願えませんでしょうか。一度は立ち直りかけた故人に一体何があったのかを」

と治郎は切迫した調子で小林医師を揺さぶった。

築地署では朝から銀座の松屋百貨店に出かける連中がいたが、まさか例の事件にあの松屋が関係するとは署員の誰もが想像もしていなかった。例の事件とは三十間堀事件や入船町事件とは全く関係がない、そもそもは所轄外の出来事だった。

渋谷区の明治神宮講会館で愛国勤労党中央委員の前田虎雄《まえだとらお》以下数十名が逮捕されたのを皮切りに大量検挙に至った、またも右翼のクーデター未遂事件。前田に「神兵隊《しんぺいたい》」と名づけられたこの集団の企ては全国規模に広がって、海軍の現役軍人も参加していたが、軍資金提供者の一人と目されたのが松屋の内藤常務だったので、築地署にもまんざら無関係な事件とはいえなくなったのである。

「神兵隊の資金調達をしてたのは陸軍予備役の安田中佐で、安田は内藤の秘書と京橋の待合で会って、早耳料を稼いでたらしい」

早耳料とはクーデター等の企てを事前に知って株の思惑買いに成功し、その儲けの一部を還元するかたちで資金提供することとなのだという。

「内藤は満州事変でも思惑買いで相当稼いで、目黒の政治浪人に早耳料を支払ってたそうだ。それで味をしめて、今度も乗ったんだろうよ」

署員のそうした噂話を聞いて、薗部は鬼子母神のような形相をした女の死顔を目に浮かべた。照世美というあの大阪の芸妓もたしか満州事変を事前に知って、鉄鋼株の思惑買いで大儲けをしたはずだった。

要は軍部から右翼人士に流出した情報が株の売買につながる怪しげな金儲けの仕組みがあるらしく、先月國文社ビルで摘発された怪文書の秘密出版もやはり同様の目的だったのかもしれない。

とにかく金を儲けたい連中は何だってするのだろう。片や実際の擾乱《じょうらん》行動を起こすべく駆り集められた神兵隊の多くは地方の貧しい青年たちだったから、

「お国のためと信じて群馬やら、茨城やら、遠く青森から駆けつけた純情な連中が、自分らは金儲けに利用されたと訴えて、今は留置場で泣いてるそうだぜ」

揶揄と憐愍《れんびん》が入り混じった同僚の声で、薗部は何ともいえない気分に陥った。

正直者がバカをみる世の中を正したいという気持ちは、この職業を選んだ自分にも当てはまる。政財界共に腐りきった今の日本を根こそぎ改めようとする純情な青年たちがいることも理解できなくはなかった。ところが、そんな彼らがまたバカをみるはめになった経済社会のありよう、どこまでも強欲な人間に味方する世の中の仕組みにはただただ愕然とさせられるのみだ。

それにしても、小見山が麻薬を密輸して稼いだ資金は一体どういう目的で使われようとしていたのだろうか。神兵隊と同様の擾乱目的だったとするなら、征西会総帥の東冀一や征西会と懇意な軍人にも当たるべきだが、そうしたことはやはり笹岡のいう「お偉

いさん」に任せておけばいいのだろう。

　こっちはまだ肝腎の殺害現場の特定すらできないのである。多くの署員が木挽座周辺を丹念に捜査するもいまだ手がかりは得られず、小見山最期の真相は一向に判然としないままだ。

　凶器は匕首のような刃物と柔らかい紐状の布の二種類で、刃物のほうは三十間堀の死骸発見現場付近をかなり広範囲に浚っても発見に至らない。また杉田がかりに共犯だったとしても彼は刃物で殺害され、その後に死んだ百瀬は紐で絞殺されたわけだから、残りの犯人が複数の可能性もあるといわなくてはならない。

　あらゆる考えに行き詰まって頭を冷やそうとした薗部が署の玄関から出たところへ、ふいに近づいて来た人影がこうささやいた。

「笹岡警部に会わせてもらえんかね」

　このように桜木先生が自ら署を訪れる時は決まって重要な手がかりが得られるはずだから、薗部は急いで笹岡の元へ案内した。

　ところが今日に限って先生は日頃の落ち着きをなくしたような早口で、

「五年前に大磯で起きた事件の真相を早急に明らかにして戴きたい」

と、のっけから思いがけない要請をしたのである。

　薗部は笹岡共々それが今回の事件につながると信じて事情を聞いた上で、取り敢えずは先生の求めに応じるしかなかった。

18 風呂の研究

「お帰りなさい。随分とおくたびれのようね」

妻にそういわれて、治郎は疲れがいっきに表へ出た。靴を脱ぐと同時に背広を脱ぎ捨て、ネクタイをむしり取る。ベルトをゆるめ、ワイシャツの前をはだけて居間にどっかり腰を据えたら、また妻が呆れたようにいう。

「まあ、雨でもないのに背広までぐっしょり。先にお風呂でさっぱりとなさいな」

治郎はふんふんと肯いて一瞬アッと声をあげそうになる。今日に限って妻のセリフが耳を素通りしなかったのは、さっき築地署を出てからずっとそのことを考え続けていたせいだろう。

「わたし、何か悪いことといいました？」

怪訝そうな顔をする妻に、

「いや、君は実に素晴らしいことをいってくれたよ」

と治郎は会心の笑顔で風呂場に向かった。

ちっぽけなわが家でも今や湯浴《ゆあ》みが可能になったのだから、科学文明もまんざら捨てたものではなさそうだ。去年の暮れに東京瓦斯《ガス》の早沸風呂釜《はやわきふろがま》とやらを設置して、それまでの銭湯通いがいかに不自由だったかを思い知らされたが、棺桶《かんおけ》並みの窮屈さには閉口せざるを得ない。ただし夏場の今は湯沸かし前の行水ができるのは何よりで、湯槽《ゆぶね》に張った水を手桶ですくって頭からいっきに浴びると、急に目の前が開けたようで、こんなに清々しい気分になれたのは久しぶりだ。

鼻歌まじりで外に出たら、乱れ籠には洗い立ての下着と糊がきいた浴衣が用意してあり、それはいつものことだが、今日は妻にいくら感謝してもし足りない気がした。

「治郎にいさん、随分ご機嫌じゃない」

と澪子もいうのだから、先ほどのくたびれようとはえらい違いなのだろう。ちゃぶ台に並んだ夕餉《ゆうげ》も今宵はよほど旨《うま》そうに見える。

「冷や麦はお代わりができますよ。精進揚げはそれっきりだけど」

「精進揚げといったって、ほら、ここに立派な海老《えび》が付いてるじゃないか」

えらく上機嫌な夫の声で、妻は照れくさそうに笑った。

「一本ずつしかないんだから、精進揚げで結構ですよ」

澪子は二人を交互に見比べながら、

「ああ、夫婦っていいわよねえ」

皮肉めかした声ではない、それは素直な声に聞こえた。

「澪ちゃんも、さっさとしちまえばいいじゃないか」

つい余計な文句が飛びだして、治郎はわれながら無神経だと反省した。敦子はこちらを見て溜息をつきそうな表情だし、澪子はほんの少し視線を下げ、

「さあて、どれから行くかな」

声も明るく箸を伸ばしはするが、その話題はもう避けたほうがよさそうである。

では何の話をするかといって、例の事件はまだ何も話せない状態だし、精進揚げでは味つけを評するわけにもいかず、三人がただ黙々と箸を使うのも芸がなかった。

「こういう日は、やっぱり冷や麦がいいわねえ。敦子ねえさんは茹《ゆ》でる時に暑くて堪《たま》らなかったでしょうけど」

「そんなでもないのよ。こういうのはすぐ茹であがるようにできてんだから」

女たちの会話も妙にそらぞらしくて、精進揚げがくったりする頃にはお代わりもいいだしかねた。

そっと箸を置きかけたら突如ジリリンとベルが鳴って治郎はどきっとした。

また何か起きたのではないか。近頃はさまざまな心配事が絶えない。敦子が立ち上がって茶の間の壁掛け電話に向かう姿から目が離せなかった。

「ああ、はい。少々お待ちを」

と聞いて治郎が腰をあげると、

「澪ちゃん、あなたにお電話よ。磯田さんから」

一瞬あっと声をあげそうになった娘がみるみる頬を赧らめてゆく。治郎はへたな軽口も叩けず、苦々しい呟きが胸に留まるのみだ。

あの男と会うようになってから、澪子は以前なら考えられないようなセリフをときどき口にして治郎を面喰らわせた。曰く「もう外国の翻訳劇を演《や》ってる時代じゃないんだわ。日本人は日本人が書いた芝居をしっかり上演すべきなのよ」。曰く「何をするにしても、命を捨ててかかる人たちには敵《かな》わないわよ。男にはやっぱりその覚悟がないとダメなのよ」。

そうした発言を頭から否定する気はないが、裏にあの軍人の顔がちらついて治郎は愉快になれなかった。都会暮らしを満喫した娘はここに来て自由を持てあまし、誰かに束縛され、依存したがっているように見えた。それがたまたま磯田という、都会的な快楽とは縁がない、禁欲的な軍人の姿を取っている男なのではなかろうか。

とはいえ澪子の将来までは責任が持てない以上、治郎は二人が会うのを止める権利もなかった。

何だかんだで寝つきが悪かったものの、意外に朝すっきりと目覚めたのは今日することが決まっていたからだろう。かといって日曜だから学校は休みだし、午前中は何もしようがなく書斎でしばし読書に無聊《ぶりょう》をまぎらすも、眼は活字を素通りしていたずらに頁《ページ》を繰る始末だった。縁側の硝子戸は開けっ放しにしてあるから、玄関の声が耳に届いて気を散らす。

「帰りは何時になりそう？」という敦子の声に、澪子の返事はなかった。

昼食後は何度も時計を見直すはめとなり、二時を過ぎたらもう座ってはいられなかった。

取るものも取り敢えず木挽座に急行し、慌ただしく楽屋口を入ると、

「おや、先生、こんなお早い時間にどうなすった？」

と頭取が驚いて声をかけ、

「やあ、七五郎さん、今日はつかぬことをお願いするが、楽屋風呂の風呂番がいたら、会わせてもらえんかね」

相手は眼をまん丸にした狸顔で、

「はあ、風呂番……たしかにおりますが、先生ん家《ち》が三助《さんすけ》にでもお雇いに？」

「いやいや、うちは三助を雇うほどの風呂ではないが、楽屋風呂ならちょっとした銭湯並みだから、罐焚《かまた》きくらいいてもおかしくないと思ってね」

「先生が一体どんな御用で？」

と訊かれるのは当然だろう。

「実は早稲田で楽屋風呂の研究をしてる学生がいてねえ。随分と古くからあるもんで、

江戸の昔は劇場《こや》の裏木戸あたりに据風呂《すえふろ》を置いて、風呂番が付きっきりで火を焚いたり、水を足したり、何かと世話をしたんだそうだが、今の木挽座ではどうしてるかを知りたいというんで、僕が代わりに話を聞いてやろうと思ったわけさ」

「へええ、今どきの学士様は何とも物好きなお勉強をなさるんですなあ」

と呆れられるのもまた当然だろう。

ともあれ風呂番はすでに機関室にいて、そろそろ焚き始める頃だと聞き、治郎はすぐにそこへの案内を頼んだ。

ただでさえ暑いところへ持ってきて機関室に近づくにつれさらなる熱気が加わり、その鉄扉を開けるといきなり耐え難い熱風を浴びて、ねじ曲がった太いパイプや廃材を利用した薪《たきぎ》の山が目に飛び込んだ。奥のほうで薪を両手にこちらを見ている男は、ゆうに五十を超えていそうだ。額に太い横皺が刻まれ、口角が下に向いた取っつきの悪い人相だが、話が全然通じそうもない年寄りでないのは幸いだった。

紹介者が立ち去ると男は黙ってまたボイラーに向かい、両手に持った薪を次々と焚き口に放り込んでゆく。それを見て治郎はふと、人間の社会にはいずこもこうした焚き口があるように思えた。放り込むのはお金という名の薪。それによってさまざまな事業が沸騰する仕組みだ。そして事業の有用性と薪の善し悪しは必ずしも一致しないのだろう。

「仕事を続けながらでいいから、少し話を聞かせてもらえんかね」

相手がこちらの声に黙って頭を下げたので、治郎は質問を開始した。

「ボイラーを焚き始めるのはいつも今時分からかい？」

相手は首を上下させて「ああ」とぶっきらぼうな返事をした。

「火を落とすのは何時頃なんだい？」

「時間は決まってねえが、芝居が終《ハ》ねてすぐか、ちょっと前さ」

再び手にした薪を放り込んで、相手はまっすぐにこちらを見た。どうやらちゃんと質問に応じる態勢らしい。

「芝居がハねてから風呂に入る連中もいるだろうし、みんなが入り終わるのはいつ頃なんだろうねえ？」

「そいつは頭取に訊いとくれ。俺は火を落としたらすぐに帰るから知らねえよ」

「風呂場の掃除もせずに引き揚げるのかね？」

「掃除は次の日にまわすんだ」

「残り湯もそのままにしとくのかい？」

「ああ、洗い場を流すのに使うからねえ」

「残り湯は白粉で濁って汚いだろうに」

「いうほどでもねえ。掃除に使うにゃ十分さ。最後は蛇口をひねって水を出しっ放しで流すしよお」

「なるほど」

と治郎はここで大きく肯いた。

「今ちょっとだけ中を覗かせてもらえんかね？」

相手は仕事に興味を持たれたことで気をよくしたものか、さっきよりも愛想のいい表情で肯くと、ボイラーの脇にある細い扉を開けて見せた。中は想像したよりも広く、

「ほう。洗い場はもうタイル張りなんだねえ」

と治郎は意外そうに呟いたが、震災後に新築された劇場なら当たり前かもしれない。これだと掃除も楽なはずだ。湯槽のほうは昔ながらの檜造りで、

「この広さなら、無理すりゃ六人くらいは入れそうだが」

と治郎は壁際に積んである手桶の数を見た。蛇口は湯槽のほかに洗い場の壁にも二ヶ所あって、掃除の際は栓が開きっ放しになるのだろう。

「洗い場には、忘れもんや落としもんなんかがありゃしないかい？」

「ああ、しょっちゅうなんだかんだ見つかるよ。安全カミソリなんかあった日にゃ、こっちはちっとも安全じゃねえからなあ」

本人は駄洒落《だじやれ》のつもりらしく軽い笑い声をたてた。見かけより話しやすい男なのは何よりだった。

「見つけた落としもんはどうすんだね？」

「カミソリなんかは捨てちまうが、あとで取りに来そうなもんは、そこにまとめて取ってあるよ」

と顎をしゃくった先には茶色に変色した籐籠《とうかご》がある。治郎は傍に寄ってちらっと中を覗いた。セルロイドの石鹸箱《せっけんばこ》やカミソリの軸はわかるが、ぱっと見ただけでは得体の知れない物が断然多い。中には表面が白く埃《ほこり》をかぶったのもあって、よほど長く取り置いてあるらしい。

「それにしても楽屋風呂に安全カミソリまで持ち込む役者がいるとはねえ。銭湯並みにのんびり髭を剃《あた》ろうってわけか」

「そりゃ下回りには色んなやつがいるさ。タコや魚の目をふやかして取ろうというのもいるんだよ。血が出たってすぐに洗い流せるしなあ」

「洗い場に血が付いてた、なんてことはないのか？」

「アハハ、タコ取ったくらいで血はそんなに出やしないよ」

「そうか。血なまぐさい臭いが残ってた、なんてことも当然ないんだろうなあ……」

心なしか治郎の声が沈んでいる。

「そりゃいくら血が出たって、蛇口を捻ればきれいさっぱり……けど臭いといえば、朝来たら変な臭いがこもってて参ったことがあった。湯を沸かし始めたらますますひどくなったんで、しばらくあそこを開けっ放しにしておいたんだ」

風呂番が指さしたのは湯槽側の壁の上方にある小窓だった。

「変な臭いって、一体どんな臭いなんだ」

「うーん、誰かがここに魚のアラをぶちまけやがったんじゃねえかと思うような、とにかく嫌な臭いさ。残り湯もだいぶ減ってたから、本当にそうして洗い流したんじゃねえのかなあ。全くひでえことをしやがるもんだ」

治郎は自分の勘が当たったかもしれないことに、愉悦よりもむしろ恐怖を感じた。今この場からとっとと逃げだしたい気分を抑えて、慎重に尋ねる。

「それはいつ頃の話なんだい？」

「つい最近のことさ。窓を開けてたおかげで湯の沸くのが遅かったせいか、早く湯浴みした役者さんに、まだ冷てえぞっ、て怒鳴られちまった」

「怒鳴った役者は誰だかわかるかい？」

「あの声はたしか三島屋《みしまや》だったように思うが、顔を見てねえからはっきりしねえよ」

甚だ頼りない証言ともいえるが、治郎はこの相手からここまで聞ければ上出来の部類だとした。

三島屋とはたぶん桐山紋四郎《きりやまもんしろう》のことだろう。彼はたしか四月公演の序幕『熊谷陣屋』で弥陀六《みだろく》の役に扮していた。ゆえに四月二十四日のわりあい早い時間帯に、まだ沸ききっていない楽屋風呂の湯槽に浸かったとしてもおかしくない。あとは終演後に入浴した役者全員が楽屋から出払った時刻を頭取に尋ねたら、治郎は木挽座で今日果たすべき目的を概ね達成できたといえる。

昨日、築地署で殺害現場となり得る場所の心当たりを訊かれた後に帰宅して、妻の言葉でハッと思い当たったのがこの楽屋風呂である。今日は帰りにまた築地署に立ち寄って、笹岡警部にはここにある籐籠の話もしなくてはなるまい。

あの籠の中身を調査すれば、ひょっとしたら殺害現場の特定につながる可能性もあることを教えることになりそうだった。

19 静かなる退場

この広い公園で、そこの目印となるのは樹齢を重ねた銀杏《いちょう》の巨木だ。

今それが目の前に蒼々と立ち現れて、降り注ぐ木洩《こも》れ日が地面に繊細な模様を描いている。広い襟《えり》ぐりに白のフリルを付けた半袖のワンピースにも網目のような陽射しを受け、澪子は少し歩調をゆるめた。

日曜のお昼時はさすがに満席になるだろうから、早めに入っておきたいけれど、初対面の見合いの時のようにまた待たされることになるのでは堪らない。ただし今日はいつもと違って、待ち合わせの場所をここに指定したのは澪子でなく、磯田のほうだった。

日比谷公園の松本楼《まつもとろう》は澪子も名前だけはよく知っていて、震災前の店は全く知らないくせに、みごとに蘇ったものだという気がするのはおかしい。まだ建材が匂うような店内は広くて開放的だが、案のじょう多くのテーブルが既に埋まっていた。それでも必ず一階にいるという約束だったから隅々まで見渡すと、白い開襟シャツや生成りの背広が多いなかでカーキ色の軍服にまっすぐ目が吸い寄せられた。店内の一番奥を占める窓際の席で、そこだけ周りに人がおらず、ぽっかり空いているのはやはり軍服のせいかもしれない。

近頃はどこへ出かけても軍服を見ないで帰って来る日のほうが少ないくらいだった。治郎の若い頃は職業軍人がサーベルをぶら下げて電車に乗り込んで来ると乗客が露骨に迷惑そうな顔をしたというけれど、今は敬遠しつつもどこか尊崇の念があるような気がした。少なくとも世間の大方はその存在を重く受け止めており、軍人のほうも私用の際に大威張りで軍服を世間に見せびらかして、またその軍服が街着に堪える洒落た裁断だったりもするのだ。

思えば磯田は今までよくぞ軍服を着て来なかったものだ。もし着ていたら、澪子もさすがに銀座界隈《かいわい》は連れ歩けなかっただろう。その姿を劇団の仲間に見られでもしたら、全く弁明の余地はなかった。

それにしても今まで軍服の着用を控えていた磯田が今日着て現れたのは、何らかの理由があるのではないか。まさか、正式に求婚するつもりなのだろうか。出会いのきっかけからしたらそれが当然とはいえ、それをされたら最後、澪子は面と向かって磯田を傷つけなくてはならないのが嫌だった。

そんな重い気持ちはおくびにも出さず、軽やかに足を運んでテーブルの前に立つと、相手はすぐに立ち上がってまたいつものような礼儀正しい挨拶をする。

分度器できっちり角度を測ったようなお辞儀の仕方に、澪子はもう戸惑うことはなかった。しかし軍服でそれをされるとさすがに人目が気になった。有名女優でもないくせに、澪子は絶えず自意識に振りまわされて、店内の目が一斉にこちらへ向くような錯覚にとらわれがちだ。

陸軍将校を間近で見た経験が少ないせいか、椅子に腰を下ろすと相手の顔よりも先に軍服へ目が行った。襟が思ったより高いのに目が行き、緋色の襟章、次いで肩章に目が移る。肩章を飾る金筋と二つの金星がこの男の値打ちを示すようにはちっとも見えず、むしろ子供じみて感じられる。

逆に男の目には女の何が金筋や星に見えるのだろうか、なぞとつい考えてしまう。

軍服のせいか今日の磯田は妙に勿体ぶっているように見え、口も重そうな感じがしたので、

「お待たせしましたかしら」と澪子は自分のほうからさりげなく話しかけたつもりなの

に、相手は妙に大げさないい方で返した。

「いえ、急にお呼び立てをして、来て戴けたのは望外です」

　そういったきり、また黙り込んでじっとこちらを見ているので、澪子はだんだん居たたまれない気分になった。相手の眼はまっすぐこちらを向いていても、こちらを通り越して遠い女の面影を見ているのだと思えば少しも愉快になれない。もうヒロインの代役はまっぴらで、その女《ひと》に代わってあげようのない自分という人間を知っているだけに、相手の視線が負担になるばかりだ。

　では自分のほうは果たして何を望んで、まだこの男と会っているのだろうか。あの日に目撃した事実、そこから発生した事件、それを分かち合いたいというだけではもう片づかない気持ちを、今やさすがに澪子もはっきりと自覚していた。

「女がずっと独りでいると、必ず自分を持てあます時期がやって来るものなのよ」と敦子がいつぞや話していたのを想い出す。「だから、敦子ねえさんは治郎にいさんと結婚したの?」と訊いたら「さあねえ、お見合いでたまたま会っただけだし」とごまかされ、あっさりとこういわれた。

「自分の気持ちなんて、ほんとは何だかよくわからないものなのよ」

　自分で自分の気持ちがわからないまま人生を送るだなんて、澪子はそら恐ろしい気がした。それでいて「いっそ自分を誰かに預けちゃったら、気持ちがうんと楽になるわよ」と唆《そそのか》す声が耳を離れなかった。

「今日お呼び出し戴いたのは、小見山さんのことで何か新たにわかったんですね？」

澪子はなるべく事務的な口調を心がけたが、磯田はそれをかわすようにして彼方《かなた》に佇むボーイを呼んだ。

「澪子さんも、カレーライスと珈琲でいいでしょうか？」

と訊かれたら肯かないわけにはいかない。この男にしては意外なほど強引な出方で、澪子は逆にこれまでさんざんこっちが振りまわしたのを想い出す。今日ここでご馳走《ちそう》すると決めたのも、磯田としては随分と気を遣ったのだろう。お互い地方から東京に出て来た引け目で背伸びしたがる点は似た者同士、他人様にはお似合いの二人と見られるのかもしれなかった。

「初めてこれをここで食べたら妙に後を引く味だったんで、ここに来たら必ず注文するようにしてるんですよ」

と磯田はいつもの正直な笑顔を見せて銀色に輝くスプーンを握る。

「遠慮なくご馳走になりますわ」

澪子も食べる時くらいは素直な笑顔を見せようとした。磯田の食べ方は武骨でも決して見苦しくはなかった。「食べ方が見苦しい人とは一緒に暮らす気がしないものよ」と敦子がこれもいつぞや教えてくれたのを想い出しながら窓のほうを見た。

さっきの銀杏の大樹が意外なほど窓際近くに見える。天空に向かって堂々と聳え立ち、強い陽射しをまともに浴びて、太古からの生き物らしいごつごつした樹膚《きはだ》を晒している。あの樹のほうは一体こちらの何を見ているのだろうか。ここで何世紀ものあいだ長き沈黙を守りながら、人間の何を見続けてきたのだろうか。

磯田は先にスプーンを下に置いて、口を切った。

「小見山先生の件は、あれからもいろいろと訊いてみたんですが、やはり詳しいことは……」

わざわざ呼びだしておいてまた同じ文句の繰り返しかしらと澪子はいいたげだが、磯田はゆっくり周りを見まわすと、少し声をひそめるようにしてつけ足した。

「ただ、われわれの仲間は大変頼りにしていた方だったことを、今日はお伝えしておきます」

いささか仰々しくも感じられる打ち明け方で、澪子はある程度察しないわけにはいかなかった。亡き犬養首相の写真がまたしても大きく目に浮かんだ。

「つまり小見山さんは……」

男がとうとう思いきって正直に打ち明けてくれたのだから、女もここは思いきって踏み込まなくてはならないと感じた。

「磯田さんがお仲間と成し遂げようとしていた計画に資金を提供してらした方、と解釈してよろしいんですね」

相手は黙して肯いた。どこにも悪びれた様子はなかった。磯田は彼のいう腐りきった政治家や資産家を一掃して、貧富の格差が解消される世界を夢見たのかもしれない。けれど世界を変えるにはまず資金が要り、その資金の出所までは問題にしていられないという苦い現実があるのみだった。

「小見山さんは、そのお金をどこでどうやって工面されてたんでしょうか？　ひょっとしたらそれが原因で殺されたんじゃないのかしら？　磯田さんのお仲間は誰方《どなた》もそのことを気になさってらっしゃらなかったんですか？」

澪子はちょっとなじるふうな口調だ。小見山のことは全く知らないが、殺害されるような人物には、何か後ろ暗い事情があったと考えてもふしぎはないのである。

「われわれが全く何も知らなかった、というつもりはありません」

と磯田は硬い口調で応じた。

「しかし正直あの方をそれほど知っていたわけではなかったということが、今度の事件で非常によくわかりました。大陸でも活躍してらしたが、内地では篤志家を募ることに長けてらした方のようで」

「篤志家……つまりお金持ちに貢がせてらしたの？……」

澪子はただただ唖然とするばかりだ。クーデターを起こそうとする人びとに貢ぐだなんて、世の中にはなんとまあ奇特な金持ちがいるものだろう。まるで敵に塩を送るようではないか。それとも何か大きな見返りでもあるのだろうか。まだ二十代の娘には何がなんだかさっぱり見当もつかず途方もないような話に聞こえた。

「磯田さんは、そうした篤志家のお名前もご存じなんですか？」

「正直よく存じません。古河《ふるかわ》財閥のだれそれとか、鉱山王の久原《くはら》某とか、噂には出てましたが、何ら確証はありません」

澪子は木挽座の大間で見かけたカイゼル髭のいかがわしい人相を想い出して、あんな人物の何が資産家の心を捉え、一方で磯田のように純粋な青年将校の気持ちを動かしたのかがわからなかった。資産家に対しては詐欺師同然の舌先三寸だったにしても、

「大陸では一体どんなお仕事をしてらしたんでしょうねえ……」

素直な疑問を呟いたところで、磯田がハッとしたようにこちらを見据えた。

「それは、いずれ近いうちに知れるかもしれません」

ぼそっとした暗い声が澪子の耳朶《じだ》を強く刺激した。

「近いうちって……」

相手は瞼を閉じてかすかに首を振った。

「自分が向こうへ参ります。これ以上のことは話せません」

再び瞼を開けてこちらをじいっと見つめる眼の輝きは、澪子にもう何も問わせなかっ

た。

磯田が今日ここに来て、小見山との関係を正直に打ち明けた理由は明らかだった。剣呑な計画が頓挫したらしいことに澪子はひとまず胸を撫で下ろしたが、全く無事では済まなかったのかもしれない。何しろ磯田は大陸の部隊へ異動になるらしいのだから。

昨年の一月には上海事変が勃発。日本軍は七百人を超す戦死者を出した。三月には東北部で新たに満州国が誕生し、既に満蒙《まんもう》開拓移民が始まって、疲弊した農村から多くの若者たちが新天地に夢を託して入植している。澪子の父にいわせると、彼ら同胞を守るためにも今や軍は欠かせない存在で、いっそ内戦状態にある支那に代わって日本軍が大陸を丸ごと治めたほうがいいのだとか。

内戦が収まらないと紛争の芽は絶えず、いつかは大陸全土が巨大な戦場と化す恐れもある。そこで磯田の身に起きることを想像したら、澪子は胸がきつく締めつけられたように声も巧く出てこなかった。

まっすぐな気持ちを絵にしたような鼻梁。いつもどこか遠く離れた場所に注がれている眼。どれもこれも今日が見納めだと思ったら、かっと顔に血がのぼり、熱病のごとく声が震えた。

「磯田さんとはもうこれで、お目にかかれないわけですね」

澪子は一瞬それをどういうつもりでいったのか、自分でもよくわからなかった。

「はい。今日でもう、二度とお目にかかる機会はないでしょう」

男は決然としたいい方で首《こうべ》を垂れる。

「澪子さんのお役に立てなくて、本当に申しわけない」

万感のこもったその声を聞いて、澪子は相手に頭を下げられた理由がわからなくなった。

もともとお互い結婚をする気がなくて、単に義理でしたお見合いだったのではないか。小見山の身辺調査など本当はどうでもいいことである。あの事件に磯田が関与していないことさえわかれば、それで十分なのだ。

命もいらず、名もいらず、始末に困る人になりたいといった男は、大陸へ赴任するにも単身なのが当然で、そんなことは最初からわかりきっていた話ではないか……。

それなのに男が頭を下げたのは女の動揺を見透かしたせいだとすれば、澪子は慚愧《ざんき》に堪えず、しばし顔が上げられなかった。

何とか吹っ切れて気持ちが少し落ち着いたところで、もう意地でも最後は自分らしくありたいと願い、晴れ晴れとした声を聞かせる。

「麻布第三連隊の主計さんが向こうへ行ったら、一体どんなお仕事をなさるのかしら？」

「さあ、それは本当に僕もまだわかりませんが、ソヴィエトロシアの控える大陸が防共の最前線であるのは確かです。皇国の干城となることに変わりはありません。常にわれわれは陛下に身を捧げて大御心に従うのみであります」

相手は最初に会った時のように型通りの愚直な物言いをした。それもまたこの男の正直な一面であることを、澪子はむろん承知していた。何せ相手は職業軍人で、心は文字通り常在戦場。内地であれ、大陸であれ、敵を打ち負かすのがこの男の本分なのである。そして常に天皇陛下に自分を預けた気持ちでいれば楽なのだろう。澪子はふと自分に重ねてそんなふうに思ってしまい、不敬の罪に問われるのを恐れた。

「軍人さんはどこにいらしても、わたしたち国民を守ってくださるんですよね」

「大日本帝国の干城が帝国臣民を守るのは当然の義務であります」

軍人らしい型にはまったいい方でも、磯田の柔らかな声には真実味がこもって聞こえる。

一瞬、磯田の軍服が真っ赤な鮮血に彩られた凄惨な姿に変わって、澪子はすかさず瞼を閉じた。

「まだ一度も行ったことはありませんが、向こうは天地が広々としているせいか、自然と人も気が大きくなるんだそうです」

磯田は懸命に話の調子を変えようとしていた。

「白髪三千丈《はくはつさんぜんじょう》だとか、百年河清《かせい》を俟《ま》つだとか、支那人が大げさな言い回しを好むのはそのせいなんでしょうか。向こうに住み馴れたら、内地は人の心までが狭いように感じられて、逆に住みにくくなるんだとか聞きました」

「狭い日本にゃ住み飽いた、って歌の文句があるくらいですもんねえ」

澪子も『馬賊の歌』の一節を口ずさみながら、懸命に笑顔をこしらえようとしている。大陸は今後も入植するわれらが同胞で充ち満ちて行き、日本人の多くが国内外で豊かに暮らせるのは素晴らしい話のように思えた。日本人が入植する以前から大陸に暮らす人が大勢いて、日本人の進出が彼らの暮らしを蹂躙《じゆうりん》することにもなりかねない点は、澪子とて常に忘れがちなのである。

「いずこであれ、初めての土地で触れるものには必ず刺激があって、新鮮な歓びも得られます。木挽座のお芝居や資生堂の珈琲も、僕にとっては新鮮でした」

磯田はうっすらと口もとをほころばせて、懐かしむような眼をしていた。澪子もここは女優魂にかけて、飛びっきりの笑顔を見せなくてはならなかった。

「向こうにも、おいしい珈琲やごちそうがいっぱいあるんじゃなくって。磯田さんが本気で夢中になるような素敵な女性も、きっと現れますことよ」

相手の口もとから急速に笑みが消え、強い眼差しがまっすぐこちらに向けられる。眸の奥が怖いように燃えていた。

「澪子さんのことは終生忘れません。僕の話を真剣に聞いてくれた、恐らく最初で最後の女《ひと》ですから。僕は女の人が歓ぶような話はできないもんで……」

磯田はそれがまるで恥ずかしいことでもあるかのように頭をかいている。女が歓ぶような話って何だろう、と澪子は思う。女はただ自分の話を真剣に聞いてほしいだけ。そして男も自分の話を真剣にしてくれればいいだけなのに。ああ、これが敦子ねえさんなら、結婚前の男女が真剣な話をする必要なんかどこにあるのよ、というのかもしれない。

「あなたとは、お会いした時からふしぎな縁を感じていました」

いつも遠い彼方を見るようだった磯田の燃える眸が、今はしっかりとこちらの姿を捉えていた。

「しかし、あなたには……本当に最初から何もかも驚かされっぱなしで。決して縁だけでは片づけられない気がしました。あなたのような女《ひと》には、もう二度と巡り合えないであろうことを思うと、僕は残念で堪りません」

肚の底から迸り出たような男の声が女の耳を心地よくくすぐった。それは女優が何か一つの大役をやり遂げて賞賛された声のように聞こえた。

思えば澪子は去年あたりからずっと不安だったのである。劇団ではもう以前ほどにちやほやされなくなった。女学校の友だちは皆さっさと先に嫁いでしまった。自分は今あの恋人と離ればなれに暮らしている。このまま年を重ねていつかは誰にも相手にされなくなり、人生の舞台でもどんどん片隅に追いやられ遠からず降ろされてしまうかもしれないという不安。ちょうどそんな時にたまたま登場したのが磯田遼一で、澪子はそれゆえ自分の存在を相手役に認めさせようと躍起だったのかもしれない。

ところが相手はおよそ行きずりの存在に等しかった。同志になれるどころか、世間から見たら仇敵《きゆうてき》にも等しい間柄。お互い目指す世界がまるで違っている。そう、二人は何も交わる点がなかったのだ。

それなのに、ただ並んで同じ方向を見ていたというだけで、磯田はここまできちんと相手役を演じてくれた。本当に、お互いこういう関係を築ける相手とは、二度と巡り合えないのかもしれなかった。

ただし一体どういう関係なのかとまともに問われたら、たちまち返事に困るだろう。男女の間で友だちは成り立たないと世間ではよくいうが、澪子はこの相手と最後まで正直にものがいえる関係でありたかった。

店を出て銀杏の大樹に向かい、その真下に来たところで、

「さあ、いいこと」

澪子はなるべくさばさばした調子でいうことにこだわっていた。

「磯田さんには、いつもうちの近くまで送って戴いたけど」

そして別れ際に握手をした。磯田の掌は軍人とは思えないほど柔らかく温かだった。けれど強く握られた刹那、その熱り《ほとぼ》が全身に伝わるのはもう避けたい。

「今日はここで、わたしに見送らせてちょうだい」

一瞬、磯田は何かいいたそうだったが、黙ってこちらを見ながらゆっくりと肯いた。それから素早く後ろ向きになり、カツンと靴の踵《かかと》を鳴らす。大股で五歩ほど歩いたところでこちらを振り向くと、これもきっちりと手の角度を測ったような敬礼をし、再びくるりと踵《きびす》を返してゆっくり前に進んでゆく。その後ろ姿には男らしい強い直線が感じられた。

彼が夢見たであろう正しい世界は、果たして実現し得るものだったのかどうか。本当はどんなものだったかさえ澪子は理解していなかった。ただその世界の幕が引かれた今は深い沈黙のうちに退場する男の後ろ姿をじっと見つめるばかりだ。

澪子は分度器で測ったような姿勢を真似て自らも答礼した。頭が下がった一瞬、つんと鼻の奥を突きあげるものがある。とっさに顔を起こせば、彼方にカーキ色した軍服が先ほどよりも小さくなって、木陰に阻まれ、人波をかぶりながら、どんどん遠ざかってゆく。澪子は目でそれを追い、耳は敦子の声を聞いていた。

――自分の気持ちなんて、ほんとは何だかよくわからないものなのよ――

今は妙に気持ちが高揚していて、いたずらな感傷に耽《ふけ》りたくはなかった。そもそもお互い通りすがりにすれ違った珍しい相手、というくらいの間柄に過ぎない。ただほんのわずかの間、男女にしてはちょっとふしぎな、けれど濃密な時間を共にした出会いだったのだ。

澪子は今しばらくこの大きな樹の下に立っていようと思う。陽が傾いて夜の帷《とばり》が下り始めるまでここに佇んで、最後に独り静かに涙する。それが案外悪くない幕切れのように思おうとした。

20 蒸し返し

芝愛宕署、築地署と引き続いた留置場暮らしで、白髪が目立つようになった峰岸はさすがに憔悴《しょうすい》の色が隠せない。それでも相変わらず三白眼の強面でむすっと前に突きだした唇に弛みはなさそうだ。

「今度はまた何をお尋ねかと思ったら恐れ入りやした。今さらそんな古い話を蒸し返されてもねえ」

にべもない返事だが、笹岡もそうやすやすとは引き下がらない。

「なら、死ぬまで豚箱にいるこった。棺桶に片足を突っ込んでから後悔するんだなあ」

「憶えのねえこたァ答えようもねえじゃねえかっ」

相手が黄色い乱杭歯で嚙みついても、

「乾分《こぶん》どもはてめえが出てくるのを首を長くして待ってるだろうぜ」

ここで一拍置いて、

「きっと伊村という男もなあ」

「伊村……伊村って伊村雅夫《まさお》のことか？」

「ほう、これでやっとつながったか」

日根野警部の網にひっかかった人物として、伊村の名前が桜木治郎の口から挙がったのは三日前。代わりに笹岡は大磯で五年前に起きた事件の調査要請を受け入れていた。かくして芝愛宕署で勾留中だった峰岸の身柄を強引に築地署へ移し替えることに奔走し、厄介な手続きを経て、ようやく今日から尋問を開始したというわけである。

果たして五年前の事件が今度の事件の解決につながるのかどうか。あらゆる捜査が行き詰まりを見せるなかで、笹岡としては藁《わら》にもすがる気持ちで、桜木に指摘された過去を蒸し返すつもりになったのかもしれなかった。

「お前と伊村は古い付き合いなんだろ。古い話は憶えてねえとはいわせんぞ」

「それとこれとは話が別だ」

「別じゃねえ。伊村は五年前にお前が拐《かどわ》かした人物の世話をしてたはずだ。その時も伊村が手引きをしたんだろ？」

「昔の話は本当によく憶えちゃいねえのさ」

「なら俺の話を聞いて想い出すがいいさ。違ってたら、その場で違うといえ。黙ってたらそうだったことにするぜ」

　笹岡は目顔で薗部に聴取書を取るよう促している。

「昭和三年夏、わたくし峰岸辰造《たつぞう》は小見山正憲に命じられ、東都俳優組合所属の四代目荻野宇源次こと高村泰男《たかむらやすお》を大磯の同俳優別荘から略取誘拐致しました。さあ、それでどこへ連れてったんだ、早くいいな」

「知らねえ、忘れちまった」

「お前もよくよくのバカだなあ。五年前のことなんか時効で今さら罪に問われやせんだろう。小見山は死んじまって義理立ても不要だ。むしろ、お前がここで全部ぶちまけてくれたら、小見山を殺ったやつが割れるかもしれんのだぞ」

　とどめの言葉は峰岸の表情を一変させた。

「先生が殺されたのは五年前のことと関係あんのか？」

「ああ、きっとあるのさ。だから小見山の仇を討つ気なら、知ってることを全部ここで吐くのが早道なんだ」

　峰岸は覚悟を決めたようにゆっくりと肯いた。

「本当に忘れちまったこともあるんだぜ」

「ごたくはいいから、さっさとぬかせ」

　笹岡は勝ち誇った表情で見おろしていた。昔といってもたかだか五年前の出来事をきれいさっぱり忘れられるわけがない。にんまりした笹岡の横顔を睨みつけるようにして、峰岸はこの男らしいどすの利いた濁声を聞かせた。

「いっとくが、小見山先生はあいつを丁重にお連れ申せとおっしゃったんだ。俺はその言葉通り伊村に伝えた。伊村は先生が療養中のやつを励ましてくださるとでも思ったんだろう、あっさり居場所を明かしやがった。最初は自分が付き添うつもりだったようだが、俺は先生に任せておけと突っぱねたんだ。

別荘では先生のいいつけ通り、俺もめっぽう下手に出た。先生がお見舞いに鎌倉まで来てらっしゃるんで、東京から用意したお車にお乗り戴いて、お越しを願いたいと申し出たんだ。最初はやつも素直に応じたが、途中で道が違うと気づいて騒ぎだしやがったもんで、面倒だから薬を打って静かにさせた。打つ時に袖をまくったら、腕は注射の痕で痣《あざ》だらけさ。へへ、一本追加したところで別にどうってこたねえ。やつは大磯で足を洗ったつもりだったんだろうが、この道ばかりは足を踏み入れたら最後、そうやすやすとは抜けられんのさ」

薗部は南佐久間町の潜窟で見た壊廃的な中毒患者の顔を想い出したが、それを荻野宇源次と結びつけるのは困難だった。彼の舞台を実際に観たことはなかったが、ひと頃の大変な人気俳優だったのは知っていて、夭折の砌《みぎ》りには熱狂的なひいきが永代橋《えいたいばし》から飛び込んだという後追い心中未遂事件が所轄外の築地署でもいまだに語りぐさだ。

世間には俳優組合にも所属できない役者や芸人がごまんといて、木挽座に出演できるのは選ばれに選ばれしごく一部だろう。ましてそこで熱狂的な人気を得たとなれば、わが国でも稀少かつ貴重な存在に違いなく、そんな人物が峰岸のようなクズの餌食になったとは驚きのほかなかった。

「宇源次に薬を回してたのもてめえだったのか？」

「いいや、俺は知らねえ。関西のほうから直に渡ってたんだろうよ」

いずれにしろ出どころは同じで、小見山商会が大陸に密輸する薬物の一部が流れていたのだった。

「で、宇源次を眠らせて連れてった先はどこなんだ？」

「さあて、どこだったかなあ。たぶん池之端《いけのはた》か、湯島《ゆしま》あたりの待合さ」

「待合にもいろいろあるが、池之端か湯島といえば、宇源次はそこで女と会った。いや、てめえらに会わされたってわけだな」

と笹岡の口から苦々しい声が噴きだしている。

「だれに会わせたんだ？」

「名前までは知っちゃいねえが、大方どっかの名流夫人さ」

「つまり金持ちの女房に、いわゆる役者買いをさせたってことか」

「まあ、そういっちまえば身も蓋もねえがなあ。やつは男が見ても惚れ惚れするような男前だったから無理もねえのさ。薬でぼうっとしたまま待合の布団に横たわって、奥様をお迎えさせられたってわけだ」

藺部は唖然とした。「役者買い」という言葉を耳にしたのは初めてだが、その金持ちの名流夫人が宇源次との間にどういう関係を望んだかの想像はつく。

「要するに小見山はごひいきの役者をあてがって金持ちの奥方に取り入った上で、その亭主から金をしこたま引きだしたというわけか」

と笹岡に決めつけられて峰岸は憤然とした。

「そんな人聞きの悪い話じゃねえぞっ。先生は常にお国のことを思う国士様だったんだ。この大日本帝国が、もっともっと立派になるための、いわば準備資金をご用意なさってたんじゃねえか」

笹岡はふんと鼻を鳴らしてそっぽを向いた。藺部は心底くたびれたように深い溜息をつくのみだ。

「先生は昔っから他人様に頼まれたら、何でも嫌とはいわずひと肌脱ぐ心意気だった。きっとあのご夫人にも、向こうから頼まれて、逢《あ》い引《び》きの橋渡しをなさったんだよ」

笹岡がとうとう堪りかねたように一喝した。

「バカも休み休みいえっ。国士が聞いて呆れる。薬を打って人を拉致することが、逢い引きの橋渡しかっ」

薗部もまた不愉快が高じて聴取書の筆が止まっている。若い美貌の俳優に熱をあげて、恋焦がれる気持ちを本人に打ち明けたくなった婦人がいてもふしぎはない。けれどするに事欠いて、やくざに相手を拉致させるとは常軌を逸して狒々《ひひ》親爺《おやじ》でも目を剝くやり方だ。金さえあれば何事も思いのままというふうに神経が冒された女のすることは、薗部のような安月給取りの想像を絶していた。

もっとも女はさすがにそこまでのことを望んだわけではなかったのかもしれない。宇源次と一度ふたりっきりになってみたいという軽口が、軍資金の手づる欲しさに虎視《こし》眈々《たんたん》とする卑しい国士まがいに利用されて、そこへバカなやくざがからんでとんでもない方向に事が転がった、としたほうがまだしも納得できる。いずれにせよ、その名流夫人に今回の事件の責任は取らせようがなかった。

小見山正憲という人物が何事であれ人に頼まれたらひと肌脱ぐ義侠心の持ち主だったのは確かだろう。それゆえ関東大震災の折に関西で美名を売りだし、大陸では関東軍に調法されもしたのだ。軍の若手将校らが中心となった騒擾《そうじょう》計画にもその義侠心は発揮されようとしていたのかもしれない。

思えば彼の義侠心は事の是非善悪を問わずに発揮された。頼まれたら誰にでも気安く麻薬を提供し、前後の見境なく男女の逢い引きにも手を貸してやる。一体それのどこが悪かったんだ、俺は殺されるほどのことをしたのか、と本人は冥土で今ごろ文句を垂れているのかもしれない。

しかしながら彼の義侠心に人生を大きく狂わされた者がいたら、その怨念や報復を被るのもまたやむなしであろう。

そして報復は、常に次なる報復を用意して連鎖する。

「さあ、俺は五年前のことをすっかりしゃべっちまったぜ。今度はそっちが小見山先生の仇は誰なんだかを話してくれる番じゃねえのか」

三白眼で睨《ね》めつけながら凄んだ男がさらなる事件を引き起こすのは、もはや時間の問題といえそうである。


鏡に映るのは冬瓜《とうがん》に夕立の譬《たと》えがまさにぴったりの、白粉がむらむらになったでっかい顔だ。その顔が「ああら先生、また何か御用で？」と振り向いた。

「沢蔵さんも、この暑いのにご苦労なこったねえ」

三階の大部屋はただでさえ蒸し暑いが、今月は若手が中心の公演だからふだんよりもっと熱気がこもっている。

「あたしだって今月はお休みにしたかったんですけど、来月から藤太郎坊ちゃんのご挨拶回りが始まって忙しくなるんで、今のうちにしっかり稼いどきませんとねえ」

「襲名の挨拶回りに付き合って舞台を休むんなら、会社から足し前が出そうなもんだけどなあ」

「あのケチな会社が出すもんですか。それにあたしが勝手に付いてくだけなんですし。そりゃ旦那から多少のご祝儀は出ますでしょうが」

そうぼやきながらも沢蔵は晴れ晴れしい笑顔だった。五代目宇源次襲名は扇屋のいわば次代の要が誕生するわけだから、一門には何よりの慶事であろう。一門にとってばかりではない、藤太郎のような将来有望な若手俳優は歌舞伎界全体の逸材とみられ、あらゆる関係者がいわば干城《たて》となって守ろうとするはずだ。

「ところで沢蔵さんにまたちょっと訊きたいことがあってねえ」

「何ざんしょ？　お答えできるようなことでしたら」

相手はそっけなく返事して再び鏡台に向かうと手拭いでごしごしと顔を拭きだした。

「楽屋に来客があったらお茶くらい出すんだろうねえ」

くるりと振り向いた顔は眼がまん丸で、

「どうもすいませんねえ先生、気がつかなくって」

わざとらしくバタバタと周りを引っかき回す沢蔵に、治郎は慌ててつけ足した。

「いやいや、そうじゃなくて、沢之丞の楽屋でだよ」

「ああ、驚いた。先生が急に意地悪になんなさったのかと思って」

「すまん、すまん。気を悪くせんでくれたまえ」

「そりゃ旦那のお部屋には水屋もありますし、火鉢でお湯を沸かしてますから簡単にお茶をお出しできますけどねえ」

「僕はあんまり戴いた憶えがないなあ」

「先生のように半分お身内みたいな方はお客人扱いをしないんですよ」

「客にお茶を出したらちゃんと飲んでくれるもんなのかい？」

「ええ、見てたら意外と皆さん口をおつけになりますよ。旦那は何せお相手しながら舞台の支度に取りかかってますんで、お客様は手持ちぶさたで、ついお茶碗に手が伸びるといった感じなんでしょうねえ。だからお茶っ葉も割といいのを用意してあるんですよ」

「なるほどねえ。で、そのお茶は全体だれが淹《い》れるんだい？」

「そりゃ弟子の若いのが。今は宇之輔《うのすけ》あたりが」

「彼は今月ここに出てるかい？」

「やつは出てません。前からどうも顔色が悪いし、舞台は失敗《とち》るし、楽屋ではぼうっとしてるから、しばらく休養したほうがいいとあたしが強く勧めて、休ませたんですよ」

沢蔵は随分と後輩の面倒見がよさそうな話だが、宇之輔には格別の親しみを感じるような口ぶりでもあった。

「前からというのはいつ頃からなんだね？」

「さあ、先月、いや先々月くらいだったかしら……」

と首をかしげて、沢蔵は急に不審そうな顔をした。

「先生、何もこんな話を聞きたくていらしたんじゃないでしょ」

「ああ、ごめん、ごめん。実はこないだ信濃町の病院へ友人の見舞いに行ったら、そこで偶然、小林先生とお目にかかってねえ」

相手の顔に軽い驚きが浮かんで、警戒の色も漂いだした。

「小林先生は、最近どうも沢之丞が顔を見せないから心配だといわれたんで、僕が様子を訊いてみましょうといったんだよ」

なあんだ、そんなことかと、たちまち沢蔵の表情がゆるんだ。

「旦那はもう大磯ですよ。信濃町の病院にはいらっしゃらなくて当然なんです」

「ああ、じゃあ今は藤太郎君も大磯なんだね」

「坊ちゃんはまだ代々木かと。お稽古が何かとありますんで、向こうに行かれるのはもうちっと先になりますでしょうねえ」

「あの広い代々木御殿に独りでいるんじゃ淋しいだろうなあ」

「いえ、伊村さんもいるから、襲名披露の相談をするには持って来いなんじゃないのかしら」

沢蔵が最後に出した名前は、治郎の胸に強くひっかかっている人物だった。

繁華街の近くでもこのあたりは間口の狭い平屋がずらっと並んだ昔ながらの裏店《うらだな》然としていた。ただしいずれも震災後に建て直された家屋はこざっぱりして、それなりに落ち着いた暮らしぶりが窺える。各家の軒先にはこれまた昔ながらの植木棚が設けてあり、くすんだ景観にもわずかな彩りを添えていた。

これから訪ねようとする家にも植木鉢がいくつかあって、ここ数日雨は降らないのに鉢の土が湿っているから、幸い主が留守というわけではなさそうだ。治郎は先ほど近所で訊いた道案内通りに路地の曲がり角から何軒目かをもう一度確認した。表札がないので、間違えても仕方ないで通るだろう。ひょっとしたら相手が既に引っ越している可能性もあるのだった。

磨り硝子戸は施錠されており、治郎は大きな声で名前を呼ばわりながら拳で戸を叩く。ガタガタ揺すぶったりもしているうちに錠のネジを弛める音が聞こえて、戸がほんの少し開いた。細い隙間からこちらを窺う眼に、

「荻野宇之輔君だね」

「ああ、はい、どちら様……ああ、あの、もしかして桜木先生ではございませんか？」

相手の驚きや当惑が尋常でないのは当然かもしれない。

「楽屋の頭取から住所を聞いて来たんだが、どうも君を驚かしたようだねえ」

「あたくしは何も伺ってなかったもんですから……」

「ちょっと中に入れてもらっていいかい？　それとも君が外に付き合うかね」

「ああ、はい。散らかってはおりますが」

と招じ入れた家の中は意外なほど小ぎれいでさっぱりとしていた。通された四畳半には茶簞笥と黒塗りの小さい文机《ふづくえ》があるばかり。襖の向こう側はどうであれ、若い男が独り所帯でこうした突然の訪問にも堪える部屋を用意しているのは立派だが、女形としては当然のたしなみなのかもしれない。いつの間にかお茶も淹れて、茶碗を差し出すしぐさも実に手馴れたもんである。

改めて顔を見れば女形らしく眉を剃っていて、黛《まゆずみ》も塗っていない顔はいささか不気味な感じだが、彫りが深い顔立ちなのは沢蔵と似ており、ぽてっとした厚みのある唇は情が深そうに見える分やや品には欠ける。沢蔵より歳はうんと若いはずながら、肌にそれだけの張りがなく、いささか憔悴気味なのは明らかで、しかもめっぽう暗い表情だ。

「沢蔵さんから聞いたんだが、君はこのところちょっと具合が悪いそうだねえ。今日は大丈夫なのかい？」

「ああ、はい、先生にまでご心配戴くとは恐縮で……」

ますます困惑が広がった表情には不審の芽も現れた。

「まさか、それでわざわざお越しに？」

「いや、実は君にちょっと尋ねたいことがあってねえ」

「はあ……どんなことでございましょうか……」

不審の芽が伸び始めている。治郎は黙ってひとまず茶を啜った。

「ああ、美味《おい》しいお茶だ。これはよほど上等のお茶っ葉なんだろうねえ」

「とんでもない。そこらの安物でございますよ」

「お茶はとかく淹れ方次第というが、うちの女房が淹れたのとは比べもんにならんくらい美味しいよ」

「滅相もない、ご冗談を」

「沢之丞の楽屋を訪れたごひいきは、こんな美味しいお茶が飲めるんだからいいねえ」

宇之輔の顔は急激に黒雲が広がったような暗さを見せ、治郎はすかさず畳みかけた。

「変なことを蒸し返すようだが、四月公演でも君がお茶を淹れてたんだよね」

「はあ、たぶん……よく憶えてはおりませんが……」

「四月二十三日に訪れた男女のことは憶えてるだろう。何しろ彼らはその日のうちに殺されたんだからねえ」

相手の肩が一瞬びくっと大きく揺らいで、膝に置かれた両手はわなわなと震えだしている。この男が体調を崩した原因はこれではっきりした恰好だ。

治郎はあれから再三澪子に確認していた。向かい側の桟敷席に座った小見山正憲と連れの女は、一体いつ頃から意識朦朧となりだしたのかを。背後に黒衣の侵入とおぼしき濃い闇が見える以前から二人はうつらうつらしていた、と澪子は明言した。従って二人を完全な昏睡状態に追いやったのは黒衣の人物としても、それ以前に彼の侵入を容易にした何かが、すなわち二人には既に催眠剤が使われていた疑惑も浮上し、結果として眼前で震える男の存在に辿り着いたというわけである。

「別に君が彼らを殺したといってるわけじゃないんだから、安心したまえよ」

と治郎が意地悪そうな声を出せば、

「何も存じません。あたしは本当に何も知らないんですっ」

宇之輔はヒステリックに叫んでしくしくと泣きだした。本当に何も知らなかったのなら、泣くことも体調を崩すこともなかっただろう。

この男は恐らく催眠剤をそれと知らずにお茶に混入するよう頼まれた。そして二人の死後に自身の関与を疑いはじめ、神経がだんだん参って行ったのだろう、と治郎は推測している。

混入を依頼したのは宇之輔が絶対逆らえない相手で、だからこそ今も打ち明けられずに苦しんでいるのではないか。

彼はまだそのことを誰にも話していないようである。もし一人でも誰かに打ち明けていたらたちまち楽屋中に噂が広がって、犯人はとっくに逮捕されていたかもしれないが、それよりも先に宇之輔の命が奪われた可能性も大きい。口を噤《つぐ》んでいたのが自らの身を守ったにしても、本来は頼んだ相手の身を守る沈黙だった。つまり宇之輔にとってはそれくらい大切な相手が、一連の殺人事件における最重要容疑者と見なしてもよいのではなかろうか。

「君は本当に何も知らなかったんだ。ただ、お茶に何か混ぜるよう頼まれただけだったんだよね」

治郎は相手をなるべく刺激しないようやさしい声をかけたつもりだが、宇之輔はさらに神経を昂《たか》ぶらせたように、

「あたしは何もやってません」

声のトーンが一オクターブ上がった。

「けど、見ちゃったんです……」

声が急降下するにつれて顔も伏せてしまった。

「何を見たんだね？」

治郎はあくまでやさしい調子で促した。

「君は見たまんまを話せばいいんだ。誰がそれをしたかなんて、野暮な質問はしないからね」

相手はしばし俯いていたが、べそをかいた顔がようやく持ちあがって、

「あたくしは、いつも鉄瓶に水を汲んで、火鉢にかけたら沸くまでの間ほんのちょっと外すんですが……」

いい澱むのは、この男なりに自責の念があるせいなのかもしれない。

「あの日は戻ろうとしたら……ちょうど鉄瓶の蓋を取って、頓服《とんぷく》の紙包みから白い粉を……」

「その人は君が見てることに気づかなかったんだね」

宇之輔はゆっくりと首を上下させた。

「たぶん……襖の陰になっておりましたんで」

「なら、いいかい、このことはもう決して誰にも話しちゃいけないよ」

相手は再び首を上下させている。いくら問い詰めてもこれ以上の答えは出ないだろうし、治郎は答えの見当もあらかたついているので、宇之輔を無用に苦しめる必要はないと判断した。

思えば人は誰しも守りたいものがあるのだった。時にそれは国家や組織であり、思想信条だったりもするだろうが、多くの人が守りたいのはやはり血の通った人間。それにもまた恩誼《おんぎ》とやら信義とやら忠誠心とやら、さまざまな理屈はつくけれど、人は概ね情で動き、情に流されて人を守る干城となるのだ。

荻野宇之輔もその例外ではないことを治郎は確信している。

21　分岐点

築地川はまるで流れがなかった。深いところでは静かに流れているのかもしれないが、常に澱んでいて底を見せない。軽い汐《しお》の香もするせいか、治郎は川沿いに足を運んで大磯に今いる老人のことを思った。

肌にべたつく生ぬるい汐風を、あの老人はどこかで疎ましく感じていたりするのではなかろうか。それとも湿っぽい浜風を身にまとわせて、亡き跡継ぎの追憶に耽るのだろうか。追憶は今なお心の痛みや激しい感情の揺らぎをもたらすのだろうか。

四年前に竣工したばかりの三吉橋《みよしばし》が目の前に現れて、治郎は歩みをしばし止め、麻の背広を脱いで汗ばんだ腋の下に風を通した。二方向に分岐してYの字形をなすこの橋は、今まさに大きな選択と決断を迫るようだった。

築地署へ駆け込むのはまだ早い気がした。代々木に行って先にあの男に注意をさせるか。いっそ大磯へ行って何もかもぶちまけてしまいたいが、かりにそうするにしても、やはり話には順序というものがあろう。

まずは単なる偶然で、自分が今度の事件に深く関わってしまった経緯を正直に告げたほうがよさそうだ。あの日、楽屋でたまたま見かけた男女は、大磯に今いる老人の楽屋で催眠剤を飲まされた。それはもはや動かしがたい事実なのである。

催眠剤で意識朦朧となった二人が今度は桟敷席で黒衣の人物に薬剤注射か何かで昏睡させられた。その後しばらくは劇場のどこかに、たぶん奈落で拘束されていたものと治郎は判断した。奈落は舞台の真下で、地獄を意味する呼び名にふさわしい暗さだから、隠し場所にはもってこいなのだ。

おまけに大道具方の長谷部棟梁にそこを案内された際、「西桟敷の裏に出る」段梯子があるのを教えられて、二人はそこから人目につかずに下へ降ろされたように思えた。

殺害現場とおぼしき楽屋風呂の実地検証が未明に行われたのは治郎の要請によるもので、もしそれと知られたらさいご役者たちが全面改装を要求しかねないと見たからだった。かくして迅速かつ簡便な検証の結果めぼしい物証は得られなかったが、治郎が聴取した風呂番の話が情況証拠に取りあげられている。

楽屋風呂なら流血はきれいに洗い流せても、死体から完全に血を抜き取るのは困難とみて、治郎はまたしても長谷部棟梁をあてにした。棟梁は仕入れ台帳と照合して、案の定ゴム引き防水布数点の紛失が判明した。それらは舞台で稀に本物の水が出る際に使用される。いくら懇意とはいえ、事情も訊かずに面倒な照合作業をしてくれた相手に治郎はただただ感謝あるのみだった。

笹岡の話によれば女のほうは絞殺で流血に至らなかったようだが、いずれにせよ二人は治郎にとって文字通りの行きずりで、それも余りいい印象がなかったせいか同情心もさっぱり湧かない。むしろ笹岡の話や自身の見聞を交えて事件の経緯を想像するに及んで、彼らは危害を加えられてもやむなしとの見方を禁じ得ない。さりとて殺されて当然、とまではいえないのである。

そもそも殺人を犯してしまう気持ち自体が治郎には実感しづらかった。動機は利欲目的や口封じ、痴情のもつれや怨恨、報復といったさまざまなケースを想定しても、自分なら最後の最後できっと踏みとどまる気がした。思えばそれが人間の分岐点というものなのかもしれない。

最後の一線を踏み越えるにはただならぬ勇気と度胸が要りそうだ。自分はそれを全く持ち合わせていない人間だから、いかなる事情があるにせよ踏み越える人間は常人にない狂的な激情を内在させた人物と見なくてはならなかった。

一方で殺される人間には、果たして殺されるだけの正当な理由があるのかどうかもひっかかる。いかに非道な人間を想定しても、それが法の裁きの及ばない相手だとしても、治郎には相手を裁いて死を宣告する自信がなかったし、もしそれができるとしたら、自身を神と見立てた大変な思い上がりのような気もした。

ただし殺人にはもう一つ忘れてはならないケースがある。命じられた場合は沙汰の限りに非ず、かりに戦場での命令なら躊躇ができない。戦場での殺人は英雄行為とも見なされるのだ。

思えば人は平和な畳の上でも必ず死ぬのだから、あながち戦死は恐れるに値しない。戦争でむしろ恐れるべきは、常人が踏み越えられない一線をむりやり越えさせて人間の分岐点を蹂躙する戦場の掟であろう。

もしかしたら今度の事件の犯人は、自分が戦場に投げ込まれたと錯覚したのかもしれなかった。

治郎は築地署の方角を避けるようにしていつしか三吉橋を渡っている。なおも川縁に足を進めて、自分は被害者に同情心もなく、なぜ今度の事件にここまで深入りしたのかを考えてしまう。それはあの藤太郎少年に惹かれたことが大きかったのだろう。まず事件の直前にたまたま彼の黒衣姿を目にしたことで、澪子がいう濃い闇を黒衣の侵入と推理した。そこで自分が黒衣を発注して一応業者にも問い合わせてみたのだが、最近新規に注文したような怪しげな人物はいなかったのである。

行く手にはまた次なる橋が現れて、川風をまともに浴びた柳の葉隠れに「新富橋」の橋銘板が見えた。ここまで来れば、亀鶴興行の衣裳部に立ち寄って先に三上を訪ねてもよかった。業者に仲介の労を取ってくれた彼には、今や黒衣を注文した本当の理由を打ち明けてもよさそうに思えた。

新富橋の袂《たもと》には「亀鶴衣裳」の大きな看板が目につくも、看板のわりに社屋の間口は狭くて舞台衣裳が全部ここに収まっているようには見えない。倉庫は他所《よそ》にもあるだろうし、三上は必ずしも今ここにいるとは限らなかった。けれど治郎はここまで来たらもう時の勢いで、さっと硝子扉を押し開けている。中は右手のカウンター越しに事務机が見え、帳付けをしている一番手前の男に用件を話すと、隣の若いほうが代わって返事をした。

「ああ、秀二なら奥で仕事してるよ」

治郎は案内を乞うて衣裳部の本拠に突入した。古着特有の酸っぱいような、樟脳《しょうのう》やナフタリンが入り混じったような臭いの立ちこめる通路を進むと、左右の板の間に多くの男女がいて、いずれも縫製に余念がなさそうだった。さらに奥へ行くと畳敷きの小さな部屋がいくつも現れて、そこの一隅に目指す男の姿があった。

三上は白の袖無しシャツを着て二の腕が剝きだしのせいか、前に見た時よりもずっと逞しそうな感じだ。思えば金襴《きんらん》や緞子《どんす》地が多い舞台衣裳を着付けるには相当の腕力も必要なはずだが、それでいて女のようにほっそりした華奢な手で、今は金糸の刺繡が入った朱《あか》い裂《きれ》に握り鋏《ばさみ》を当てて、プツプツと糸を切る最中だった。根を詰めて作業をしているせいか、戸外よりかなり涼しいここでも額に汗が光っている。顔は真剣そのもので、同じ裂に何度も鋏を入れるのが執拗な感じすらした。

途中でときどき背後の小机を振り返って、そこで何やら書き付けもしている。双方の作業に集中し、どうも根を詰めると周りが目に入らないのか、ちょっと声がかけにくい雰囲気だった。

治郎はこのまま声をかけずに帰ってしまいたいような気もしつつ、声のほうが勝手に出てしまった。

「三上君、随分と忙しそうだね」

「あっ、先生、どうしてまたこんなとこへ……」

その驚きは当然といえて、整った容貌が一瞬にして取っ散らかったように見える。

「いや、すまない。仕事の邪魔をするつもりはなかったんだが」

「とんでもない。こっちはお越しになってたのを全然気づきませんで」

相手は黒鉛筆を手にしたまま低頭した。

「衣裳を解きながら、君はいちいち帳付けをしてるのかね？」

「はい、ちょっと面倒臭いようでも、こうして書き付けておきますと、仕立て直しの際に迷わずに済みますもんで」

とはいかにもこの男らしい返事だった。こうして何事もきちんとしなくては気が済まない性分だから、色んなぼろが隠せるのだろう。

「どうぞキリのいいとこまで続けてくれたまえ」

「ああ、はい、もうちょっとで終わりますんで」

三上は再び鋏を握ると今度はさっきよりも手早く糸を切り始めた。その横顔は相変わらず白皙《はくせき》秀麗で、昔に見た誰かに似ているとかではなく、ただ漠然とイメージされた二枚目の風貌とこんなにも合致する男はいなかった。だから、どうこうとはいえないのであるが……。

思いのほか早く裂を二枚に剝がすと、三上は後ろを振り向いて帳面に何やらさらさらと書き付けてから、ようやくこちらを見て両手を突いた。

「先生、ご無沙汰を致しております」

「いやいや、それはこっちのセリフだよ。君に早くお礼をいわなくちゃと思いながら、すっかり時間が経ってしまった」

「お礼って一体なんの……」

「ほら、いつぞや黒衣の業者を世話してくれたじゃないか」

「ああ……あれは、そんなお礼なんていわれるほどのことじゃありませんが、お役に立てたんでしたら嬉しゅう存じます」

三上は優渥《ゆうあく》な笑顔で応えた。治郎は屈託のない調子で続けた。

「今日はあの黒衣のことで、ちょっとした話があるんだよ」

「何か不都合でも？　寸法はきっちり伝えさせて戴いたつもりですが、縫製に難でもございましたか」

「いやいや、そんな話じゃなくってねえ……そりゃそうと業者に取り次ぎはしても、君たち自身が黒衣を着る必要は全くないんだろうなあ。舞台での衣裳替えは、役者の弟子が手伝えばいいんだから」

「はい、大体はお弟子さんで何とかなるんですが、助六が紙衣《かみこ》の衣裳に着替える際や何か大がかりな衣裳替えの時は、やっぱりわたくし共が舞台でお手伝いを致します」

「君も黒衣を着るわけだね」

「はい、そうですが……」

相手が不審そうな表情をするのは無理もなかった。何しろこの男は、治郎が本当はどういう目的で黒衣を求めたのか全く知らないのである。

「僕が黒衣を注文するのは学生芝居で使うためと話したが、実際はそうじゃなくってねえ」

三上はきょとんとしたというより、無表情に近い眼で見返した。いいだしはしたものの、治郎はこんな場所で気軽に話すようなことではないと思って逡巡《しゅんじゅん》したら、ちょうどそこへ奥から現れた男が、

「おや、先生がこんなとこにお出ましとは。秀二にまた何か御用でも？」

見れば顔馴染みの山口で、

「いや別に、用というほどのことでもないんだが……」

「おい、秀二、先生をこんなとこに立たせとくなんて、けしからんやつだなあ。奥にお通しするのが筋ってェもんだろ」

三上は弁解もせず、山口と肯き合ってこちらに一揖《いちゆう》する。

「失礼を致しました。先生どうぞお上がりくださいまし」

と案内された先は通路の突き当たりになる坪庭に面した四畳半の奥座敷。床の間もある数寄屋風の設えで、工房にはちょっと場違いな感じだが、幹部級の役者が自ら衣裳の注文に訪れた際にでも使うのかもしれない。

三上が切子《きりこ》茶碗に入れた冷たい麦茶を出してくれたので、治郎は遠慮なくそれを飲み干してひとまず喉を潤した。喉の渇きはあながち暑さのせいばかりともいえなかった。妙に緊張しているのはお互い様なのだろう、三上の表情もぎこちなく、すっかり落ち着きを失くしたようで、

「先生が黒衣をご注文になったのは、学生芝居に使うためでないとしたら、何だったんでしょう?」

と先ほどの続きをさっそく催促する。

「ああ、今日はその理由をちゃんと話そうと思ったんだが……」

といいつつ治郎はそれを話す気力が既に喪われていた。事件に触れるのがどんどん億劫《おっくう》になっていて、今やできれば一生触れずに済ませたい心境である。

「その前に、まず君からもう一度、亡き宇源次の話を聞いておきたい。君はどうやら僕を騙したようだね」

「騙した……」

「君は彼が日頃の飲酒によって吐血に至った事情を語ってくれたし、沢蔵さんも番頭の伊村君も口を合わせてはいたが、本当は違ったんだろ」

「それは……」

秀麗な容貌が苦しげに歪んでいる。凛《りん》とまっすぐに張った眉、まっすぐな鼻梁、まっすぐに切れた瞼、まっすぐに結ばれた唇がそれぞれ違う向きに歪んで、まとまりを欠いた醜さがあった。

「僕も評伝を書く以上、色々と調べさせてもらってねえ。信濃町の病院で荻野家の主治医にも話を聞いて、宇源次は麻薬中毒だったというのを知ったんだよ」

「……申し訳ありません。先生を騙すつもりはなく……ただ故人の不名誉となりますことは」

「むろんそれを評伝に書かれたくないのは当然だから、僕は決して君を責めたりはせんよ」

相手はそっと頭を下げてうなだれたままだが、治郎は本当にそのことで三上を咎《とが》める気持ちは毛頭ないのだった。

モルヒネやヘロインといった麻薬の原料となる阿片が、江戸の昔は阿芙蓉《あふよう》と呼ばれていたことを治郎は以前からよく知っていた。阿芙蓉は阿片のもとである芥子《けし》の異名で、それは花の形が芙蓉と似ているからだろうか。

芙蓉は樹の花、芥子は草花といえど、共に朝は美しく咲き、夕べは無惨に散り失せてしまう、儚い一日花の命に変わりはなかった。

芙蓉はまた朝に大輪を咲かせ、昼には早々と花弁を閉じる蓮花をも意味するらしい。泥中から茎を高く持ちあげて水面を美しく彩る蓮花は、まさしく舞台役者の人生に譬《たと》えられよう。美しい花を咲かせるのはほんの一時。けれど泥中より出《い》でて泥水には染まらないはずだった美しい花が汚泥の底に沈んでしまった事実を、今は一体どう解釈すればいいのだろうか……。

「宇源次はいつから麻薬に手を出し始めたんだね？　君ならそれを知ってるだろう」

「やまびこ会を旗揚げした直後からのようでした。考え事で寝つけなくて使ったのが最初だそうで。その後は寝不足ですっきりしない時や何かにまた別の薬を使い始めて。当座は眠けが取れて気分がさっぱりし、夢うつつにも良案がパッと閃いたりするんだとおっしゃって。そしたら今度はまた眠れなくなって以前の薬を使うようになり、そうこうするうち止められなくなったんだと。

わたくしも試しに一度だけご一緒したことがありまして、薬から醒めた時の辛さはよくわかっておりますんで……」

「止められなかったというわけかね」

　と治郎は至ってひややかな声だ。

「いえ、止めました。必死でお止めしました。若旦那も大磯に行ってからはお医者のいいつけ通りになさった甲斐《かい》があって、いったんは本当に良くなられたんですよ。ところがそこにとんだ出来事が起きて……若旦那はそのことでえらい自己嫌悪に陥られたようで、再び薬に手を出すと、今度はまるで自棄《やけ》になったように量が増え、もう大旦那でさえ止められなくなって……」

　抑制を利かせた声も最後は悔しげに震えた。

「宇源次はその薬をどこから手に入れてたかも、君は知ってたんだろ」

　返事はなかったが苦渋の表情が答えであろう。

「まず薬に手を出したのは藤太郎のお袋さん、梅香さんだったんじゃないのかい？　彼女は子供を産んでも籍に入れてもらえず、内縁の夫は東京、自分は大阪で、離ればなれに暮らしていたんだから、そりゃくさくさするのは当然さ。それで薬にうっかり手を出したのが禍いの元。あげく自分のみならず愛する夫の人生までも破滅させたというわけだね」

　三上は無言でそれは違うといいたげに、ぶるぶる頭を震わせている。むろん治郎は梅香をわざと悪者に仕立てて話をしていた。そうすれば、この男がきっと向きになると判断してのことだ。

「梅香さんは、照世美という姉貴分から薬をもらってたんじゃないのかなあ。照世美は君もよく知ってるよね。小見山正憲の愛人で、彼と一緒に沢之丞の楽屋を訪ねた芸妓さ。つまり薬の出所は小見山だったというわけだ。四月二十三日に沢之丞の楽屋を訪ねた小見山と照世美は、翌日の二十四日に三十間堀で死骸となって見つかったが、二人は亡き宇源次の仇敵といってもいいような存在だったんじゃないのかい」

三上の顔には驚倒の色が広がっている。ここまでいえば、治郎はもう肝腎の話をせずに済ませることはできなかった。

「実は僕が黒衣を注文した理由は、あの二人が殺されたことに関係するんだよ」

相手は黙って怪訝そうにではなく、今や完全な無表情でこちらを見つめ返すばかりである。

「君がうちに来た時、妻の従妹で澪子という娘がいたのを憶えてるかね?」

あの時、治郎は澪子がいっそこの男と結ばれてほしいように思ったくらいだが、私生活を全然知らないくせに、三上はまだきっと独身に違いないと感じさせる何かがあったのだった。

「四月二十三日に、あの娘は木挽座で見合いをして、ちょうど小見山らの真向かいに当たる桟敷に座ってたもんでね。そこへ黒衣が侵入するのに気づいたらしいんだよ」

三上は相変わらず無表情で黙って肯いた。

今度の事件は治郎が楽屋であの二人とすれ違った偶然に、澪子が桟敷席で二人の不審な様子を目撃した偶然が重なっていた。そんな偶然があったことをつゆほども知らない三上は、先ほど自分の口から衣裳方も黒衣を着る機会があるのをばらしたばかりだ。彼にとって黒衣は余りにも日常的で、まさかそれをこちらが事件と関連づけて調査しているとは夢にも思わなかったのだろう。

思えば治郎をここまで事件に深入りさせたのは、その二つの偶然だけではなかった。四月公演の千穐楽に沢之丞の楽屋を訪ね、藤太郎の宇源次襲名を聞いて心が躍り、久々に沢之丞の扮装にまで付き合ったことで、もう一つの偶然は始まった。

楽屋を出たらちょうど前の廊下にえらく大柄な裏方が通りかかって、逆にえらく小柄な裏方と立ち話をしているのが目に留まり、その対照の妙で記憶にも留まった。

後に大柄なほうは大道具方の杉田常雄、小柄なほうは小道具方の百瀬繁二郎と判明した。

そして小柄な百瀬が大柄な杉田に「丸物の寸法」云々《うんぬん》と話したのを、当初は職務熱心に大道具の寸法違いを指摘したように受け取ったが、「丸物」が実際はお金を意味して、要は金の催促だったのではないか、と治郎は後に考え直したのである。

大道具方の杉田に宇源次がやまびこ会のツケ打ちを依頼していた件は、沢蔵から聞かされた。杉田はツケ打ちの腕を認めてくれた相手に恩誼を感じ、宇源次の敵討ちとして小見山らを殺害した可能性が皆無とはいえない。少なくとも二人の死骸を人力車に載せて運んだ可能性は頗る高い。しかしその杉田も今や死人に口なしの状態だ。

恐らく事件には関与せず、ただ死体運搬に使われたであろう人力車を管理していた百瀬が死んだのを知った時はさすがに治郎も愕然として、そこに自身の行動がからんでいたのを認めないわけにはいかず、精神的に手ひどい揺さぶりを喰らうはめになった。

百瀬が殺されたのは、人力車の座席に付着した血痕を事件と関連づけた治郎が、百瀬と話している最中に杉田の名前を持ちだして、それを犯人に聞かれたせいだろう。血痕の証拠が明るみに出るのを恐れ、その証拠と百瀬の双方を消し去ったのは、治郎が百瀬と話す直前に出会った人物である。それはまた証拠湮滅《いんめつ》のため急いで座席の毛氈を貼り替えるくらいは簡単にできる手先の器用な人物だった。

一方、四月公演の千穐楽で、杉田は百瀬から声をかけられる直前に自分のほうから声をかけた相手がいた。その時の記憶がふいに蘇ったのは治郎が当人を自宅に招いた時のことだ。

「寸法がもし違ってたら、直に連絡しても大丈夫だろうね」と念を押したら「向こうでまた考えてくれますでしょう」と相手が答えた瞬間、その声を既にどこかで聞いた気がして、芝居の一場面、いやもっとリアルな映画の画面を観るように二人のやりとりがまざまざと蘇ったのである。

杉田はあの時たしか相手にこう声をかけたのだった。

「おい三上、あれじゃやっぱ寸法違えだぜ。間尺が合わねえ」

「そうですか。じゃ、また考えるとしましょうか」

あの時は裏方同士の打ち合わせと軽く聞き流してしまったが、正確に聞けば「間尺に合わない」、つまり割に合わないと杉田が文句を垂れたのだろう。小見山らの殺害に協力した見返りの報酬に不平を鳴らした結果、その夜のうちにあっさり始末されたのである。

治郎は先ほどから黒衣の話をこれ以上続けていいのかどうか迷っていた。三上は相変わらず沈黙したまま無表情な顔をこちらに向けているが、その眸は不透明に虚《うつ》ろで、血の気のひいた顔面は逆に唇の鮮紅色を際立たせてぶきみに映る。膝に置いた片手には、いつの間に取りだしたのか、先ほどの糸切り鋏が握られている。気を落ち着けるためのしぐさなのか、それを握ったり開いたりするたびにシュッシュッと鋭い刃音がした。

22 悪の根を断つ

すべてを理解することは、すべてを許すこと。西洋の箴言《しんげん》に従えば、治郎は三上秀二という人物をほとんど理解していないことになる。鋏のかすかな刃音さえ耳につく静寂《しじま》に二人っきりなのは、もはや恐ろしいばかりだった。

それでも治郎はこの間に三上の犯行を何とか理解しようと努めては来たのだ。百瀬の殺害を聞かされた時点で犯人だとある程度は気づきながら、警察に報せず独自で調査を開始したのはそのせいなのである。

思えば四代目荻野宇源次が早世した理由にこだわったのも当初は事件と全く無関係だったのに、結果それが事件の理解に結びついたのは、どこかで故人の遺志が働いていたということかもしれない。果たして三上の犯行は草葉の陰で歓迎されているのだろうか……。

「話は変わるが、亡くなった宇源次と君が最後に会ったのはいつなんだい？」

治郎はまるで何事もなかったような調子で訊いている。相手の声は物哀しい追憶の調子でしかなかった。

「あれは亡くなる二週間ほど前でしたか……若旦那はひどくお痩せになって、もう見る影もない窶《やつ》れようでした。血管は浮いてよく見えるんだが、針を刺す場所が見つからないんだと冗談めかした愚痴を……腕も、脚も、股の付け根までが痣だらけでした。話してる最中もひどく咳《せ》き込んで、ちくしょう、ちくしょう、と呟いてらしたのが今も耳に……」

震える手で注射器を握る宇源次の姿は治郎の目に浮かんでも、病み窶れた表情までは巧く像を結ばなかった。

「つまり彼は、自分をそんな姿にした相手をひどく恨んで、仇を取ってくれと最後に頼んだのかね？」

三上は素早く頭を振って圧《お》し殺した声を鋭く吐いた。

「若旦那は関係ないっ。みんな俺の考えでしたことだ」

明快な自白の後は放心したような顔でこちらを見ている。次いで、とてもこの男の口から出たとは思えない醜怪なしゃがれ声が耳に響いた。

「坊ちゃんを、あんな連中の餌食にさせるわけにはいかなかった」

これにはさすがに治郎も愕然とした。

「あの連中は、藤太郎もどうにかするつもりだったのか？」

「すぐにどうこうはしなくても、いずれきっと同じようなことが起きる。ああいうやつらの手にかかったら、どんなに素晴らしい芸も才能も根こそぎ腐っちまうんだ」

三上の眸は焦点が定まらない。調子っぱずれの声音は狂人の譫言《うわごと》にしか聞こえなかった。それでもそこに一握の真実はないのだろうか。生来真摯で誠実なはずの男を恐ろしい凶行に駆り立てた、少なくとも何かのきっかけはあったはずだ。

治郎は至って平静な面もちで、知らない子にそっと話しかけるようにいう。

「君がそんなふうに思いつめたのは、いつからなんだい？」

「伊村さんに付き添われて、坊ちゃんが小見山の事務所へ挨拶に行ったと聞いてからです。いくら襲名披露に金がかかるといったって、一度でもああいうやつを頼りにしたら……」

「やまびこ会の後援を頼んだ、宇源次の二の舞になると思ったんだね」

三上は虚ろな眼でこくんと肯いた。すべてを告白して開き直ったというよりも、やっと肩の荷を下ろせたような気の弛みが顔中に広がっている。

三上の懸念は案外単なる杞憂《きゆう》に留まらなかった可能性もありそうだ。小見山の周縁は悪徳と無法の泥沼で、そこには薬物が垂れ流し放題。いったんその泥沼にはまったが最後とうとう抜けだせずに命を落とした例が、藤太郎のごく身近にあったのを周囲は忘れ得なかっただろう。

それなのに藤太郎をわざわざ小見山の元へ挨拶に行かせた関係者もいたのである。

「伊村君は、何だってまた小見山を頼ろうとしたんだろうか？　やつとの出会いで宇源次の人生が破滅したことを知らなかったわけでもあるまいに」

「あの人は昔えらく小見山に恩を受けたそうですから、そんなに悪く思っちゃいなかったんでしょう」

三上の声はもう憑き物が落ちたように力がなかった。

冷静に考えれば薬を提供したのは小見山でも、本来医療目的で流通する薬を濫用して中毒に陥ったのは宇源次本人の責任である。従って小見山に後援を頼めば藤太郎も必ず薬禍に遭うというのは三上の考え過ぎで、伊村にとっての小見山は、相変わらず頼まれたら何でも引き受けてくれる昔馴染みの有り難い親分だったのだろう。それもまた一面の真実かもしれないが、

「君は小見山よりも、まず伊村君のことを恨まなかったのかね？」

治郎は最初やはり伊村の共謀を疑っていた。というよりも今度の事件はいかにも用意周到に練られた犯罪と見えたから、あのインテリめいた風貌の男がむしろ計画した張本人とすら思っていた。ところが小見山を木挽座に呼び寄せた経緯が、当人の口から余りにもすらすらと語られたのですっかり考えを改めた。

そうなると宇源次の地獄行きにひと役買ったことになる彼が、今度は逆に三上の怨《おん》讐《しゅう》を被る恐れがあった。同じ裏方の杉田や百瀬まで殺害した男なら彼も当然……と思われ、以来、治郎は成りゆきを案じて伊村の身をえらく心配していたのだ。

「伊村さんは、坊ちゃんの襲名披露で大旦那が呼び戻された方ですから……」

と三上は沢之丞の影に触れながらも、言葉数は少なかった。

「彼を始末するのは、襲名が済んでからにしようとしたのかね？」

治郎は一瞬そんなふうに功利的な考えが浮かんだ自分に驚いている。

「さあ、そいつはどうなんでしょうか……」

三上の声は相変わらず力がなかったが、完全に目が据わって唇の端で薄く笑った顔には正視をたじろがせる陰惨な凄味があった。

「あの連中が消えたらもう坊ちゃんは無事なんですよ。悪の根を断ったんですから」

あくまで宇源次の遺児を毒牙から守りたい一心の犯行だと、三上はいいたいようである。まさに旧派の芝居に登場する忠臣のごときいい分で、この世界に長くいると自然にそうした古風な倫理観に染まりやすいのかもしれない。

しかし彼を凶行に駆り立てた実際の動機は果たしてそんな古めかしい忠義心だったのだろうか。やはり親しい兄貴分を喪った憤りが心底に深く根を下ろし、五年の歳月を経た今も干涸《ひから》びずにしぶとく根を張り続けていたというのが真相ではあるまいか。

「悪の根を断った」というのもある面で正しい理解なのかもしれない。笹岡警部から聞いた話によれば、小見山と連れの女はさまざまな悪徳に通じていたようで、殺されて当然と思う者はほかにも大勢いたであろう。それでも実際に手を下したのは三上であり、凶行に踏み切った男の度胸には畏怖の念とはいわないまでも、治郎はとても敵わない気がしている。

三上はその後も平然と仕事をこなし、それゆえ治郎は殺人者と知らずにわが家に招き入れるはめとなった。しかも百瀬が殺害された翌日に。

あの日のことを想い出すと、こちらが声をかけた時の様子は少し変だったが、わが家では愛想良く女たちの相手をし、宇源次の想い出を饒舌《じょうぜつ》に語りもしたのだった。あれはむしろ悪党らを葬ったという晴れ晴れしい気分がそうさせたのだろうか。

治郎はここでわざと意地悪ないい方をしてみた。

「悪の根を断ったんだから、伊村ごとき枝葉はもう相手にする必要がなかった、と君はいいたいらしい。杉田や百瀬はあっさり始末したくせにねえ」

負けじと相手の声も傲慢で意地悪そうに響いた。

「芝居の連中は、口が軽くて困ったもんですよ」

たしかに杉田は多くの耳目が集まる千穐楽の楽屋で、ふつうならあり得ない不用意な発言をしている。報酬で揉める以前に、彼は始末されてしかるべき人間だったのかもしれない。だがそんな口軽男に協力を仰いだのは、ほかならぬ三上自身だったのではないか。

「最初は向こうがいいだしたんです」

ぽつりとした呟きは常にあらゆる想像をかき立てる。三上は卑怯《ひきょう》にも、この期に及んで死者に責任をなすりつけるようにも聞こえた。

「博奕で多額の借金を背負わされて取り立てに泣かされてる。それで少し融通してもらえないかといわれました。杉田とは若旦那が亡くなった後もときどき一緒に飲んだりしてたんですよ。誰に借金してるのか訊いたら、取り立てるのはその博奕に誘った百瀬だが、胴元は峰岸組という暴力団で、上は征西会とつながってて、そこに吸いあげられるらしいと話してくれました。

その日は楽屋でたまたま、小見山が近いうちに大旦那の楽屋見舞いに訪れるという話を聞いたばっかりでした。それで杉田には、征西会の幹部に小見山という男がいて、そいつのおかげで若旦那が薬で破滅した話を聞かせました。そしたらやつはえらくいきり立って、小見山が木挽座へ乗り込んで来たら一緒に吠《ほ》え面《づら》をかかせてやろうじゃないかと、杉田のほうからいいだしたんですよ。それはもう何かの巡り合わせとしか思えませんでした」

用意周到な計画かと思いきや、これまた偶然が重なって三上の心に燻《くすぶ》る怨憎《おんぞう》に火を点じ、一気に燃えあがらせたということのようだ。杉田もまたツケ打ちとして認めてくれた故人に恩誼を感じ、小見山に復讐《ふくしゅう》したい気持ちがあったのは確かだろう。だとしても吠え面をかかせるつもりがいきなり殺害に及んだとは解せないし、杉田のほうがいいだしたにしては、手を貸したように報酬を要求していたらしいのもふしぎだった。

「いずれにせよ君らは実にみごとにやり遂げたもんさ。何しろあれは幕が開いてる最中の出来事だったんだからね」

治郎がそういうのはあながち皮肉でもなかった。殺人には大変な度胸を要するだろうが、三上が大変だったのはそればかりではない。まず昏睡した小見山らを短い暗転で桟敷席の外へ連れ出し、奈落に拘束するまでの間は杉田との二人三脚。だがそこから先の見張り役は杉田に一任されたはずだ。なぜなら沢之丞が出演中で三上は本業にも追われていた。双方を巧くやり遂げるには、澪子が「きちんとし過ぎてる」と評した男の綿密な計算がなくてはならなかった。

「あの時は大旦那が『深見草』をなさってましたんで、暗転の間に着替えの衣裳を届けるのにふうふういって、何とかギリギリ間に合わせました」

なるほど、それであの日は暗転がちょっと長いように感じられたのだと治郎は想い出す。完璧に見えた舞台のそれはほんのちょっとした瑕疵《きず》だった。

「舞台の袖では、大旦那がふうふうどころかぜいぜいでして、お顔も背中も汗びっしょりでした。それでも舞台が明るくなったら、途端に涼しい顔でお客様の前へ出て行って、再びみごとな踊りを披露なされます。袖からそれを観てて、わたしはつくづく頭が下がりました」

既に犯罪に手を染めてしまった三上は、まさに感無量の思いで舞台に見入ったに違いない。楽屋に戻って沢之丞の衣裳を脱がせ、片づけながら、この男は何を考えていたのだろうか……。

小見山と連れの女を殺害する判断は、一体どの時点で誰によって下されたのかを治郎は追及したい気持ちもあるが、それは警察に任せるべきだと判断した。

「わたしは悪いお頭《つむ》なりに、水も洩らさぬように致したつもりですが、水よりも濃い血が洩れだして、坊ちゃんにそれを見つけられたんですから、人間やっぱり悪いことはできませんねえ」

感慨深いその声を聞きながら、改めて治郎は今度の事件が藤太郎の存在に始まり、彼の発言が解決につながったふしぎさを思わずにはいられなかった。

「あの血に気づかなかったのは、本当に応えました」

きちんとし過ぎた性分で、殺害現場の血を一滴も残さずきれいに洗い流せた男も、緋毛氈にほんのちょっと洩れだした血は気づけなかった。結果、無関係な百瀬の命まで奪うはめになったのだから、それは本当に手痛いミスだったが、三上は最初にもう一つ大きなミスを犯したことに、自分ではまだ気づいていないらしい。

治郎は昨日もう一度あの三階の大部屋を訪ねて荻野沢蔵にさりげなくこう話しかけたのだった。

「亡くなった宇源次のことを本に書くに当たっては、衣裳方の三上君からも色んな話を聞いてるんだけど、沢蔵さんはあの男と親しいくせに、いつぞや自分なんかにはとても手が届かない子だというふうな話をしてたねえ」

「あらやだ、桜木先生はときどき変なことを妙に憶えてらして、本当に困ったもんですよ。そりゃあの子は誰もが認める男前で、ちょっとした翳があるのも魅力だし、何よりもやさしくて親切だから大人気だけど、あたしなんかが手の出せるような相手じゃ……。ただ昔のことを知らない宇之輔あたりはぞっこんで、いつぞや衣裳部屋に手弁当まで差し入れして、楽屋中の噂になったくらいですけどねえ」

と沢蔵は迅速なおしゃべりで、宇之輔が目撃した事実を封印した裏事情に触れたのである。

三上は彼らしい入念さで催眠剤と麻酔薬を分けて使用するも、最初の仕込みからバレていたのは計算外だったに違いない。

三上は顔立ちもいいが、男にしては実に身ぎれいだという印象がある。それでいて女がまめに世話をしている感じはなく、むしろ身ぎれい過ぎて所帯じみた匂いが全くしないから、いまだに独身を通していそうだった。女にはちやほやされても、一緒に暮らすほど自分は女に惚れられない性分のようにも見えた。

亡き宇源次と三上が単に役者と専属の衣裳方を超えた親しい関係にあったのは確かだ。

共に美しい青年同士、ひょっとしたらそこには単なる友情を超えた親密な情念が流れ、情欲に溺れた行為があったとするのも想像に難くない。少なくとも沢蔵はさすがに二人の関係を早くに察知していたのであろう。だが一方で、三上は宇源次の内妻を亡き後までも尊重し、生前は心を通わせていたふうにも感じさせた。

美しい男女の組み合わせで、三人が互いにどう接し合っていたかを推し量るのは非常に難しい。もしかしたら三上は二人を共に慕い、二人に近侍《きんじ》することで官能的な愉悦すら味わっており、彼らのためには自らの手を汚すのも厭《いと》わないという、一種名状しがたい犠牲的精神に陥ったのではないか。昔の人ならそれも「忠義」と簡単に呼んで片づけたのだろうが、今なら男女間で稀に生じる特殊な心理傾向とでもいうのだろうか。本人も明瞭に自覚し難い歪《いびつ》な感情が心の底に流れていたのだろうと治郎は学者らしく分析する。

両人の遺児を守らんがための行動だったと自身は思い込んでいても、凶行に至った動機には宇源次に対する熱烈な執着やさまざまに入り乱れた激情が想像された。ただし治郎は自分のような凡人が、端整な仮面の下に別の人格を宿し、狂気が内在した男を心底から理解するのは困難だと認めている。犯行直後も平然と犯行現場に現れて、そこで淡々と仕事が続けられた神経は恐るべしだ。

それよりもっと恐ろしいのは、そうした複雑な感情がこの男の中では沢之丞、宇源次、藤太郎と続く荻野家三代への単純な忠誠心にすり替わっていることかもしれない。顔を紅潮させ、熱病にかかって震えるような声で、

「すべては若旦那を喪った大旦那の御心をお察し申しあげて、わたくしが独りで致しました」

と三上は堂々たる自白をしたのだった。

「ただ先生にまでこうしてご心配をおかけし、このままだと大旦那には、ご心配どころか大変なご迷惑をおかけ致しかねません。そうなったら元も子もありませんので、わたくしは今から築地署に出向きまして、洗いざらい白状を致します」

いかにも身ぎれいな男にふさわしい潔い発言に、治郎はまたしても少し心を揺さぶられ、咄嗟《とっさ》にこう声を放っている。

「なんなら僕も付き合おうか」

三上は莞爾として首を横に振った。狂気を宿した眸が今は深い色に澄み切って、それは男が見ても惚れ惚れするような、実に誇らしげで気持ちのいい笑顔であった。

築地署は不機嫌な犬が吠え回るような喧騒に充ち、大勢の署員が取調室の前を往ったり来たりしている。ここ三ヶ月以上振りまわされていた事件もこれでやっと解決するメドがつくかと思わせるような人物が、つい先ほど署を訪れた。そして今は取調室の中に

いることを全署員が知りながら、目下面会するのは笹岡警部と薗部刑事の両人だけというもどかしさが誰の顔にも描いてあった。

室内の薗部は聴取書を取るのに大わらわだが、例のごとく笹岡がわざと質問をあちこちに飛ばすため、もどかしい思いをしているのは部屋の外の連中と余り変わらないかもしれない。

ともあれ机の向こうに座った男が署に現れる直前に、あの桜木先生から電話が入ったことで、笹岡は玄関に待機していた。そしてすぐに彼をここに閉じ込め、検事はもとより署の司法主任にも断らず、単独で自白の聴取と尋問を開始したのである。

三十間堀事件とそれにつながる一連の殺人事件の自供に及んだのは、東京市神田区岩本町在住、亀鶴興行衣裳部勤務の三上秀二、三十三歳。前科なし。凶悪な連続殺人事件の被疑者が、男にしては色白の華奢な風貌をした、一見穏やかそうな人物だったのは実に意外で、それが却って事件の不可解さと不気味さを増していた。

三上は右翼結社征西会の幹部小見山正憲、大阪島之内の芸妓照世美こと木村ヒロ、両人の拉致を入船町事件の被害者、杉田常雄と共謀した。発案したのは杉田だが、杉田には当初殺意が全くなかったことを三上は明言し、死人に口なしで彼を不利な立場に追いやるような真似はしなかった。

三上はまず四月二十三日の午後六時前後に木挽座の楽屋で、小見山らが喫飲する緑茶に催眠剤ブロバリンを混入。さらに同劇場一階の桟敷席で、麻酔薬モルヒネを注射して両人を昏睡状態に至らせた。モルヒネは五年以上前に荻野宇源次こと高村泰男から入手したものがまだ保管してあったらしく、自ら使用するつもりはなかったが「若旦那の想い出につながる品はどんなもんでも捨てられませんでした」と自供した。

その後杉田と共に両人の身柄を舞台用の黒幕で覆って同劇場の地下に移動させ、そこでこれも舞台用のロープを使って拘束した。両人の拘束中は専ら杉田が見張り役を務めた。先に麻酔から醒めた小見山が騒ぎそうになった時点で、杉田はその頭部を大道具用の木槌で殴打して失神させている。だが、これにも杉田には明確な殺意がなかったのを三上は強調した。

三上が衣裳方としての作業を終えて地下に戻った時点で今度は木村ヒロが覚醒し、猿ぐつわをした状態にもかかわらず大きな悲鳴をあげそうになったので、

「わたしは咄嗟に着物から腰紐を抜き取っておりました。それを首に回して、ぎゅっと強く絞めた途端に女はぐったり致しました。アッという間の出来事で、気がついた時は、ああ、もう、引き返せなくなったと思うしかありませんでした」

薗部は三上本人の言葉をできるだけ忠実に速記で書き取っている。聴取書は後で検事面前の供述書と付き合わせて不一致の証拠となり得るため、発言の正確さがより重要とされるのだった。

三上は木村ヒロ殺害の時点で覚悟がついたものの、杉田はまだつかなかったらしい。杉田はもともと小見山から金銭を奪取する程度の犯行が目的だったが、木村ヒロを殺害した以上もはや小見山も同様に始末する以外に方途《ほうと》がないと三上は強調し、杉田にむりやり承知させた。そのことから杉田は三上に巻き込まれた意識を持ち始めたらしく、「手伝うから、そっちも借金の返済を手伝ってくれと頼まれました」と三上は供述している。

「わたしはひとまず承知して、ある程度まとまった額を千穐楽に渡す口約束を致しました。独りではとてもやり遂げられそうになかったし、現実に不可能だったと存じます」

かくして劇場が完全に空っぽとなった深夜十一時過ぎに、小見山を殺害現場となった楽屋風呂へ力ずくで引きずり込んだのは杉田であった。その死骸を舞台用の防水布にくるんで、木村ヒロの死骸と二体まとめて一台の人力車に載せ、木挽座の裏木戸から出て朝日橋まで曳いて行ったのも杉田だった。裁付袴の姿は車夫らしく見え、また橋から三十間堀の川縁へ死骸を降ろすにも彼の膂力《りょりょく》が大いにものをいったらしい。

しかしながら小見山の体へ刃を当てたのは、逆に三上独りだったのだという。

「小見山を風呂場へ引きずり込むと、わたしは服を脱いで素っ裸になり、杉田にもそうするよう勧めました。返り血を浴びても洗い流せるからです。使った匕首は六、七年前に九州でやくざにからまれた後すぐ用心のため買い求めたもので、あの時に持っていたのも最初は護身用のつもりでした。血を洗い流して、まだ自宅に置いてあります」

かくして築地署挙げての大捜索で発見できなかった凶器の在処《ありか》は案外あっさりと判明したのである。

「風呂場で杉田が小見山を羽交い締めにしたら、やつは必死になって命乞いを致しました。みっともねえ、やつはこの期に及んで、すべては手下が勝手にやったことだと卑怯ないい逃れをしやがったんだっ」と三上は激しい怒気を迸らせるようにいった。

「わたしはそれが断然許せませんでした」

その憤りは薗部も十分理解できた。

「とうとう頭に来た勢いで、やつの腹に匕首を突っ込んだら、だらしない悲鳴をあげやがった。喉をゴボゴボ鳴らして、のたうち回る姿を見ているうちに、なぜか晩年の若旦那が瞼にちらついて、ちくしょう、ちくしょうと叫びながら何度も何度も刺しました」

白皙のおとなしそうな顔から、凄惨な状況がいとも平静な調子で告げられた。

「かあっとなってたせいか、匕首を持つ手を止めることができません。自分でも何をしているのかわけがわからない感じで、もういい加減にしろっと杉田に怒鳴られて、やっと我に返ったような次第です」

そう物語った男の眸は異様な燦めきを帯び、眼前に血みどろの惨状を彷彿とさせた。

ただし入船町事件の場合は少し様子が違ったらしい。

「杉田は大柄で腕っ節も強いほうでしたんで、わたしはとても敵わないと思い、したたかに酒を飲ませて便所に立つ隙を狙いました。いざ刺す時はふしぎと、自分独りじゃ決してしなかった人殺しを、こいつのおかげでさせられたというような気持ちが湧いて来て、少しも躊躇わずに刺せました。反撃に遭うのが怖いから、匕首を滅茶苦茶に突き立てておりますと、気づいたら畳のほうにまで血だまりができていて、ああ、もう二度とこんなのはご免だという気になりました」

かくして百瀬の殺害は「衣裳部に掃いて捨てるほどある腰紐の一本を拝借しました」となったようである。

「やつとはほとんど付き合いがありませんでしたが、そもそもやつが杉田を博奕に誘わなければ、杉田も自分も罪を犯すことなんかなかったんだと思うと、非常に憎らしくなりました」

薗部はそれを聞いて、この男の心の中に杉田を殺した時と同様の、奇妙な責任転嫁が生じていることに気づかないわけにはいかなかった。

「あの晩は劇場《こや》から出るところで声をかけ、杉田から生前に預かってたものがあるから渡したいといったら、向こうは勝手に金だと思い込んだようです。家に置いてあるので取りに戻ってから届けるといって、住所を聞きだしました。改めて夜十時前後に訪ねたら、すぐ中に入れてくれました。小柄な男だから首に紐をかけるのもぞうさなくて、アッという間に息絶えました。階下《した》がまだ騒がしかったんで誰にも気づかれまいと思い、自殺したように見せかけました。人力車にこぼれた血から足が付きそうになったもんで、慌ててやつを始末する気になりました」

と最後の殺人まで速やかに自供して都合四人の男女を殺害した凶悪犯が、自分とほぼ同世代で、話し方も至ってまともな常識人としか見えないことに、薗部は頗る違和感を覚えた。

思えば今度の事件は被害者の身元がすぐに割れ、当初は解決も時間の問題に見えたが、逆にそのことで右翼結社の征西会に引きずられて相当の時間を無駄にしている。警視庁上層部が組織の内紛を想定し、これまで必要以上に重大事件として取り扱って来たから、こうした顚末はいささか拍子抜けどころか警視庁の面目失墜の感も否めなかった。

とはいえ三上の自供通りに単独犯と断定するのは早計かもしれない。今後の捜査次第では、さらなる協力者や背後で糸を引いた人物が炙《あぶ》り出される可能性もありそうだ。何しろ犯行現場が木挽座だから、薗部はそこを支配する特殊な芸能社会の存在をやはり無視できなかった。

今となっては詮無い繰り言だが、最初に荻野沢之丞に尋問できなかったことが返す返すも悔やまれた。被害者はまさに彼の目の前で催眠剤を飲まされており、三上の犯行動機が彼の子息と孫に関係すると判明した以上、今や当人の尋問も必須ではなかろうか。

にもかかわらず笹岡が依然としてその指示を出さないのは、こと木挽座に関する限り桜木先生に下駄を預けたつもりなのかもしれないが、ここまで来ればもう安易にあの先生を頼るわけにはいかないはずだった。

温厚な紳士然とした見かけによらず、先生は時にえらく大胆な行動を取る。ああやさしげに見えて、他人に対する見方は鋭い。芝居の知識はもとより観察眼や推理力、状況判断は人並み以上だと薗部も認めてはいる。しかしながら先生はあくまで木挽座の世界の住人であり、果たしてその世界の情誼《じょうぎ》に流されないで正義が貫けるのかどうかを、薗部は甚だ疑問視しているのだ。

「今日はまあこのくらいにしておいて、明日また続きを聞くとしようか」

と笹岡が尋問を打ち切ったのは三上が自供を始めておよそ三時間を経過した時点で、何を問うても迅速に且つ明快に答えるため聴取は頗る順調だった。こういう時は却って焦りは禁物だから、日を改めての仕切り直しは妥当な判断に思えた。

ところが次に彼が命じたこと、その後に起きた事件の不可解さは笹岡という人物を根底から疑わしめ、薗部は後に長くその忌まわしい過去を引きずるはめになったのである。

「まあ、これで峰岸をここに勾留しとく必要もなくなったわけだ。薗部、さっさと釈放に行ってやれ」

と命じられた時は、なぜそのことをそんなに急ぐのかと思いながらも、さほど気にはしなかった。峰岸は芝愛宕署の勾留中に築地署へ移送され、笹岡は例によって検事どころか署の司法主任にも話を通していなかったから、その釈放は監房巡査に伝えるだけで事足りた。

一階の奥まった場所にある留置場は床も壁もコンクリートで冬は底冷えがするし、今は風通しが悪くて耐え難い蒸し暑さだった。風通しが悪いのは通路をわざと狭くしてあるためで、従って釈放で薗部と共に署の出口へ向かう峰岸と、重要犯罪の容疑者として警部自ら付き添って留置場に向かう三上とが、まともに鉢合わせをする可能性は当然あったといわなくてはならない。

実際に鉢合わせして、その時に笹岡はこう声をかけたのである。

「おい峰岸、よおく見とけよ。よりにもよってこんなやさしい顔したお兄さんが、お前の〝先生〟を独りで殺っちまったんだとさ」

途端に凶暴そうな乱杭歯が剝き出しになり、三白眼がぎらりと三上の顔を斬りつけるように光った。

「ほう、それは、それは。兄さんが独りで殺ったとはねえ。若《わけ》えくせに、てえした度胸じゃねえか」

峰岸が本当に感心したふうに呟いたのを、薗部はその時しっかり耳に留めている。すれ違いざまに笹岡が「単純な野郎には、こういっときゃいいのさ」と素早く耳打ちしたのも、むろん忘れることはなかった。

23 海が語るもの

ここに立つと打ち寄せる波の音がかすかにでも聞こえるような気がした。灌木《かんぼく》喬木《きょうぼく》の入り交じった崖地を隔てて長い海岸線も一望できる。大磯駅から緑に囲まれた登り坂をずっと歩いて来たせいか、ここから海がこんなに近く見えるのはいささか意外だ。もっとも潮騒がここまでは届かない。庭に巡らした透垣《すいがい》から浜辺を覗いても、海水浴客が蟻《あり》の群れほどにしか見えない。思えば人間の距離感はその時どきの気分で自在に伸び縮みするようだった。

六代目荻野沢之丞という世紀の名優に接して治郎はもう何十年にもなるのに、いまだこの相手との距離感を測りかねている。それは治郎が思ったほど人付き合いに長けていないせいというよりは、相手が絶えず自分のいいように伸び縮みさせているからだろう。また常に取り巻きが多いので、潮騒は聞こえても截然《せつぜん》たる岩組みに阻まれてなかなか見えない荒磯海《ありそうみ》といった感じでもある。それゆえどこまで立ち入った話をしていいか毎度よく迷うが、今日ばかりは意を決して突っ込んだ話をしなくてはならなかった。

ただこうして座敷に座っても、障子の開いた縁側から垣根越しに遥《はる》か沖合が望めて、まさに蒼茫漫々《そうぼうまんまん》たる大海原に直面するかたちだから、もうすべてがどうでもいいような気もしてくる。

今さら何を話すことがあろう。三十間堀の死体遺棄事件に始まる一連の殺人事件は、既に容疑者の死で決着したのだ。

治郎は警察の電話で何度も驚かされているが、昨日の電話も同様だった。笹岡警部の第一声は「申し訳ありません。被疑者の三上秀二が死にました」。それを聞いて治郎は瞬時に自殺と了解した。

同居の家族がいないので誰に連絡を取ればいいかを相談されて、こちらは取るものも取り敢えず築地署へ急行したのに、肝腎の笹岡は別件の会議中で、応対に現れたのが薗部という若い刑事一人だったのは治郎を多少むっとさせた。が、その文句もいえないうちに薗部の口から、にわかには信じ難い真相が飛びだしたのである。

「三上秀二は留置場の中で殺されたんです」

犯人は小見山の片腕だった峰岸の乾分三人だという。三人は前夜に銀座の裏通りで喧嘩騒ぎを起こして逮捕に至り、共に三上と同じ監房に収容された。三上は深夜になってその三人に襲われ、死骸には相当数の打撲による裂傷と挫傷が見られた。頭部や顔面は壁に何度もぶつけて無惨に潰され、肋骨の大部分が折れ、過度に蹴踏《しゅうとう》された腹部の内臓動脈破裂による大量出血が致命傷になったという。

要は三人から嬲《なぶ》り殺しに遭ったことを、薗部はどうやら上司の許可なく打ち明けたようである。さらには三上の供述もある程度詳しく聞かせてくれた。

治郎はまず築地署が峰岸の乾分らを三上と同じ監房に収容した点で断固抗議。しかも彼が小見山殺しの犯人だと向こうに何故ばれたのかを鋭く詰問。こうして苦渋の表情を浮かべた薗部刑事の口から、衝撃の事実が明かされたのだった。

笹岡が釈放される峰岸に、三上を始末するよう暗にほのめかした理由は何だったのか。三上の殺人動機が公になれば、亡き宇源次の薬物中毒に関連して五年前の拉致事件も明るみに出たであろう。そうなれば小見山の資金源となっていた資産家夫人の名前も、赤新聞の恰好の餌食となって世間に晒されたはずだ。

一方で、征西会の圧力が木挽座にかかり、小見山配下の報復が荻野沢之丞の身辺に及ぶ恐れも想像に難くなかった。結果的に三上の死は罪を一身に留め、他に累が及ぶのを防いだことになる。

亀鶴興行との長年の縁からしても、笹岡がそうした判断を下す可能性は十分にあった。つまりは下部末端を切り捨てて上層部に傷をつけないようにする、極めて警察組織らしい判断なのだろう。そして、その判断を治郎は心のどこかで歓迎したい意向があるのを自覚して、自分という人間にも嫌気が差した。

ついに動機を表へ出さず黙って死んでいくしかなかった三上秀二。あの端整な顔をグロテスクに破壊され、湿気《しけ》たコンクリートの床に鮮血をどくどくと垂れ流して逝った男が余りにも不憫《ふびん》だった。それ以上に、事件をこのままにしておく自分自身が許せない気持ちで、治郎はすぐさま沢之丞の別荘に押しかけたのだ。

ただこうして本人に面と向かったはいいが、何からどう話せばいいかという迷いがまだあった。年齢や職業に似合わず相手は意外に婉曲《えんきょく》な物言いを好まないたちだから、こういう場合は話の仕方が実に難しいのだ。やはりここは正直に話すしかないのかもしれない。自分は本当に宇源次の評伝を書くつもりで色々と調べて回ったことを。ところが一方で事件の真相が知りたい気持ちにかられて、とても評伝には書けそうもない惨《むご》い事実に行き当たったことも。

軽細な籐製の円卓と肘掛け椅子を畳へ直に置いた座敷に、かくして漂う重苦しい静寂を破ったのは、しかし老いてもなお舞台人らしい、よく通る声のほうだった。

「先生、暑苦しい洋服の上着なんざさっさとお脱ぎなさいまし。ここへ来たら海の風を肌に通さなきゃ嘘ですよ」

と自身は涼しげな上布の単衣《ひとえ》をゆったりまとった老人がいう。今やその上布と同色をなす頭髪が頼りなげな絹糸のように、ふわふわ風にそよいでいる。

眉はもう剃る必要がないほど薄くなり、かつて張りのあった目もとはたるみ、目尻は皺に隠れ、ふっくらして艶やかだった唇も今は乾いて白っぽい。ここにあるのはもはや木挽座を沸かせた名優のそれではなく、五年前に愛する息子を喪った老父の素顔だ。ただし鼻梁は相変わらず堂々と顔の中心を貫いて、有無をいわせぬ権高《けんだか》な表情を作りあげていた。

治郎は黙って麻の背広を脱ぎ、籐椅子の円い背もたれにかけようとしたら、すかさず沢之丞が手を打った。たちまち縁側に上品な顔立ちの老女が現れて、冷えた麦茶を差し出し、ついでに背広を座敷の隅にある衣桁《いこう》へ丁寧に掛けてくれる。

「あの女《ひと》は倅の面倒を最後までよく看《み》てくれてねえ。ここは倅がずっと使ってて、最期を迎えた部屋なんですよ」

「ああ、それは……」

治郎は瞬時に適当な言葉が出てこなかった。相手はこちらの突然の訪問を予期し、意図もある程度察知しているのだろうか。いや、ひょっとしたら秋の宇源次襲名が頭にあって、ただ故人ゆかりの部屋を見せようとしただけなのかもしれない。宇源次の死を真っ先に見届けたのはあの老女だろうと思えば、余計に何もいいだせなかった。

ここからだと寝ながらではさすがに無理でも、椅子に座ったままで大海原が見えるのだった。晩年の宇源次は、いつもここからあの茫洋とした海を眺めていたことだろう。時には庭へ降り立って、透垣越しに浜辺に散らばる健やかな人びとの群れを覗き見していたかもしれない。あるいは自身も調子がいい日は海岸を散策し、負けん気の強い彼はそこで何を考え、何を悔やんで、何に憤ったのだろうか……。

思えば治郎が今度の事件に深入りした理由は、単に偶然の積み重ねによるだけでもなかった。

根底に亡き四代目荻野宇源次という夭折した舞踊の名人に対する思い入れが滔々《とうとう》と流れ、その流れが多くの謎を吸い寄せて暗黒の大河へと導いたのである。

「ほら、そこの柱に黒いシミがありますでしょ」

と、沢之丞の指は床柱を指さしていた。

「あたしがその角に頭をぶつけた時の血なんですよ。しばらく気を喪って、ハハハ、気がついたら自分がここに寝かされてました。先生もとっくにご存じの通り、倅は麻薬中毒でねえ、何とか悪い薬を止めさせようと羽交い締めで取り押さえたら、あいつが思いっきり反《そ》っくり返って柱にぶつけてくれたんだから堪りませんよ。とにかくあいつが暴れだしたら手がつけられませんでした」

父はその悔しさを一体どこへぶつけようとしたのだろうか。幼い頃に引き取って大切に育て「親に先立ったのは玉に瑕だが、何もかもでき過ぎの子」と自慢していたわが子が、見るも無惨な廃人にされてしまった悔しさを。一度はここでせっかく立ち直りかけたのに、小見山のとんだ妨害が入って、以来ますます悪化の一途を辿った息子の切なさを知りながら。

治郎は麦茶をひと口すすって喉を湿すと、

「あなたの大切な跡継ぎだった亡き四代目荻野宇源次の仇討ちをしたのは、三上秀二君でした」

自分でも驚くほど率直に切りだした。

「仇討ち？……三上って、あの衣裳方のことかい？」

沢之丞は決して空とぼけているわけではなさそうな訝しい表情でこちらの目を覗き込んだ。治郎は黙ってひとまず目だけで肯いてみせる。

「小見山正憲と、その愛人の照世美という芸妓を殺害したのは三上君だったんですよ」

驚きの余り言葉を喪った沢之丞の顔には少しも嘘が見えなかった。

「……三上は倅と大変に親しい付き合いで、どこへ行くにも家来みたいにくっついてったから、倅があんな亡くなり方をすると、小見山さんを恨めしく思ったのはわからんでもないけどねえ」

相変わらず他人事のように恬然《てんぜん》と響く声に対して、治郎はつい気負った口調にならざるを得ない。

「あなたご自身は、どうだったんでしょう？　大切な跡継ぎに無惨な最期を遂げさせた相手に対する恨みはなかったんですか」

その恨み言をほんの少しでも三上に洩らして、彼に憎悪を吹き込みはしなかったのか。

たとえ間接的にでも小見山の殺害を教唆《きょうさ》したことは、一度もないといいきれるのか。

「自業自得といっては可哀想だが、倅があいう死に方をしたのは、誰のせいでもない、誰よりも本人が悪いんだからねえ。他人様を恨むのが筋違いだってことは、本人が一番よくわかってたはずですよ」

　髪の白い老人はすっかり悟りきったふうで、声もやけにしらじらと聞こえた。

「今だから先生に話しますが、あれが亡くなる少し前に、梅香の訃報が舞い込んだんですよ。さすがに倅には知らせることができず、代わりにあたしが弔問することに致しました」

「ご自身で、大阪にいらしたんですか？」

「代理を立ててもよかったんだが、藤太郎のことがありましたんでね」

　そうだ、その時分の藤太郎はどこにいたのだろうか。もう十歳にはなっていて物心もついていたはずだから、両親が共に病んだ姿を見ておれば何かしら感じるものがあったのではないか。それが心に暗い影を落としていなければいいのだが、と治郎はまたしても美少年の身が案じられた。

「当時あの子は代々木の家にいて、何不自由ない暮らしでしたが、そりゃきっと淋しい思いはしてたんでしょう。だけど、お袋さんにも、お父っつぁんにも、晩年は会わせるわけにいかなかった。それでお袋さんの弔いくらいは連れて行こうと思ったんだけど、結局は止めにした。なまじ葬式の記憶が残って、あの子が大きくなってから何かと詮索するような真似はさせたくなかったんだよ。そりゃまあ、こっちの身勝手なんだけど」

そうした沢之丞の気持ちを、治郎もまんざらわからないではなかった。親の不幸な姿を見ずに育った藤太郎は、結果、親の不幸を背負うこともなく、この秋に順風満帆の船出を切って、いずれは親を凌《しの》ぐ名優になれるはずだと、治郎は祖父と同様に信じたかった。

「大阪に着いた時は既に荼毘に付された後でねえ。故人の話を色々と聞かされて、梅香にはやっぱり気の毒なことをしたように思ったんだよ。藤太郎が側にいたら、決して薬に手を出したりなんかしなかっただろうとね。

藤太郎を引き取るに当たっては梅香のほうへそれなりのもんを包んだんだが、後で話を聞けば、あの妓《こ》は国元の親のことで当時大変な借金をしてたようでねえ。ほら、小見山さんと一緒に死んでた、あの女に借りてたらしいんだよ。もし借金を返済するために藤太郎を手放したんだとしたら、こっちはそれに付け込んで、ひどいことをしたという話になる」

親の借金でわが子を手放すという皮肉な運命に見舞われた女の不幸が、名優の口から親身に語られていた。

「もっとも、あの妓を抱えた倭屋のほうでは、うちの跡継ぎを薬漬けにしたのは梅香のせいだとして、さんざん詫びられましたよ。その時もあたしは今と同じことをいった。誰のせいでもない、自分が悪いんだということは本人が一番よくわかってるはずだとね」

淡々とそういいながらコップに手を伸ばし、沢之丞は唇を湿すかに見えた。だが直後に口から噴きだしたのは激しい忿怒《ふんぬ》にかられた叫哭《きょうこく》である。

「だけど親は決してわかる気持ちにはなれないんだよっ」

声の重圧に負けじと治郎は言葉を継いだ。

「三上は最後にこういったんです。すべては大切な跡継ぎを喪ったあなたの心を察して、自分独りがやったんだとね」

あの男が珍しく顔を紅潮させた火を噴くような発言を、沢之丞は一体どう受け取るのだろうか。

事件の渦中にいながら沢之丞が意外に何も知らなかったということは、先月代々木の自宅を訪問した際に検証済みだ。

当時は治郎の中に、陰で操るのはこの人物ではないかという疑念が蟠《わだかま》っていた。そこで当日たまたま澪子が木挽座の桟敷席で小見山らを見かけた事実に触れたが、それを聞いた相手は全く動じなかった。続けて澪子が目撃した二人の様子を話しだしたら、存外まじめに聞いていた。さらに二人が自分の舞台をちゃんと観もせず寝ていたと聞いて、沢之丞は本気で憤慨したのである。

つまり、この名優は事件の最中も自分の舞台に打ち込んでおり、事件後は被害者が自分の舞台をどう観ていたかのほうに気が向くのだった。そこにはまさしく昔ながらの役者魂が反映されていて、結果、事件には全く無関係と治郎は判断した。この相手が事件に少しでも関与していたら、もしかするとここまで真相を究明しようとはしなかったかもしれない、と思うくらいである。

しかしながら沢之丞に全く罪がないといいきってしまえるかどうかの判断は実に微妙で、治郎はまだ少し迷うところがあった。

「三上のやつは、勝手にあたしの気持ちを汲んで人殺しをしたってのかい。そりゃ何ともたまげた話だねえ」

言葉は軽い調子でも、声は重苦しく響いていた。

「あたしはあいつに小見山さんを殺してくれと頼んだ覚えなんて全然ないよ。殺してやりたいと思ったことさえ、一度もないんだけどねえ」

「そうでしょうとも」

と治郎はここで無用の相づちを打たなければ、その後にさらなる惨劇が続いた事実をとても話せそうになかった。

「殺してやりたいとはちっとも思わなかったが……ただ、どうやら殺されて死んだらしいと聞いた時は、正直あんまり悪い気がしなかった。ああいう連中は、やっぱりろくでもないくたばり方をするんだと知って、妙に胸がすっとしたんだから、やっぱり人の心ってのは恐ろしいもんだねえ」

「そうですか。胸がすっとなさいましたか……」

それが事実なら、死んだ三上も少しは浮かばれるのかもしれない。

沢之丞は麦茶をひと息に飲み干すも、声は嗄《か》れて出づらそうに聞こえた。

「別に頼んだわけじゃないといっても、やつがあたしのために人殺しをしたというんなら、こっちにもそれなりの責任があるんだろうねえ」

「三上がしたことに対して、あなたは本当に責任をお感じになれますか？　別にご自分が頼んだわけじゃないのに」

三上の言い条は明らかにおかしいことが、治郎はよくわかっていた。沢之丞の心を察してしたというのは単なる殺人の正当化に過ぎない。三上は沢之丞という存在にもたれかかって無意識に責任逃れをしていたのだ。にもかかわらず、あなたのために人としての一線を踏み越えて、自らの命も捨てたのだといわれたら、いわれた人間は果たして何と答えるべきなのだろうか……。

「ふだんからあたしは周りがせっせとお膳立てをしてくれて、檜舞台で主役を張れる。われこそは日本一の役者でございい、という顔をしてられるんだ。それなら開演中にどんなことが起きようと、知らん顔はしてられないよ。およそどんな世界でも、人の上に立つ者なら、何事も最後は自分が責任を持つという肚でいるのが本当じゃないのかねえ」

「ああ、それをお聞きしたら……」

治郎はもう十分だった。そうでなくてはならない。やはりそれでこそ荻野沢之丞、木挽座を象徴する名優なのである。この老人のために息子の仇討ちをしてやったつもりの男も、これでようやく本当に浮かばれそうな気がしてきた。

急に縁側から吹き込む海風が強まって、それは唸るでも吠えるでもなく、啾々《しゅうしゅう》と噎《むせ》ぶように聞こえた。沢之丞は黙って後ろを振り向いている。

縁側の先には前栽《せんざい》の瑞々しい緑が風にそよぎ、西日で飴色《あめいろ》に染まった透垣《すいがき》の向こうに広漠とした蒼《あお》い空と海が見える。大海原を前にした人間は無言の圧迫を受けるようにして、自らの矮小さを恥じなくてはならない。もしかすると沢之丞父子には、それと似たようなことがあったのかもしれなかった。

明治の中頃から人気役者と持てはやされて、どんな俳優も敵わない芸の力と、どんな世界の人間にも劣らぬ識見を備え、日本一の劇場に君臨し続ける父親。若さを武器に、斬新な感覚を突破口にして、その偉大な養父を何とか乗り越えようとした息子。

羽交い締めにした父を思いきり撥ねのけようとした子の抵抗は、何も薬のせいだけではなかったのかもしれない。ただ薬に頼らざるを得ないほど、子の精神は繊弱《ぜいはく》で脆薄だった分、結局は父に負けたのであった。

養父は跡継ぎがそこまで追い詰められていたとは、いや、自身が追い詰めているとは知る由もなかったはずだ。自分の養子になりさえしなければ、この子はもっと楽な生き方ができて幸せだったかもしれないとは、幼い頃から育てた養父が思うに堪えなかったところであろう。

今は何を思うのか、沢之丞はこちらにずっと背を向けて表情《かお》を見せなかった。だが宇源次を先立たせたことに始まる事件の背景には、父子の間に潜んでいた葛藤が見えるようだった。評伝なんかにはとても書ききれない深遠な葛藤が。

血を分けた仲でも父と子はなにがしかの葛藤を抱え、互いの競い合いも生じて思いのほか大きな溝が横たわるのは何も役者に限った話ではなかった。けれど役者はそれを人目にさらして生きなければならない宿命《さだめ》にある哀しさを、治郎は今すっと背筋がきれいに伸びた老優の後ろ姿に見ている。

彼方の空に浮かんだちぎれ雲が、先ほどと大きく姿を変えた。海は微妙に異なった色合いを重畳《ちょうじょう》とし、沖合の波立ちは燦然《さんぜん》としている。さらにその向こうは淡く霞んで海の領域と空の領域が境界を曖昧とし、時に空が攻め、海が侵しつつ、寂寥《せきりょう》とした藍紫色の滲んで見えるあたりが水平線なのだろうか。故人があれを見て何を思い、何を願ったのか、治郎は冥福を祈りつつも今そのことが切に知りたかった。

エピローグ

紙面を大きく占めるのは今日もまたこの記事で、治郎は溜息が出た。五・一五事件の公判記録。先月から三日にあげずこの記事が新聞の一面を飾り、事件の真相が知れるにつれて同様の事件が再発する危惧も広がる一方だった。

京都帝大の滝川事件のほうは先月が山だったようで、今月はもう記事を余り見かけない。国粋主義や愛国主義を気取る連中の非難を被った滝川教授の著書が発禁処分を受け、さらには鳩山文相から教授の罷免要求まで出されたのは、同じ大学教員の身にとって他人事ではなかった。事態は紛糾し、同校のみならず日本全国の学生が抗議運動に立ち上がったが官憲の弾圧で敢えなく撤退。大学の自治と学問の自由が踏みにじられた衝撃は極めて大きい。

もっとも治郎がこのところ毎晩必ず新聞に目を通すのは、五・一五事件や滝川事件よりもやはり例の事件を気にするからだ。

小見山正憲は六月の新聞に急病死という極めて穏便な訃報が載り、朝日橋に群がった野次馬連中も自分たちが目撃した事実をその訃報に結びつけることはなかったらしい。

木挽座の周辺ではむろん真相に近い噂が流れていたが、世間一般の多くは新聞記事を額面通りに受け取る暗愚から逃れ難いようである。

小見山の訃報以前に杉田の殺害は紙面の片隅にほんの数行で片づけられ、百瀬のほうは自死とされて記事にならず、いずれも世間の関心を呼ぶことはなかった。

右翼がからんだ事件は当初こうして隠蔽され、誰もが忘れた頃に真相が明らかにされるのだろうか。治郎としてはなるべくその日が来ないことを祈って新聞に目を通すのだった。

ところが今宵は新聞を畳んだ途端に、

「ねえ、あなた。三上さん、近々またいらしてくださらないかしら？　今度シミ抜きのいい方法を教えるっておっしゃってたから、夏物を片づける前に伺いたくて」

妻の声に不意を衝かれてどぎまぎしたら、すかさず横の澪子までが、

「あたしも劇団の衣裳のことで、三上さんにちょっとしたご相談があるんだけど」

ちゃぶ台を挟んで女たちに攻められ、治郎は防戦敵わず絶句した。できれば話さずに済ませたかった痛ましくも悲惨な出来事だが、もはや先延ばしはできなかった。

「三上君は、亡くなったんだよ」

ぽつりと呟けば、今度は女たちが絶句する番だ。

「詳しいことは知らんが、どうやら出先で事故に遭ったようなんだ」

「まあ、何てことでしょう。いい方ほど早死になさるっていうけど……」

妻がべそをかいて台所へ片づけに立ったのを幸い、治郎はそそくさと書斎に向かった。だが一緒にするりと部屋の中に滑り込んで、治郎の視界から消えようとしない娘は不審も露わな表情で、

「治郎にいさん、三上さんに何かあったのね。ひょっとしたらまた例の事件にからんで、ねえ、そうじゃないの？」

やはり娘の勘は侮れない。というより澪子は事件当初から立ち会って杉田や百瀬の変死も知っており、捜査の手伝いまでしようとしていたのだから、ごく自然に関連づけてしまうのだろう。治郎もこういう場合は顔に嘘がつけないたちだが、相手は二十歳を超した娘でも、すべてを話すとさすがにショックが大きかろうと思う。

にもかかわらず澪子はこの娘らしい真剣な眼で何もかも包み隠さず話すよう求めており、今こんなにも力強い眼差しで迫って来たこと自体には、治郎も却って安堵したようなところがあった。

晩飯のいい話し相手だった娘が近頃はすっかり元気をなくして口数が減っていた。背丈も心も伸びやかだったはずの娘が、ここに来て少し縮んだように見えるのには胸が痛んだ。原因は本人が自覚しているかどうかは別にして、恐らく見合い相手の軍人が外地へ赴任して縁が切れたことにあるのだろう。

思えば小見山の横死はあの磯田という男の運命をも変えたのだった。小見山は彼らの企てた計画に資金提供するはずだった、と澪子がいうのだから。

計画が頓挫したのは結果的に磯田を救ったのではないか。澪子がいうように彼が純粋に国を思う衷心で企てに参加していたとするなら、その資金がおよそ不純極まりない悪徳の所産だった現実を受け止められる保証はなかった。

しかし少なくとも澪子にはその事実を明かさないと、殺人を犯した三上の動機が説明できなかった。澪子はただ黙って最後まで聞いた上で、無惨な死を遂げた犯人に敦子とはまた違った意味の泣き顔を見せるのだった。

「敦子ねえさんがいったように、いい人ほど早死にをするんだわ」

という涙声は三上だけに向けられたのかどうかわからない。彼のほうもまた自らの死に二人の女が涙してくれたことを、感謝するかどうかはわからなかった。

「いい人なら、人殺しをしてもいいってことにはなるまい」

澪子の泣き顔を見て治郎は思わず呟いたが、

「人間やむにやまれぬ場合だってあるわよっ」

と意外に強い反駁《はんばく》を喰らってしばし言葉を喪った。

「磯田とかいったあの軍人も、やむにやまれぬ気持ちで政府転覆の企てに参画してたわけかね」

治郎はわざと傷口をこじ開けるようにいい放って、濡れ輝く眸を見つめた。

「彼らが日本の国を思い、今の世の中を憂い嘆くのはわからんでもないが、そんな乱暴なやり方をせずに、世直しする気にはなれんもんかなあ」

澪子はじっと見つめ返しながら、静かに沈潜した声を聞かせる。

「治郎にいさん、今の世の中ちょっとやそっとじゃ、もうどうにもならないのよ。根が腐ってるから何もかも巧く育たない。どこもかしこも歪んでるんだわ。だからみんなもうふつうのやり方だと、まどろっこしいのよ」

「まどろっこしいか……」

治郎は途方にくれたような顔をしている。その単純な言葉は今の若者の心情を端的に表しているようだった。

近年頻発する疑獄事件でも、結局はそれほどの社会的制裁を被らずに済む政治家の不正と、資産家の強奪は一向に止みそうになかった。現に小見山のような人物は下に罪を押しつけて自らは追及を免れようとするし、実際にしでかしたことは公に罰せられないどころか、死んでもその罪が明るみに出ないのだった。

権力の闇が広がり、強欲で邪悪な連中ばかりがのさばった国を立て直すには、武力騒擾もやむなしとみた磯田らと同様の心境で、三上は「悪の根を断った」といいたかったのかもしれない。

三上も磯田も、彼らはひどく真面目で、まどろっこしいやり方を好まなかった。そうした若者たちが今後も続々と現れそうな気配に治郎は震撼《しんかん》させられる。

自分が若い頃とは何もかも違ってきたように思えた。当時はまだ世間に余裕というものがあったから、デモクラシイ気運も盛んだったのだ。ところがあの大震災で東京がすっかり変わって江戸のようすがはことごとく消え失せたように、人の心にも昔ほどの余裕がなくなった。世界恐慌がそこに追い打ちをかけ、学生が就職に汲々《きゅうきゅう》とするなかで大学は国家権力の介入を許す事態にまで陥っている。

一時は多くの者が失職して路頭に迷い、自らの可能性を見限ったせいなのか、世間は今や変にぎすぎすとし、自分だけが損をしてはなるまいという、誰もが絶えずいじましい気持ちでいっぱいだ。

若者たちの心情が大きく左右に振れて、ある者は急進的に勇み立ち、ある者は何をしようが変わるまいと断念して刹那的な享楽に溺れるのもまた世の不条理と不安定さを物語る。ちょっとやそっとじゃどうにもならない世の中を変えるには、いっそ戦争で何もかも帳消しにするのがてっとり早いと考える者もいるだろう。

こうした不穏な時代がやがてまた昔話となる日も来るのだろうが、澪子は今まぎれもなく不安定な急流の中に身を置いて、治郎にはその流れを堰《せ》き止めるどころか小舟を操る棹《さお》を差し出す力もないのがもどかしかった。

突然ガラッと格子戸が大きな音を立てた。急に玄関のほうが騒がしくなって、治郎は嫌な胸騒ぎがした。また木挽座で何事か起きたのではあるまいか……。

慌ただしい足音と共に聞こえた敦子の声は、しかし治郎ではなく「澪ちゃん、澪ちゃん」と大きく呼ばわっている。

「やっと帰ってらしたわよ。早く出てらっしゃいな」

その声が何を意味するのか、治郎はすぐに了解した。待ちわびた恋人の帰還。あの男がまどろっこしい巡業の長旅を終えて、やっと娘の元に戻って来たのだ。

澪子は既にすっくりと立ち上がって、伸びやかな肢体を見せつけている。その横顔に明るい希望の色がさして清純な輝きを放つのは、今の治郎を心底ほっとさせる唯一の救いであった。

◆参考文献

『新聞集成昭和編年史　昭和8年版』明治大正昭和新聞研究会編／新聞資料出版
『松竹百年史　本史』永山武臣監修／松竹
『復興亜細亜の諸問題　新亜細亜小論』大川周明／中公文庫
『日本改造法案大綱』北一輝／中公文庫
『日本を亡ぼしたもの　軍部独裁化とその崩壊の過程』山本勝之助／復初文庫／評論社
『日中アヘン戦争』江口圭一／岩波新書
『満州裏史　甘粕正彦と岸信介が背負ったもの』太田尚樹／講談社文庫
『近世快人伝　頭山満から父杉山茂丸まで』夢野久作／文春学藝ライブラリー
『日本家庭大百科事彙』冨山房百科事典編纂部編／冨山房

解説

松岡和子

思い切りのいい出だしである。芝居でもエクスポジション（開示部）と呼ばれる開幕直後の数分が、登場人物や劇の背景を観客に紹介するために肝要だが、『壺中《こちゅう》の回廊』に続く歌舞伎のバックステージ・ミステリー『芙蓉の干城』の幕開きの数ページは、必要な情報をもったいぶらず出し惜しみせずに早々《はやばや》と差し出してくれる。その潔さのおかげで、私たち読者は中心人物たちや事が起きる時と場所に一気に近づける。

中心人物とは江戸歌舞伎の大作家の孫であり、早稲田大学教授である桜木治郎と、彼の妻の従妹《いとこ》の大室澪子、そして歌舞伎界の大立者荻野沢之丞。

時は昭和八年、犬養毅首相が官邸で暗殺された五・一五事件の翌年である。

場所は歌舞伎劇場の木挽座。その客席で、澪子が陸軍の軍人と見合いをするところから物語は動き出す。舞台上には沢之丞。

ここで右翼の大物とその連れの芸妓《げいぎ》を犠牲者とする最初の殺人事件が起きる。捜査に当たる築地署の警部と刑事には凸凹コンビといった趣もあり、その登場への

「舞台転換」もスムーズでテンポがいい。この二人と治郎との駆け引きや腹の探り合いも読みどころのひとつだ。

治郎の父は「桜木一門を率いる狂言作者の総師として」木挽座に君臨したため、治郎は幼少期からこの大劇場を遊び場とし、楽屋にも役者や裏方たちにも馴染《なじ》んできた。歌舞伎界において半ばは内輪の人として役者や鶴亀興行の幹部の相談に乗り、半ばは外の人として距離を保つ。そんな立ち位置が、歌舞伎がらみの連続殺人事件への彼の捜査協力を無理のないものにしている。

タイトルにある「干城」の意味も、治郎が澪子に説明するかたちで、やはり早い段階で読者に知らされる。

「干は楯《たて》と同じ意味さ。つまり楯や城となって内外の敵から国を守ろうとするのが軍人というわけだ」。そこで、澪子の見合い相手の「皇国の干城」たる軍人が登場するわけだが、同時にこの小説世界では干城が「何かを、誰かを身を挺《てい》して守る者」の比喩にもなっている。芙蓉はもちろんそう呼ばれる花のことだが、具体的にこの花が何を表すかは徐々に明らかになる。ただ、「芙蓉の干城」というと、芙蓉を守る楯とも、芙蓉でできた楯とも読めて、そのどちらをとっても美しくミステリアスだ。

いま「治郎が澪子に説明するかたちで」と言ったが、この人物配置と付かず離れずの二人の関係が絶妙で、要所要所で功を奏する。

築地小劇場の女優である澪子は、持ち前の鋭い観察力を発揮して謎解きに一役も二役も買う。その活躍は彼女がまだ同劇団の研究生だった『壺中の回廊』の時よりも目覚ましい。埼玉の実家を出て東京の治郎夫婦の家で暮らすようになって三年あまり、銀座をはじめとする東京の風物から、彼らを取り巻く社会状況についてまで、東京人の治郎は澪子の先生格だ。

とりわけ彼女が門外漢に等しい歌舞伎に関しては、その専門用語から演目の題名や成り立ち、そして役者たちの力関係にいたるまで、治郎は澪子に教える。願ってもない教師であり情報源。ひるがえって澪子は歌舞伎についてては門外漢ではあるが、築地小劇場で上演されるのも芝居。そういう大きな共通項があるから、何かにつけて「比較演劇」めいた話になり、これまたいい塩梅《あんばい》に「治郎が澪子に解説するかたちで」読者も学べるのだ。

『芙蓉の干城』は「ミステリー」の名に恥じず、次はどうなる、と私たちをハラハラドキドキさせ、連続殺人事件の謎解きに伴走させるのだが、プロットのスリリングな紆余《うよ》曲折には僥倖《ぎようこう》とも言うべき要素がいくつも仕込まれている。そのいくつかを見ていこう。

まず、木挽座（昔の歌舞伎座だと思えばいい）のバックステージ・ツアーができること。「客席の男子便所と楽屋の廊下が扉一枚で通じている」とか、楽屋風呂のことなど、全く知らなかった！

大道具方、小道具方、衣裳《いしよう》方の仕事内容、楽屋の三階にある大部屋の役者たちの様子などがつまびらかにされ（「役者が見得をしたり立ち回りをする際に舞台の袖でバタバタ柝《き》を打つのがツケ打ちで、あれも大道具方の仕事」だとは知らなかった！）、彼らと彼らの仕事が全て何らかのかたちで事件の発生と解決の糸口になっている。

次いで、物情騒然たる時勢への言及がある。昭和六年には満州事変が起きているし、京都帝国大の滝川教授弾圧事件は本作でも言及されている。澪子も影響を受ける社会主義思想の広がりがある。巻末の参考文献リストを一瞥《いちべつ》しただけで、作者がどれほど広くリサーチしたかが分かろうというものだ。

一方、何もかもが新しかった昭和も描かれる。交差点に設置された信号機や東海道線特急「燕《つばめ》」、資生堂パーラーや日比谷公園内のレストラン松本楼など、近過去への時間旅行ができるのは、音を聞かせ、事物や現象をありありと見せ、匂いすら鼻腔《びくう》に届ける作者の描写力筆力の賜物《たまもの》だ。

さてそこで、凄惨な連続殺人事件の解明と犯人探しの道程に仕込まれた僥倖の最大のものは、私見ながら、歌舞伎と歌舞伎役者という摩訶《まか》不思議なものの実相である。その外貌と内実である。

そもそも治郎がこの連続殺人事件の捜査に巻き込まれ、「探偵ゴッコ」（9章）をする羽目に陥ったのは、沢之丞の養子、四代目荻野宇源次の評伝を書こうと思い立ったのがきっかけだ。宇源次の遺児、藤太郎が五代目を襲名することになったのを機に——。

荻野沢之丞と後半で登場する関西歌舞伎の大御所、山村燕寿郎だが、前者は六代目中村歌右衛門《うたえもん》を、後者は二代目中村鴈治郎《がんじろう》を彷彿《ほうふつ》させる。両者の顔かたちから立ち居振舞い、そして舞台での姿や芸風や人気についての描写を読んでいるうちに、この時代に「役者評判記」があったなら、こんなふうに書かれたのでは？　と思えてくる。もっとも、作者が沢之丞のモデルにしたのは五代目歌右衛門だそうで、六代目がモデルなのは藤太郎だとか。

治郎が四代目宇源次の評伝執筆のための取材と事件の密《ひそ》かな捜査を兼ねて、衣裳方の三上に会う段の二人のやりとりは、歌舞伎という芸能と芸の継承についての深い洞察が込められている。

四代目宇源次の最後の舞台は、『源氏物語』の「夕顔」に材をとった謡曲『半蔀』で、台本から振付までを彼が自ら手がけた。治郎はその手腕を高く評価している。

「僕も観《み》たから産みの苦しみは察せられるよ。結果的にあれは後世に残る名舞台だった。今はもう文字でしか伝えられないのが残念でならないよ」との治郎の言葉を受けて三上は言う。

「先生のお筆で後世にお伝えくださったら、若旦那はご本望でございましょう。藤太郎坊ちゃんも、いずれはあれをお演《や》りになるんでしょうし。（中略）後見を務めてらした沢蔵さんが振付を書き留めてらっしゃったから、ご自分でフリ写しもなされるはずです」と。

それに続く地の文「なるほど役者の弟子は肉体芸術の記録装置といった役割を果たすのも、この世界では実に重要な使命に違いなかった」を読んだとき、反射的に思い出されたのは、十八代目中村勘三郎の告別式での、十代目坂東三津五郎の弔辞である。彼は棺《ひつぎ》と遺影に向かって「……肉体の芸術ってつらいね。すべてが消えてしまう。さびしいよ、つらいよ。……」というようなことを言ったのだ。

それから三年足らずで三津五郎丈も他界するとは。

そこで思う。

『壺中の回廊』『芙蓉の干城』シリーズは、歌舞伎バックステージ・ミステリーの衣裳をまといつつ、松井今朝子の「お筆」と「文字」によって、彼女が子供のころから観てきた歌舞伎の姿を（小学生にして六代目中村歌右衛門の追っかけだったというから末恐ろしい）、そして彼女の想《おも》いに棲《す》まうあり得べき歌舞伎の姿を、「後世に残す」という貴重な一面があるのではないか。

夭折《ようせつ》した天才的な役者荻野宇源次の襲名や、裏社会と右翼との繋《つな》がりもからむ入り組んだ事件が解決に向かうにつれて、私たち読者が歌舞伎小屋を巡るバックステージ・ツアーも奥へ奥へ。ここでは誰もが大なり小なり誰かの何かの干城たらんとしており、その結果犠牲者が出る。私たちは最後の犠牲者のことを知らされるにおよび、驚きと苦渋と痛ましさを治郎と共に味わうのだが、それがほんのりとした甘さに移り変わる幕切れに救われもする。

最後になったが、『芙蓉の干城』に限らず、松井今朝子の小説について是非とも触れておきたいことがある。

それは、音読したくなる文体。松井作品の文体は、声に出して読みたくなる文体なのだ。といっても、登場人物たちの会話、いわば台詞《せりふ》ではない。地の文である。もっとも、全編が様々な人物の語りから成る『吉原手引草《よしわらてびきぐさ》』が音読を誘うのは言うまでもないのだけれど。

本作の中から一例を挙げよう。

「芙蓉はまた朝に大輪を咲かせ、昼には早々と花弁を閉じる蓮花をも意味するらしい。泥中から茎を高く持ちあげて水面を美しく彩る蓮花は、まさしく舞台役者の人生に譬《たと》えられよう。美しい花を咲かせるのはほんの一時。けれど泥中より出《い》でて泥水には染まらないはずだった美しい花が汚泥の底に沈んでしまった事実を、今は一体どう解釈すればいいのだろうか……」

朝と昼の対比、開かれた花弁とそれを閉じた姿の対比。泥水と蓮花の対比。水面に映る薄紅色。そういうイメージが連鎖し、「泥中、泥水、汚泥」の「デ」という濁音と「大輪、蓮花」の軽やかなラ行の音が響き合う効果。「いっとき」「いったい」という促音を含む語の有効な使い方。そして、呼吸を意識したに違いない句読点の打ち方。この数行のなかでただ一度だけ使われる体言止めの「一時」が小気味好《よ》い。

歌舞伎に精通し、上演台本の補綴《ほてい》から演出まで手がけた経験があり、依頼があれば歌舞伎音楽の常磐津《ときわづ》、長唄《ながうた》、清元の作詞までしてしまう松井今朝子の面目躍如たる文体と言っていいだろう。しかもこういう例は枚挙に遑《いとま》がない。

さあ、声に出して読みましょう。

（まつおか・かずこ　翻訳家）

初出
「小説すばる」二〇一七年七月号〜二〇一八年六月号

本書は、二〇一八年十二月、集英社より刊行されました。

本作品は、昭和八年頃の社会で一般的に使われていた呼称等を用いておりますが、その中には、中国に対する差別意識が反映された「支那（人・語）」など、今日の人権意識に照らせば使用しない呼称が含まれております。著者および編集部は、本作品の根幹をなす当時の社会・政治状況を克明に描写するためにこれらの呼称を用いましたが、差別や偏見の助長を意図するものではないことを、ご理解いただければ幸いです。

集英社文庫編集部

松井今朝子の本

非道《ひどう》、行《ぎょう》ずべからず

中村座の焼け跡から死体が出た。反目し合う親兄弟、戯作者、帳元、金主など、怪しい関係者ばかり。北町奉行同心達が乗り出すも、次なる殺人が。芸の修羅を描く時代ミステリー。

集英社文庫

松井今朝子の本

道絶えずば、また

江戸の芝居小屋中村座の立女形荻野沢之丞が舞台上で不審な死を遂げた。跡目争いの兄弟間の軋轢か、はたまた大道具方の手抜きか。芸の道の理を説きつつ描く長編時代ミステリー。

集英社文庫

松井今朝子の本

壺中《こちゅう》の回廊

木挽座に届いた「掌中の珠を砕く」という脅迫状。皆が疑心暗鬼の中、人気花形役者が殺される。嘘の巧みな役者たちを相手に、捜査は難航するが……。歌舞伎バックステージミステリー。

集英社文庫

集英社文庫

芙蓉《ふよう》の干城《たて》

2021年11月25日　第1刷　　定価はカバーに表示してあります。

著　者　松井今朝子《まついけさこ》
発行者　徳永　真
発行所　株式会社 集英社
東京都千代田区一ツ橋2-5-10　〒101-8050
電話　【編集部】03-3230-6095
【読者係】03-3230-6080
【販売部】03-3230-6393(書店専用)
印　刷　凸版印刷株式会社
製　本　加藤製本株式会社

フォーマットデザイン　アリヤマデザインストア　　マークデザイン　居山浩二

ISBN978-4-08-744315-8 C0193